EL GATOPARDO

LETRAS UNIVERSALES

GIUSEPPE TOMASI DI LAMPEDUSA

El Gatopardo

Edición de Raffaele Pinto

Traducción de Fernando Gutiérrez

CATEDRA

LETRAS UNIVERSALES

Letras Universales
Asesores: Carmen Codoñer, Javier Coy
Antonio López Eire, Emilio Náñez
Francisco Rico, María Teresa Zurdo

Título de la obra: *Il Gattopardo*

Diseño de cubierta: Diego Lara
Ilustración de cubierta: Dionisio Simón

© 1958 by Giangiacomo Feltrinelli Editore
Ediciones Cátedra, S. A., 1987
Don Ramón de la Cruz, 67. 28001-Madrid
Depósito legal: M. 1.183-1987
ISBN: 84-376-0641-1
Printed in Spain
Impreso en Lavel
Los Llanos, nave 6. Humanes (Madrid)

INTRODUCCIÓN

Simón   G. Tomasi di Lampedusa

NOTICIAS BIOGRÁFICAS

GIUSEPPE Tomasi di Lampedusa, hijo del príncipe Giulio Maria Fabrizio y de Beatrice Mastrogiovanni Tasca Filangeri, nació en Palermo el 23 de diciembre de 1896. Su infancia transcurrió fundamentalmente en los palacios paternos de Palermo y de Santa Margherita Belice, pero fueron frecuentes las estancias en París, donde los padres solían pasar temporadas más o menos largas. Pudo así aprender el francés en edad muy temprana. El ambiente severamente aristocrático de la familia, la soledad en que, por ser hijo único, vivió la niñez, contribuyeron a formar su carácter, esquivo y poco dado a la mundanalidad, y estimularon en él una precoz afición a la lectura: «Hasta el bachillerato pasé todas mis tardes en casa de los abuelos paternos, sentado en el salón detrás de una cortina, leyendo», dice Lampedusa de sí mismo.

En el año 1914 se matriculó en la facultad de Derecho de la Universidad de Génova. Pero, entre tanto, había estallado la primera guerra mundial. Italia también participó en ella, en 1915, y Lampedusa fue llamado al ejército. Los años inmediatamente siguientes a la guerra vieron la subida al poder del partido fascista, y Lampedusa mostró inicialmente cierta simpatía hacia las posturas antiburguesas del movimiento. Cuando, en 1924, con el asesinato de un diputado socialista, el fascismo descubrió su verdadera cara, Lampedusa, al igual que muchos otros intelectuales italianos, se fue distanciando de él.

En 1925 hizo su primer viaje a Londres, ciudad a la que

volvería después muchas veces. En aquella ocasión conoció a la mujer con quien se casaría en 1932, Alessandra Wolff-Stomersee. Perteneciente a una familia de la aristocracia letona (la madre, pero, era italiana), Alessandra ejerció un influjo determinante en la maduración intelectual del escritor. Por un lado, le familiarizó con la literatura rusa, que pudo leer en lengua original; por el otro, le acercó a la obra de Freud, al ser ella una de las primeras personas que en Italia se dedicaron al psicoanálisis.

Participó también en la segunda guerra mundial, y en 1943, cuando cayó el fascismo y la resistencia creó un nuevo clima moral y cultural en el país, fue nombrado presidente de la Cruz Roja siciliana, cargo que desempeñó con honestidad y escrúpulo. Tal vez amargado por las dificultades de un ambiente reacio al rigor administrativo, abandonó pronto la actividad pública y volvió a la soledad del estudio y la lectura. Una nueva oportunidad de relaciones sociales no superficiales se la ofrecieron, en los primeros años 50, un reducido grupo de jóvenes palermitanos aficionados a la literatura, que encontraron en él un amigo sincero y un maestro desinteresado. De forma privada, en su casa o en el café Mazzara de Palermo, Lampedusa organizó una serie de cursos (Stendhal, la literatura inglesa...) que le dieron la oportunidad de verificar la existencia de un espacio propio en el universo literario, que estimularon en él la toma de conciencia de un papel no puramente pasivo, de lector. Es en estos años cuando nace el Lampedusa escritor.

En el verano de 1954 el primo de Lampedusa, el barón Lucio Piccolo de Capo d'Orlando (Mesina), acudía con sus poemas inéditos a una reunión de escritores y poetas en la ciudad lombarda de S. Pellegrino Terme, presentado al público por Eugenio Montale. Tomasi le acompañó, y tuvo la ocasión de entrar en contacto con la mejor sociedad literaria italiana. Su carácter esquivo le impidió establecer relaciones duraderas, pero el ver de cerca a los patriarcas de las letras nacionales le dio confianza en sí mismo, le animó a emprender un trabajo creativo hasta entonces postergado. Con actividad febril compuso, en poco más de dos años, una novela, *El Gatopardo,* cinco cuentos *(I luoghi della mia prima infanzia, La gioia e la legge, Lighea, Il mattino di un mezzadro, I gattini ciechi,* este último inacabado), y un estudio sobre Stendhal *(Lezioni su Stendhal).* En 1956 envía la novela al editor Mondadori, que se niega a editarla. Lo mismo ocurre con la editorial Einaudi el año siguiente. El 23 de julio de 1957 el escritor muere en una clínica de Roma.

EL DEBATE CRÍTICO SOBRE «EL GATOPARDO»

La novela salió en 1958 en una edición a cargo del escritor Giorgio Bassani (editorial Feltrinelli, Milán). El éxito comercial que inmediatamente tuvo, la popularidad que adquirió entre el gran público, impusieron a la atención de la crítica una obra que en un principio no había conseguido lograr el favor de las editoriales. En particular, el año anterior, el escritor Elio Vittorini se había negado a aceptar la novela para la editorial Einaudi. Si comparamos los juicios de Bassani y Vittorini, tendremos enseguida una idea del núcleo problemático sobre el cual se desarrollaría el debate. Bassani, en el prólogo a la primera edición italiana (que aquí se reproduce), habla de «...Amplitud de visión histórica unida a una agudísima percepción de la realidad social y política de la Italia contemporánea, de la Italia de hoy; delicioso sentido del humor; auténtica fuerza lírica; perfecta siempre, a veces encantadora, realización expresiva...». Vittorini, en una entrevista para el periódico *Il giorno* (24 de febrero de 1959), afirma que no puede tolerar, en la novela, «...aquel "juzgar a posteriori" que el autor ha metido dentro de su personaje, incluso en su boca, en vez de infundirlo (como hubiera sido en una verdadera novela histórica) en las cosas a su alrededor». Tanto Bassani como Vittorini consideran la historia (la historia política y social de Italia) como rasgo fundamental de la novela y la pregunta que implícitamente hacen es si el autor ha logrado una eficaz representación de ella. El hecho de que las respuestas sean tan distintas, algo tendrá que ver con el temperamento artístico de los dos escritores y con el lugar que respectivamente ocupaban en el panorama literario italiano de aquellos años. Vittorini era un representante, quizás el más prestigioso, del movimiento neorrealista, surgido en los años de la resistencia al fascismo y empeñado en rescatar a la literatura de la retórica para abrirla a la voz del pueblo. Escritor militante en sentido estricto, Vittorini tenía un sentimiento de la dialéctica arte-sociedad demasiado vivo (y dolido) para apreciar una reconstrucción ambiental tan libremente subjetiva como es la de Lampedusa. Bassani, en cambio, representaba la línea opuesta de la narración introspectiva. El tono monologante y autorreflexivo de Lampedusa no podía aparecerle sino como una forma original y eficaz de tratar la historia. Tal como lo habían planteado los dos escritores, el problema de *El Gatopardo* como novela histórica (según los casos, bien o mal lograda), estaba destinado a plantearse una y otra vez en las intervenciones sucesivas. Los críticos de formación marxista (o gramsciana), condenaron el punto de vista aristocrático a partir del cual se denunciaban los nuevos privilegios a los cuales la unificación política de Italia había dado lugar. Los críticos de formación idealista (o crociana) reconocieron en la novela un intrínseco valor de arte.

Al grupo de los primeros pertenece otro escritor siciliano, Leonardo Sciascia, que abre su intervención sobre la novela con esta consideración no del todo en broma:

> ...El príncipe de Lampedusa es un gran literato, y este libro es suficiente para demostrarlo, pero, en cuanto a dar las tierras a los campesinos (no hablamos de las suyas, ya que no sabemos mucho de su vida, y mucho menos de su patrimonio), desde luego no ha sentido profunda inclinación: y no por razones «particulares», sino por congénita y sublime indiferencia.

Sobre todo, Sciascia critica, en Lampedusa, la idea de una Sicilia siempre igual (trátese de la Sicilia árabe, o aragonesa, o española, o borbónica, o italiana), indiferente a las peculiaridades histórico-antropológicas de las distintas épocas. Al grupo de los segundos pertenece, en cambio, el estudioso Giorgio Barberi Squarotti:

> No hay nada alegre, no hay vivacidad de colores, no hay intención de deformación cómica o grotesca en el discurso de Tomasi di Lampedusa, sino esta luz áspera, impiedosa de ironía, que nace de la claridad de una inteligencia a la búsqueda de razones e interpretaciones, de la lucidez de un planteamiento crítico que se vuelve a recuperar una y otra vez, a fin de explicar el dolor y la ruina de hoy, las lecciones evidentes de ayer: la ironía es la pantalla estilística que permite la perfecta representación del «correlativo objetivo» histórico y la fría, segura, lúcida penetración del juicio sobre los sucesos antiguos que se vuelven a presentar a la memoria y se repiten en la praxis...

Una posición más equilibrada expresa el crítico L. Blasucci, atento a la estructura de conjunto del libro, que de alguna forma devuelve al objeto de análisis aquella duplicidad de lecturas que se había dado en los intérpretes:

> ...desde el punto de vista ideológico, la motivación del pesimismo con que el protagonista juzga los hechos de la realidad, oscila entre las razones históricas [...] y las razones eternas, estoico-cristianas, del *vanitas vanitatum*. Y es una contradicción no objetivada en el personaje, sino intrínseca a la misma actitud, oscilante, del narrador. ...tendremos por un lado la novela histórica [...] y por el otro la novela psicológica, a la cual la historia sólo podrá ofrecer, eventualmente, puro material fenoménico.

No puede decirse, sin embargo, que Lampedusa haya disfrutado, entre los críticos, del mismo favor con que fue acogido por el público. La misma encarnizada polémica a que dio lugar en los años inmediatamente sucesivos a la publicación de la novela, se debió más a la necesidad de justificar (o exorcizar) un éxito popular insólito para un libro italiano, que al reconocimiento de un espacio literario realmente ocupado por la obra. Apagado el fuego de la polémica, las intervenciones sobre el libro se hacen mucho más esporádicas, y las grandes síntesis de los últimos años sobre la literatura italiana del novecientos dedican a Lampedusa un lugar muy marginal. Representativas de esta desconfianza hacia el escritor de la crítica especializada, pueden ser las siguientes consideraciones de Gianfranco Contini:

> [*El Gatopardo* es] una agradabilísima obra de entretenimiento, para usar una fórmula crociana, en la cual se popularizan, sobre un fondo étnicamente pintoresco, ciertos valores de la generación pasada.

Por otro lado hay que señalar tentativas aisladas de llegar a una visión más orgánica de Lampedusa, de analizar más detenidamente el conjunto biografía-obra, al margen de las polémicas y superando prejuicios. Entre ellas, la de mayor peso es la monografía dedicada al escritor por Giuseppe Paolo Samoná, trabajo hoy indispensable para cuantos quieran acercarse al mundo de Lampedusa. Samoná retoma prácticamente todos los problemas anterior y separadamente planteados por la crítica, incluso el más espinoso, el de las variantes de *El Gatopardo,* siempre proponiendo soluciones equilibradas y meditadas. El análisis de la novela ocupa la parte más amplia del tratamiento, y la más sugestiva de las propuestas interpretativas es quizás la indicación de una componente de «humor negro» (o *taedium vitae)* en el protagonista (o sea en el autor), de ascendencia leopardiana, que colocaría a Lampedusa en el centro vivo de la sensibilidad poética del siglo XX. Directamente vinculada a tal «humor negro» estaría la meditación del protagonista sobre el común destino de dolor que afecta a los hombres:

> ...son precisamente su desesperada condición y su modo igualmente desesperado de concebir la condición humana en general, a empujar a don Fabrizio hacia la solución de la solidaridad: no política, por cierto, pero universal y también humanitaria, al estilo de *La ginestra,* con un común enemigo en el fondo, la eternidad del ser.

Las redacciones de «El Gatopardo»

En su *Recuerdo de Lampedusa,* Francesco Orlando, uno de los jóvenes palermitanos discípulos del escritor (hoy prestigioso estudioso de literatura francesa y teórico de la literatura), narra de qué forma contribuyó él a la redacción de la novela. El amplio fragmento, citado por Samoná, constituye un documento de gran valor a la hora de reconstruir la historia de la composición de *El Gatopardo.* Es, además, un retrato de Lampedusa extraordinariamente vivo:

> ...me vi presentar con una impenetrable sonrisa una gran libreta, llena ya pero sin título, con el ruego de leer en voz alta: era el primer capítulo de la novela. Es una lástima que mi memoria me proporcione sólo de forma muy aproximada la fecha de aquel día, que sería interesante de precisar porque la redacción de la libreta era más que madura, casi definitiva; debía ser, de todas formas, uno de los primeros meses de 1956. Durante un año o más, hasta marzo de 1957, vi añadirse uno tras otro en grandes cuadernos idénticos todos los demás capítulos, y Lampedusa siempre decía que era su primera redacción. Confesaré que yo no conseguía reprimir alguna duda, tan infrecuentes, relativamente, eran tachaduras, borraduras y líneas sobrepuestas: si el autor afirmaba la verdad hay que deducir que la novela ha salido de un verdadero estado de gracia literario. El segundo capítulo fui quizás otra vez yo quien se lo leyó a él en voz alta, en su casa; y también me designó como lector del primero frente a un reducido grupo de personas, en casa de Bebbuzzo. Pero a partir del tercer capítulo todos mis recuerdos concuerdan en indicar que siempre fue él quien leyó para mí; quizás se había vuelto más celoso de la entonación de su propio texto a medida que proseguía su creación. Debía de haber llegado al tercero o al cuarto cuando comprendí que le habría complacido si me hubiera ofrecido para pasar a máquina lo que iba escribiendo. Yo era bastante veloz, sobre todo al dictado; y al aceptar mi oferta Lampedusa propuso venir a dictarme en persona, para lo cual era necesario que él se desplazara cada vez, porque no tenía en su casa una buena máquina de escribir.

Desde el final de la primavera de 1956 en adelante vino, pues, no sé exactamente cuántas veces a un cuartillo que formaba parte del estudio de abogado de mi padre, en los días pares, en que éste estaba cerrado. Me invitaba la mayoría de las veces a comer con él en un restaurante allí cerca, y utilizábamos las sucesivas, soleadas horas de la temprana tarde. El calor era a veces digno de Donnafugata; y él, desde un sillón que yo le colocaba al lado de mi máquina, con una camisa color tabaco o ceniza de mangas cortas, dictaba con voz clara, fumaba y sudaba, interrumpiéndose a menudo para aliviar también delicadamente la mecanicidad de nuestra tarea. Al cuarto capítulo, cuyas distintas partes nacieron ciertamente en un orden distinto de aquel según el cual se suceden hoy, siguieron provisionalmente el séptimo y el octavo; estos dos últimos me los hizo escuchar allí mismo, cada uno inmediatamente antes del respectivo dictado. El quinto y el sexto, esto es, las vacaciones del padre Pirrone y la fiesta del baile, fueron concebidos y redactados sucesivamente. Recuerdo que ambos me fueron leídos una mañana en mi habitación, pero cuando luego hubo que copiarlos a máquina, mis compromisos de estudiante de Letras en relación con los exámenes tuvieron bastante fuerza como para inducirme a pedir un aplazamiento. Aquí tengo un término de referencia cronológico seguro, el inicio de abril de 1957; ignoraba que la muerte daría a aquel aplazamiento el valor retrospectivo de un rechazo. Las copias dactilografiadas de la novela hechas por mí contenían, en conclusión, solamente seis capítulos sobre ocho, y fue una de éstas la que llegó a manos de Giorgio Bassani en la primavera de 1958, como el mismo Bassani ha narrado en su prólogo. Pero en los poquísimos meses de vida que le quedaron Lampedusa hizo a mano una copia integral y escrupulosa, para donársela a Gioacchino, que incluía naturalmente los dos capítulos no dactilografiados y comportaba correcciones al texto de todos los demás; yo nunca la vi. Por cierto tuvo que ser un número exiguo de correcciones, y me sería imposible decir hoy de memoria si la edición Feltrinelli sigue aquí o allí una versión u otra; en cualquier caso como texto auténtico y definitivo de *El Gatopardo* no puede valer más que el texto de este último manuscrito. De la primera redacción a mano ignoro la suerte.

Como se ve por estas notas de Orlando, las redacciones

de *El Gatopardo* fueron tres: una primera a mano, que según testimonio de la esposa del escritor el mismo Lampedusa destruyó, una segunda dactilografiada por Orlando, y una tercera a mano. Bassani, para la primera edición de la novela, pudo contar con la segunda y la tercera. Los capítulos quinto y sexto, y además los sumarios de todos los capítulos, sólo aparecían en la tercera (pero del sexto capítulo Lampedusa quiso, en las últimas semanas de su vida, que la esposa hiciera una copia ulterior). Bassani explica así los criterios que siguió para la edición:

> Como no me encontraba frente a un clásico y no sentía ninguna necesidad de hacer una edición crítica, sustituí de alguna forma al autor. Pudiendo disponer a menudo de dos lecciones, he elegido la que a mí, según mi gusto, me parecía mejor. Lo que habría hecho en la práctica el autor si hubiera tenido que editar el libro.

El criterio de Bassani fue, como se ve, bastante subjetivo y ello ha influido en años sucesivos, en el planteamiento del problema y en la necesidad de una edición crítica de la novela. Una parcial satisfacción de esta exigencia ha venido de la edición de 1969 a cargo de Gioacchino Lanza Tomasi (hijo adoptivo del escritor), en conformidad con la tercera redacción, autógrafa.

LA MODULACIÓN DEL TIEMPO EN «EL GATOPARDO»

«La modulación del tiempo es la calidad principal (no la única, se entiende) de cualquier gran novelista o poeta épico.» Tal vez este postulado, que Lampedusa enunció en la sede crítica de las *Lezioni su Stendhal*, pueda servir como punto de partida, y como enfoque exegético, para una reflexión sobre su novela. No se trata, naturalmente, de echar en cara al autor criterios de valoración estética que él formulaba en un plano muy general como lector y no como escritor, y tampoco se trata de medir la calidad de la novela en la búsqueda de su contenido de belleza. Se trata, más bien, de enfocar el análisis hacia aquella parte del núcleo del texto que se presenta, por admisión indirecta del mismo autor, más rica y problemática. Con esto no se quiere decir que en un producto literario se refleje de forma mecánica la intención constructiva de su autor, pues un excesivo estructuralismo nos ha llevado a considerar el texto en la inmanencia de sus formas y funciones. Sin embargo, aquel principio, que el autor enuncia con tanta contundencia, tiene para nosotros un significado casi de síntoma, si se me permite la imagen, en cuanto nos deja intuir la principal preocupación del autor a la hora de valorar su propio trabajo. Y, por muy inmanentes que se quieran las estructuras de un texto, sería una inútil, o incluso perjudicial, abstracción suponer que preocupaciones de orden crítico no intervengan a la hora de su composición, orientando la actitud del escritor cada vez que se le presentan soluciones alternativas de escritura. Si la «modulación del tiempo» es tan importante, para Lampedusa, cuando ha de valorar a los novelistas, sería bastante extraño que se volviera elemento superficial y accesorio a la hora de escribir su novela.

Pero, ¿qué hay que entender por «modulación del tiempo»? El diccionario sugiere que la palabra modulación significa «variación regulada», y podemos verosímilmente suponer que con aquella expresión Lampedusa quería referirse a la capacidad del novelista (y del poeta épico) de representar eficazmente, de forma regulada, el desarrollo del argumento en el tiempo, puesto que tal desarrollo define la novela y la épica, según parece entender Lampedusa, como géneros literarios específicos. Para Lampedusa, pues, «modulación del tiempo» significa sustancialmente dominio de las técnicas relacionadas con cierto tipo de escritura, lo cual es demasiado poco para una lectura «de cerca» de su novela. Hay que dar a la expresión «modulación del tiempo» un significado menos amplio y más operativo si se quiere usarla como clave hermenéutica. La primera, elemental, distinción consiste en oponer una forma-tiempo a un contenido-tiempo, entendiendo por forma-tiempo el sistema de relaciones entre el antes y el después que organiza la materia narrativa, y por contenido-tiempo el conjunto de valores de significado que la imagen conceptual «tiempo» vehicula. Por lo que afecta a la forma-tiempo los segmentos textuales de más inmediato interés son todos los indicadores cronológicos (fechas, duraciones, iteraciones, anticipaciones, interrupciones, etc.), de los cuales podemos de antemano suponer que están vinculados preferentemente 1) a la voz que narra y 2) a los elementos morfemáticos del discurso (tiempos verbales, abverbios). Por lo que afecta al contenido-tiempo, los segmentos textuales de más inmediato interés son, en cambio, los indicadores semánticos directamente o indirectamente relacionados con la imagen «tiempo», y podemos suponer que están vinculados preferentemente 1) a la voz de los personajes narrados y 2) a los elementos lexemáticos del discurso (nombres, adjetivos, verbos). «Modulación del tiempo» significará, entonces, en el primer caso, las funciones respectivamente desarrolladas por los indicadores cronológicos, y en el segundo, el peculiar sentimiento del tiempo expresado por los indicadores semánticos. Empecemos, pues, a leer la novela tratando de responder a la pregunta: ¿Cómo está modulado el tiempo en *El Gatopardo?*

Lo primero que encontramos es una fecha, bien aislada del resto de la página: «Mayo 1860.» Para percibir la relevancia de la posición tipográfica que la fecha ocupa, podemos imaginar la alternativa que al autor se le presentaba, insertarla en la narración propiamente dicha, con una expresión del tipo «Era el mes de mayo del año 1860...». El aislamiento de la fecha significa que su función de indicador cronológico es externa y no interna a la narración. Dicho con otras palabras, nosotros los lectores debemos saber que lo que se va a narrar está situado en un tiempo dado (si no lo supiéramos, no entenderíamos lo que cuenta el autor), pero este tiempo dado no será objeto de ficción narrativa. Tenemos aquí un primer elemento de interpretación: el tiempo de la novela se apoya en un tiempo objetivamente dado (el tiempo de la historia) excluido del proceso fabulador. Una rápida ojeada a las páginas iniciales de los demás capítulos de la novela, cada uno introducido por una fecha sucesiva a la anterior, nos confirma que la progresión cronológica de la novela se rige según un sistema heterónomo de fechas.

Cualquier italiano medianamente escolarizado sabe que en el mes de mayo de 1860 Giuseppe Garibaldi desembarcó en Sicilia con sus camisas rojas poniendo en marcha el proceso de anexión del Reino de las Dos Sicilias al naciente Reino de Italia. Este desembarco, recién producido o a punto de producirse, constituye el escenario en el cual hay que enmarcar la narración. ¿Se trata, pues, de una novela histórica al estilo decimonónico? Quizás sea pronto para contestar a esta pregunta, habiendo leído nada más una fecha. Sin embargo, las consideraciones de orden general a que esta fecha nos ha llevado dan pie para entrar en uno de los problemas más debatidos acerca de la interpretación de la novela. Ahora bien, *El Gatopardo* no es una novela histórica precisamente por el carácter heterónomo de su cronología. La Historia nunca es asumida como materia narrativa sobre la cual se ejerce la libre invención del autor. Ella es, esto sí, objeto de reflexión por parte de los personajes, motivación de muchas de sus actuaciones, pero falta en la novela aquella fabulación de la Historia que caracteriza la novela histórica decimonónica, tanto en su vertiente imaginario-aventurera, como podría ser Walter Scott, cuanto, al otro extremo, en su vertiente de verosimilitud representativa, como podría ser Manzoni. Obsérvese, en este último, de qué forma la fecha está insertada en la narración:

> ...Por una de estas callejuelas volvía, tranquilo y satisfecho, del paseo hacia su casa, en el atardecer del día 7 de noviembre del año 1628, don Abbondio, párroco de una de las tierras anteriormente mencionadas...

El escrúpulo en describir con exactitud los efectos que la guerra de los Treinta Años tuvo en Italia, no impide a Manzoni incluir el dato más objetivo, la fecha, en el corazón de la frase que representa al lector uno de sus personajes (imaginarios). Es que la novela histórica propiamente dicha no pone la Historia como horizonte de acontecimientos externos a la narración, sino que la asume, con mayor o menor grado de libertad inventiva, como material narrativo (y esto vale también para dos autores sumamente apreciados por Lampedusa: Stendhal y Tolstoi). Al revés, por paradójico que pueda parecer, el sentimiento de una Historia externa objetiva, fuera del alcance de la fabulación y, sin embargo, necesario punto de referencia para ella, es característico de otra etapa de la novela moderna, que precisamente en Italia tuvo su mayor difusión bajo la etiqueta de Neorrealismo. El escritor neorrealista supone una Historia (y una cronología) sólidamente fijada en la memoria colectiva de sus lectores, y se sirve de ella como de un contexto que desde fuera orienta la descodificación de su mensaje, el cual, de este modo, se presenta como reflexión o comentario dramatizado sobre algo que se da por bien conocido. Lampedusa comparte con los neorrealistas el sentimiento de una Historia presente en la narración, aunque desde fuera, y determinante en ella. Lo que, en cambio, un neorrealista no haría, es alejarse de la contemporaneidad retrocediendo hasta el siglo pasado. Pero volvamos a la lectura de la novela.

Ésta empieza con una cita latina entrecomillada: «Nunc et in hora mortis nostrae. Amen.» Las comillas nos indican que las palabras están a cargo de la voz de algún personaje distinto del autor. El personaje, desconocido aún, acaba de rezar, siendo aquellas palabras latinas la fórmula conclusiva de muchas oraciones de la liturgia católica. La pregunta preliminar que se nos pone en nuestro recorrido interpretativo es la siguiente: ¿la cita representa un indicador cronológico o un indicador semántico? La pregunta no tiene carácter disyuntivo. En efecto, si nos atenemos al aspecto formular de la expresión, a la función conclusiva que ella tiene en la liturgia, debemos leerla como un indicador cronológico: algo se acaba (¿una oración?) en el momento en que la narración empieza. No hace falta subrayar la tensión que esto provoca en el sistema de relaciones entre el antes y el después (la forma-tiempo) de la novela: en vez de introducir o preanunciar lo que vendrá después (cuando hayamos empezado a leer) la expresión nos da informaciones sobre lo que ha pasado antes (cuando hayamos empezado a leer). Es como entrar en una casa de espaldas: estamos ya en la casa, pero sólo vemos lo que hemos dejado fuera de ella. Este efecto de progresión orientada hacia atrás es debido fundamentalmente a las comillas, esto es, a la voz de un personaje sin previa mediación del narrador. Muy distinto sería si el autor hubiera escrito simplemente: «X acabó de rezar» (añadir la fórmula representaría una redundancia). El verbo acabar valdría como indicador cronológico exclusivamente por su tiempo de conjugación (perfecto, típico de cualquier narración) y no porque semánticamente remita a algo anteriormente empezado. Pero el peculiar efecto de la fórmula latina en el exordio de la novela se percibe mejor si la comparamos con otra fórmula de un exordio parecido: «Introibo ad altare Dei», entona Buck Mulligan nada más empezar el *Ulises* de Joyce, con una fórmula que lleva en sí misma, por la función que desarrolla en el ritual de la misa, un indicador introductivo. Con Joyce entramos en casa mirando correctamente de frente (no todas las reminiscencias del escritor irlandés en *El Gatopardo* son por antítesis: las veinticuatro horas del primer capítulo de la novela de Lampedusa son evidentemente un homenaje). Por otro lado, si consideramos la fórmula en su contenido, prescindiendo de la función litúrgica, reconoceremos enseguida un potente indicador semántico: «Ahora y en la hora de nuestra muerte.» Es su cariz estereotípico (y la forma latina) lo que impide percibir, en una lectura no interpretativa, la contundencia con la cual la imagen conceptual «tiempo» se afirma como tema dominante determinándose como «tiempo de la muerte». La doble función indicadora de la forma latina (progresión hacia atrás y tiempo de la muerte) muestra ya, al microscopio, la bien lograda fusión de los dos niveles, su convergencia en una peculiar modulación del tiempo en la novela.

«Había terminado ya el rezo cotidiano del rosario.» Entra finalmente en acción la voz del narrador. Encontramos en la frase dos indicadores, cronológico el primero (el pluscuamperfecto del verbo) y semántico el segundo (el adjetivo «cotidiano»). Una primera consideración habría que hacerla sobre la acumulación de indicadores: cinco en las primeras diecisiete palabras del texto, como si aquella preocupación por la «modulación del tiempo» fuera una verdadera obsesión en el autor. Nótese, además, que ambos indicadores suponen cierta redundancia: el primero porque el término del rezo lo expresaba la función conclusiva de la fórmula latina, el segundo porque el rosario (ya de por sí iterativo) es rezado normalmente, por los que lo rezan, cada día. Apreciaciones de este tipo indujeron al autor a suprimir, en la tercera redacción, el adjetivo. Queda por analizar, entonces, el verbo. Una vez más hay que comparar el tiempo escogido con las demás opciones que se le presentaban al autor dentro del grupo de los tiempos «históricos»: imperfecto y perfecto. El perfecto («Terminó ya el rezo...») habría indicado un tiempo singular, esto es, un acontecimiento definido, situado en un punto dado de la línea de desarrollo de la historia narrada, distinto de, y anterior a, otros acontecimientos situados en la misma línea. Tiempo narrativo por excelencia, el perfecto habría dado inmediatamente a la narración un ritmo rápido, de progresión (orientada hacia adelante) de la historia. Si fuera una película, tendríamos que imaginar una cámara persiguiendo a un personaje en acción, con cambios de campo para cada actuación (la serie de los cambios de campo sería la serie de los perfectos en la oración). El imperfecto («Terminaba ya el rezo...») habría indicado una duración, esto es, una pausa entre dos acontecimientos puntuales. Tiempo igualmente narrativo, pero fundamentalmente estático, el imperfecto habría enfocado la narración hacia una evocación sin desarrollo (si se tratara de una serie de imperfectos) o hacia un ritmo desigual de duraciones y progresiones (si se tratara de una alternancia de imperfectos y perfectos). Si fuera una película, tendríamos que imaginar una cámara fija en un personaje, y otro personaje que interviene desde el exterior (la actuación del primer personaje representaría el imperfecto, o la serie de los imperfectos, la del segundo representaría el perfecto). El pluscuamperfecto escogido por Lampedusa, remitiendo a una anterioridad en el pasado, produce, en la percepción del lector, el sentimiento de un tiempo consumado antes que la historia empiece. El pasado que se nos propone no es el pasado que cualquier narración lleva en sí como regla constitutiva del género, sino un pasado anterior a éste que sitúa el argumento («el rezo cotidiano del rosario») en un punto de la línea de desarrollo de la historia orientado en dirección opuesta al curso de la narración. Progresión orientada hacia atrás, hemos definido antes esta peculiaridad de la forma-tiempo en la novela. Si quisiéramos traducirla en lenguaje cinematográfico, tendríamos que imaginar una cámara en movimiento que busca al personaje en un recorrido de sus rastros o signos. Luchino Visconti, en la película inspirada en la novela de Lampedusa, ha dado prueba de una extraordinaria penetración interpretativa abriendo el filme con un movimiento de la cámara que, desde lejos, se va lentamente acercando al palacio de los Salina y, finalmente, entra en la sala donde la familia está rezando al través de una ventana cuya cortina un soplo de viento ha levantado.

Los indicadores cronológicos del primer párrafo confirman la orientación hacia atrás del tiempo narrativo: «...había recordado... habían tejido... se habían destacado... habían parecido... había parecido». Hay que esperar el segundo párrafo para que la historia arranque y nuestra mirada de lectores gire finalmente hacia delante. El potente indicador cronológico introductivo, «Ahora», y los verbos de la primera frase, un participio pasado («acallada») y un imperfecto («volvía») tienen precisamente la función de orientar el desarrollo de la historia hacia una progresión eludida hasta aquí. En particular, los dos verbos no expresan aún acontecimientos puntuales, sino que indican direcciones de marcha. Adquiere, pues, el máximo relieve, en nuestro recorrido interpretativo, el primer indicador cronológico activo, el primer signo de algo que acaece. Este signo lo encontramos en la segunda frase: «Por la puerta, cruzada la cual habían salido los criados, el alano Bendicò, entristecido por la exclusión que se había hecho de él, entró y movió el rabo.» Obsérvese la insistencia en la anterioridad en el pasado («habían salido»), la dificultad, se diría, de despegarse de un tiempo muerto recalcitrante a cualquier hipótesis de desarrollo. Sólo al final de la frase tenemos noticia de lo que ocurre en el momento de la historia en el cual estamos situados: «entró y movió el rabo».

El hecho de que el primer personaje en movimiento, el primero que actúe (ya que todos los personajes encontrados hasta ahora no actúan, propiamente, sino que han actuado) sea el perro Bendicò no tendría especial trascendencia si el último en actuar, al final de la novela, no fuera el mismo Bendicò. Han pasado muchos años de aquel 1860 en el cual la historia empieza, y la vieja Concetta, hija mayor del Príncipe, que ha muerto hace tiempo, decide tirar a la basura el cuerpo embalsamado del perro:

> Mientras los restos eran arrastrados afuera de la habitación los ojos de cristal miraron con el humilde reproche de las cosas que se apartan, que se quieren anular. Pocos minutos después lo que quedaba de Bendicò fue arrojado en un rincón del patio que el basurero visitaba a diario. Durante su vuelo desde la ventana su forma se recompuso un instante. Habríase podido ver danzar en el aire a un cuadrúpedo de largos bigotes que con la pata anterior derecha levantada parecía imprecar. Después todo halló la paz en un montoncillo de polvo lívido.

Es demasiado transparente la alegoría que el perro vehicula en esta escena final para que nos detengamos en explicitarla. Más sutil, en cambio, es el papel de Bendicò en la estructura general de la novela, y especialmente en la primera parte. A él está vinculado el vector temporal positivo de la historia, la línea temporal de la historia que progresa hacia adelante. Las actuaciones de Bendicò son los acontecimientos puntuales entre los cuales se extienden los tiempos muertos de duraciones casi siempre orientadas hacia atrás. Los indicadores cronológicos de las primeras cinco páginas insisten obsesivamente en fórmulas del tipo: «Durante media hora», «Durante un buen rato», «Durante veintitrés horas y media», «Hacía más de un mes», «Durante el rezo del rosario», «Desde por la mañana», «Treinta años después», «Durante siglos», «Horas antes», las cuales, invariablemente acopladas a imperfectos y pluscuamperfectos, congelan el tiempo narrativo en extensas pausas evocativas. Obsérvese cuán raros y débiles son los perfectos verbales en las primeras cinco páginas. Después de la entrada de Bendicò en la capilla tenemos: «Quedó cubierta solamente una Andrómeda a quien el hábito del padre Pirrone, rezagado en sus oraciones suplementarias, impidió durante un buen rato que volviera a ver el plateado Perseo...», donde los indicadores cronológicos tienen valor más bien negativo; es como si el autor dijera: «Andrómeda no quedó al descubierto, no volvió a ver...» Poco después, «... se despertaron las divinidades», «Las filas de tritones y de dríadas... aparecieron de pronto tan colmadas de entusiasmo...», «En las paredes los monos empezaron de nuevo a hacer muecas...», donde todo el contenido progresivo de los perfectos es anulado por su función metafórica: el autor está describiendo unos frescos, no relatando unos acontecimientos que marquen una línea de desarrollo. Media página más adelante tenemos otro perfecto, el primero que se refiera a un personaje humano de la novela: «La ansiosa arrogancia de la princesa hizo caer secamente el rosario en la bolsa bordada de jais...», pero aquí tampoco podemos ver un indicador cronológico de desarrollo, tratándose de un gesto que sirve más para connotar el carácter del personaje que para denotar un progreso lineal de la narración (el sujeto del verbo no es la princesa, sino su «ansiosa arrogancia»). Valor igualmente connotativo tienen los dos perfectos siguientes, referidos al personaje del Príncipe: «...un poco de malhumor enturbió su mirada cuando vio de nuevo la manchita de café que desde por la mañana se había atrevido a interrumpir la vasta blancura de su imponente chaleco». Y no hay más, hasta el final de la primera sección del capítulo. Podemos decir que lo único que ha ocurrido en estas cinco páginas, lo único que ha marcado un desarrollo cronológico hacia adelante, ha sido la entrada de Bendicò en la sala. Y si quisiéramos una confirmación indirecta del papel cronológicamente progresivo del personaje del perro, sólo tendríamos que empezar a leer la sección siguiente: «Precedido por un Bendicò excitadísimo (el Príncipe) descendió la breve escalinata que conducía al jardín.» Cuando, finalmente, el protagonista actúa, lo hace precedido por su perro.

El relieve de Bendicò en cuanto vector positivo de tiempo por un lado justifica plenamente la alegoría final de la novela, por otro muestra en negativo la sustancial ausencia de dinamismo narrativo en los demás personajes y, en general, en el entramado de la novela. Heteronomía del sistema de fechas, substracción de la historia al proceso fabulador, progresión orientada hacia atrás, congelación del tiempo en amplias pausas evocativas... son las fórmulas con las que se ha tratado aquí de indicar y definir la especialísima modulación de la cronología en *El Gatopardo*. Trataremos ahora de observar cómo la cronología se traduce en sentimiento, de qué forma los indicadores morfológicos se transforman en indicadores semánticos, de forma tal que la fabulación en su conjunto orgánicamente expresa un tiempo muerto que no conoce desarrollo. Estamos en el capítulo cuarto. Tancredi y Angélica han vivido días de intensa pasión amorosa en el antiguo palacio de Donnafugata. La sección que los narra se concluye con este párrafo:

Aquéllos fueron los días mejores de la vida de Tancredi y de la de Angélica, vidas que serían luego tan variadas, tan pecaminosas sobre el inevitable fondo de dolor. Pero ellos entonces no lo sabían y perseguían un porvenir que consideraban más concreto, aunque luego resultase estar formado solamente de humo y viento. Cuando se hubieron hecho viejos e inútilmente sabios, sus pensamientos volvían a aquellos días con añoranza insistente: habían sido los días del deseo siempre presente porque siempre vencido, de muchos lechos que se les habían ofrecido y que habían sido rechazados por el estímulo sensual, que precisamente por ser inhibido, por un instante, se había sublimado en renuncia, es decir, en verdadero amor. Aquellos días fueron la preparación a su matrimonio que, incluso eróticamente, fue malogrado; una preparación, sin embargo, que se configuró como un conjunto en sí mismo, exquisito y breve: como aquellas sinfonías que sobreviven a las óperas olvidadas a que pertenecen y que contienen, abocetadas con su alegría velada de pudor, todas aquellas arias que luego, en la ópera, debían ser desarrolladas sin habilidad, y fracasar.

Lo que sorprende en el primer párrafo no es tanto la divergencia cronológica entre el acontecimiento narrativamente actual («Aquellos fueron los días...») y el acontecimiento futuro anticipado («vidas que habrían sido luego tan variadas...»). Los saltos en el tiempo, tanto hacia adelante como hacia atrás, son las figuras frecuentes y triviales de cualquier narración. Lo que, en cambio, llama la atención en este fragmento, es la aparente gratuidad del salto. El matrimonio de los dos personajes no constituye un motivo desarrollado en la novela (en el final, solamente, hay algunas alusiones marginales), así que la divergencia cronológica, más que un salto funcional hacia adelante en la economía del relato, es un salto hacia fuera destinado a enfocar desde otra perspectiva la actualidad de lo que se está narrando. El párrafo que sigue vuelve a proponer la divergencia: «Pero ellos entonces no lo sabían..., aunque luego resultase...», y esta vez los dos momentos narrados no son simplemente alineados, sino que existe una precisa relación lógica entre ellos («aunque luego»). La aparente anticipación sirve, está claro, para falsificar el punto de vista de los dos personajes, cuya felicidad se nos presenta como vana ilusión que el tiempo disipará. Pero aquella anticipación sirve también, más sutilmente, para inmovilizar la cronología de la narración, para fijar el dato narrativo en un marco contemplativo no susceptible de desarrollo. Hay que leer las frases siguientes para apreciar el esfuerzo, la violencia que el autor emplea para detener el movimiento del tiempo: «Cuando se hubieron hecho viejos e inútilmente sabios, sus pensamientos volvían a aquellos días con añoranza insistente...» Los mismos personajes se convierten en contempladores desde lejos de su propia historia, que acaba de narrarse, la cual se nos presenta ya no como acontecimiento puntual, sino como pura evocación de un tiempo ausente («...un conjunto en sí mismo, exquisito y breve...»). La palabra clave, en la cual se expresa de forma clara y sintética el sentimiento del tiempo propio de Lampedusa es «añoranza», o sea, «deseo de algo perdido», y su novela es un extraordinario mecanismo productor de añoranza. No importa el punto, o el momento presente, a partir del cual lo que ya no es se evoca. Mejor dicho, este punto no existe. Sólo Bendicò tiene la suerte, o la desdicha, de vivir el tiempo. Todos los demás, y todo lo demás, desde el protagonista absorto en la auscultación metódica del tiempo que pasa, hasta las arcillas y los desiertos de una Sicilia eternamente sedienta, actúan de espaldas al tiempo, en la inmóvil contemplación de su propio ir muriéndose.

Don Fabrizio conocía desde siempre esta sensación. Hacía decenios que sentía cómo el fluido vital, la facultad de existir, la vida en suma, y acaso también la voluntad de continuar viviendo, iban saliendo de él lenta pero continuamente, como los granitos se amontonan y desfilan uno tras otro, sin prisa pero sin detenerse ante el estrecho orificio de un reloj de arena. En algunos momentos de intensa actividad, de gran atención, este sentimiento de continuo abandono desaparecía para volver a presentarse impasible en la más breve ocasión de silencio o de introspección: como un zumbido continuo en el oído, como el tictac de un reloj se impone cuando todo calla, y entonces nos dan la seguridad de que siempre han estado allí, vigilantes, hasta cuando no se oían... le había bastado siempre un mínimo de atención para advertir el rumor de los granitos de arena que se deslizaban leves, de los instantes de tiempo que se evadían de su mente y le abandonaban para siempre.

NUESTRA EDICIÓN

La presente edición de la novela reproduce, con ligeras modificaciones, la traducción al castellano de la primera edición italiana llevada a cabo por Fernando Gutiérrez en 1959, precedida por el prólogo de Giorgio Bassani. En las notas al texto he tratado de explicitar los acontecimientos y la problemática histórico-política aludidos por el autor, no tan familiares a un lector español como pueden serlo para un lector italiano. He señalado también alguna fuente literaria, generalmente lírica, para que resulte más evidente el especial tono narrativo de Lampedusa.

BIBLIOGRAFÍA ESENCIAL

BASSANI, G., «Nove domande sul romanzo, *Nuovi Argomenti,* mayo-agosto de 1959.

RUSSO, L., «Analisi del Gattopardo», *Belfagor,* septiembre de 1959.

BARBERI SQUAROTTI, G., «Tomasi di Lampedusa», en *Poesia e narrativa del secondo novecento,* Milán, Mursia, 1961.

FALQUI, E., «Tomasi di Lampedusa», en *Novecento letterario,* Florencia, Vallecchi, 1961.

SCIASCIA, L., «Il Gattopardo», en *Pirandello e la Sicilia,* Roma, Caltanissetta, 1961.

SOTTILE D'ALFANO, L. A., *Saggio sul Gattopardo,* Nápoles, Conte, 1962.

BALDACCI, L., «Tomasi di Lampedusa», en *Letteratura e verità,* Milán-Nápoles, Ricciardi, 1963.

CECCHI D'AMICO, S., *Il film «Il Gattopardo» e la regia di L. Visconti,* Bolonia, Cappelli, 1963.

ORLANDO, F., *Ricordo di Lampedusa,* Milán, Scheiwiller, 1963.

VITELLO, A., *I Gattopardi di Donnafugata,* Palermo, Flaccovio, 1963.

BUZZI, G., *Invito alla lettura di Tomasi di Lampedusa,* Milán, Mursia, 1972.

ZATTI, S., *Tomasi di Lampedusa: Biografia, Itinerario artistico. Cenni sulla fortuna critica,* Bresso, Cetim, 1973.

SALVESTRONI, S., «Tomasi di Lampedusa», en *Il castoro,* , n. 74, Florencia, La Nuova Italia, 1973.

SAMONA, G. P., *Il Gattopardo. I Racconti. Lampedusa,* Florencia, La Nuova Italia, 1974.

EL GATOPARDO

PRÓLOGO DE LA EDICIÓN ITALIANA

LA primera y última vez que vi a Giuseppe Tomasi, príncipe de Lampedusa, fue en el verano de 1954, en San Pellegrino Terme, con motivo de una reunión literaria organizada en la pequeña *ville d'eau* lombarda, por iniciativa de Giuseppe Ravegnani y el Municipio local. El propósito de la reunión, animada con la intervención de la Televisión y un grupo de reporteros gráficos, era éste: una docena de los más ilustres escritores italianos contemporáneos presentaría al público (no muy preparado) de los veraneantes, un número correspondiente de «esperanzas» de las últimas y penúltimas promociones literarias.

No es éste lugar de contar detalladamente cómo se desarrolló la reunión, ni de hacer un balance siquiera tardío de sus trabajos. De todos modos, no resultó inútil. Efectivamente, en San Pellegrino, Eugenio Montale nos dio la primera noticia de la existencia de un nuevo, auténtico poeta: el barón Lucio Piccolo, de Capo d'Orlando (Mesina). Las poesías de Piccolo, precedidas por el mismo escrito que Montale leyó entonces ante nosotros, figuran ahora en la colección Specchio, de Mondadori. Sé que no digo nada extraordinario afirmando que representan lo mejor que en estos últimos años ha aparecido en Italia en el campo de la lírica pura. ¿Qué más?

Lucio Piccolo resultó la verdadera revelación de la reunión. De más de cincuenta años, distraído y timidísimo como un muchacho, sorprendió y encantó a todos, viejos y jóvenes, su gentileza, su trato de gran señor, su absoluta falta de histrionismo, incluso la elegancia un poco *démodée* de sus oscuros trajes sicilianos. Había venido de Sicilia en tren, acompañado de un primo mayor que él y de un criado. Convengamos en que esto era ya suficiente para excitar a una tribu de literatos en mitad de sus vacaciones. Ni que decir tiene que sobre Piccolo, su primo y su criado (un extraño trío que no se escindía nunca: el criado, bronceado y robusto como un macero, ni un solo instante les quitó la vista de encima...), durante el día y medio que permanecieron en San Pellegrino, convergieron la curiosidad, el asombro y la simpatía generales.

El propio Lucio Piccolo me dijo el nombre y título de su primo: Giuseppe Tomasi, príncipe de Lampedusa. Era un caballero alto, corpulento, taciturno, de rostro pálido, con esa palidez grisácea de los meridionales de piel oscura. Por el gabán cuidadosamente abotonado, por el ala del sombrero caído sobre los ojos, por el nudoso bastón en que, al caminar, se apoyaba pesadamente, uno, a primera vista, lo habría tomado, ¡yo que sé!, por un general de la reserva o algo semejante. Era mayor que Lucio Piccolo, como ya he dicho: frisaría los sesenta. Paseaba al lado de su primo por las callejas que rodean el Kursaal, o asistía, en el salón interior del Kursaal, a los trabajos de la reunión, silencioso siempre, siempre con el mismo rictus amargo en los labios. Cuando me presentaron a él, se limitó a inclinarse brevemente sin decir nada.

Transcurrieron cinco años sin que hubiese sabido nada más del príncipe de Lampedusa. Hasta que en la primavera pasada, una querida amiga mía napolitana que vive en Roma, habiendo oído decir que yo estaba preparando una colección de libros, tuvo la buena idea de telefonearme. Tenía algo para mí, me dijo: una novela. Se la había mandado tiempo atrás, desde Sicilia, un amigo suyo. La leyó y le pareció muy interesante, y como había tenido noticia de mi nueva actividad editorial, se sentía muy contenta poniéndola a mi disposición.

—¿De quién es? —le pregunté.

—Pues no lo sé. Pero creo que no será difícil saberlo.

Poco después tuve en mis manos el original mecanografiado. No llevaba firma alguna. Pero apenas hube saboreado el delicioso fraseo del *incipit*, estuve seguro de una cosa: se trataba de una obra seria, la obra de un verdadero escritor. Era suficiente. Luego, la lectura completa de la novela, que apuré en poco tiempo, no hizo más que confirmarme en mi primera impresión.

Telefoneé inmediatamente a Palermo. Supe entonces que el autor de la novela era Giuseppe Tomasi, duque de Palma y príncipe de Lampedusa. Sí, justamente el primo del poeta Lucio Piccolo, de Capo d'Orlando, me confirmaron. Desgraciadamente, el príncipe enfermó gravemente un año antes, en la primavera de 1957 y murió en Roma, adonde había ido en una extrema tentativa de curación, el mes de julio de aquel mismo año.

Sabemos que la vida es musical. Sobre sus temas fundamentales, sobre sus «frases» más intensas, no le gusta detenerse. Se limita a dárselas a uno a hurtadillas, a señalárselas apenas. En resumen, me dirigí a Palermo en la tardía primavera de este año. A pesar de todo fue un viaje muy beneficioso, porque el manuscrito original de la novela —un grueso cuaderno rayado, lleno casi enteramente con la pequeña caligrafía del autor— al examinarlo se reveló mucho más completo y correcto que la copia dactilografiada que ya conocía.

En Palermo tuve el placer de conocer a la esposa del escritor, la baronesa Alessandra Wolff-Stomersee, báltica de nacimiento, pero de madre italiana, notable investigadora de problemas de psicología (es vicepresidenta de la Sociedad Psicoanalítica italiana). De ella tuve no pocas noticias sobre Giuseppe Tomasi de Lampedusa. La mas asombrosa para mí fue la siguiente: que *El Gatopardo* había sido escrito desde el principio al fin, entre el año 55 y el 56. En resumen, prácticamente, había sucedido poco más o menos esto: a su regreso de San Pellegrino, el pobre príncipe se había puesto a trabajar y en pocos meses, capítulo tras capítulo, había terminado su libro. Apenas tuvo tiempo de copiarlo. Luego, de pronto, se manifestaron los primeros síntomas de la enfermedad que en pocas semanas le arrebató la vida.

—Hace veinticinco años que me anunció que quería escribir una novela histórica, ambientada en Sicilia en la época del desembarco de Garibaldi en Marsala, girando en torno a la figura de su bisabuelo paterno, Giulio de Lampedusa, astrónomo —me dijo entre otras cosas la señora—. Pensaba en ella continuamente, pero nunca se decidía a empezarla.

Por fin comenzó a escribir las primeras páginas. Procedió con verdadero afán. Iba a trabajar al Circolo Bellini. Salía de casa por la mañana temprano y no regresaba hasta las tres.

En Palermo, además del manuscrito, recuperé muchos otros escritos inéditos: cuatro cuentos, varios ensayos sobre los novelistas franceses del siglo XIX (Stendhal, Mérimée, Flaubert).

Por el examen de todo este material (al que se agregará —es de esperar— el epistolario) podemos hacernos a su debido tiempo una idea muy precisa de la personalidad intelectual y moral de este escritor. Ni que decir tiene que fue un hombre de gran cultura. Conocía a fondo, en el idioma original, las principales literaturas, y dividió su vida entre la querida y odiada Sicilia y largos viajes al extranjero. (Enseñó también; pero privadamente, reuniendo en torno suyo, en sus últimos años, a un pequeño grupo de jóvenes talentos.)

Pero lo que más me urge ahora es llamar la atención especialmente sobre su único libro, completo en todas sus partes, que nos ha dejado. Amplitud de visión histórica unida a una agudísima percepción de la realidad social y política de la Italia contemporánea, de la Italia de hoy; delicioso sentido del humor; auténtica fuerza lírica; perfecta siempre, a veces encantadora, realización expresiva: todo esto, a mi entender, hace de esta novela una obra excepcional. Una de esas obras, precisamente, para las que se trabaja o se prepara uno toda la vida.

Como en los *Viceré* de Federico de De Roberto, sale a escena, también aquí, una familia de la alta aristocracia isleña, tomada en el momento revelador del cambio de régimen, cuando ya asoman los tiempos nuevos. Pero si la materia de *El Gatopardo* recuerda muy de cerca el libro de De Roberto, difiere, en cambio, sustancialmente el escritor, la forma en que éste se sitúa frente a las cosas. Ni un ápice de pedantería documental, de objetivismo naturalista encontramos en Tomasi de Lampedusa. Centrado casi totalmente en torno a un solo personaje, el príncipe Fabrizio Salina, en el que ha de verse un retrato del bisabuelo por parte de padre, pero también, al mismo tiempo, un autorretrato lírico y crítico a la vez, su novela hace muy pocas concesiones, y estas pocas no sin sonrisa, a la trama, al enredo, a lo novelísticco, tan querido de toda la narrativa europea del siglo XIX. En resumen, mejor que a De Roberto, habría que acercar a Tomasi de Lampedusa a nuestro contemporáneo Brancati. Y no sólo a Brancati, sino también, probablemente, a algunos grandes escritores ingleses de esta primera mitad del siglo (por ejemplo, Forster), que ciertamente conocía a fondo: como él, poetas líricos y ensayistas más que narradores «de raza».

Y con esto creo haber dicho lo indispensable. Más tarde corresponderá a la crítica colocar a nuestro escritor en el lugar debido en la historia de la literatura italiana del siglo XX. En cuanto a mí, repito, prefiero por ahora no añadir nada más. Estoy convencido de que la poesía, cuando la hay —y no dudo de que la hay aquí— merece ser considerada, al menos por un momento, por lo que es, por el extraño juego en que consiste, por el primordial don de ilusión, de verdad y de música que quiere darnos sobre todo. Léase, pues, de punta a cabo la novela, con el abandono que para sí pretende la verdadera poesía. Mientras tanto, el más vasto público de lectores tendrá tiempo de enamorarse ingenuamente, justamente como se haría en otro tiempo, de esos personajes de la fábula entre los cuales el autor, también como lo hicieron en un tiempo los poetas, se halla encerrado. Me refiero al príncipe Fabrizio Salina, Tancredi Falconeri, Angélica Sedara, Concetta y todos los demás: hasta el pobre perro «Bendicò».

Giorgio Bassani

Septiembre 1958.

Capítulo primero

Rosario y presentación del príncipe. — El jardín y el soldado muerto. — Las audiencias reales. — La cena. — En
coche a Palermo. — Con Mariannina. — El retorno a San
Lorenzo. — Conversación con Tancredi. — En la administración: los feudos y los razonamientos políticos. — En el
observatorio con el padre Pirrone. — Calma durante la
cena. — Don Fabrizio y los campesinos. — Don Fabrizio
y su hijo Paolo. — La noticia del desembarco y de nuevo
el rosario.

Mayo 1860

Nunc et in hora mortis nostrae. Amen.

HABÍA terminado ya el rezo cotidiano del rosario.
Durante media hora la voz sosegada del príncipe había recordado los misterios gloriosos y do-
lorosos[1], durante media hora otras voces, entremezcladas,
habían tejido un rumor ondulante en el cual se habían destacado las flores de oro de palabras no habituales: amor, vir-
ginidad, muerte, y durante este rumor el salón rococó parecía haber cambiado de aspecto. Hasta los papagayos que
desplegaban las irisadas alas sobre la seda de las tapicerías
habían parecido intimidados, incluso la Magdalena, entre

---

[1] En la tercera redacción, de forma más verosímil, simplemente «do-
lorosos» (véase Samoná, págs. 236-237). La liturgia católica es bastante
ajena a Lampedusa y su postura fundamental frente a la religión positiva,
es de un escepticismo irónico.

las dos ventanas, había parecido una penitente y no una bella y opulenta rubiaza perdida en quién sabe qué sueños, como se la veía siempre.

Ahora, acallada la voz, todo volvía al orden, al desorden, acostumbrado. Por la puerta, cruzada la cual habían salido los criados, el alano «Bendicò», entristecido por la exclusión que se había hecho de él, entró y movió el rabo. Las mujeres se levantaban lentamente, y el oscilante retroceder de sus enaguas dejaba poco a poco descubiertas las desnudeces mitológicas que se dibujaban en el fondo lechoso de las baldosas. Quedó cubierta solamente una Andrómeda a quien el hábito del padre Pirrone, rezagado en sus oraciones suplementarias, impidió durante un buen rato que volviera a ver al plateado Perseo que sobrevolando las olas se apresuraba al socorro y al beso.

En los frescos del techo se despertaron las divinidades. Las filas de tritones y dríadas, que desde los montes y los mares, entre nubes frambuesa y ciclamino, se precipitaban hacia una transfigurada Conca d'Oro[2] para exaltar la gloria de la Casa de los Salina, aparecieron de pronto tan colmadas de entusiasmo como para descuidar las más simples reglas de la perspectiva; y los dioses mayores, los príncipes entre los dioses, Júpiter fulgurante, Marte ceñudo, Venus lánguida, que habían precedido las turbas de los menores, embrazaban gustosamente el escudo azul con el Gatopardo. Sabían que ahora, por veintitrés horas y media, recobrarían el señorío de la villa. En las paredes los monos empezaron de nuevo a hacer muecas a las *cacotoés*.

Bajo aquel Olimpo palermitano también los mortales de la Casa de los Salina descendían apresuradamente de las místicas esferas. Las muchachas ordenaban los pliegues de sus vestidos, cambiaban azuladas miradas y palabras en la jerga del pensionado. Hacía más de un mes, desde el día de los «motines» del Cuatro de Abril[3], que por prudencia

---

[2] «Cuenca de oro»: es la bahía de Palermo.

[3] Estamos en el momento culminante del proceso de unificación política de Italia. El año anterior (1859) Vittorio Emmanuele II de Cerdeña, cuyo reino comprendía las regiones de Piamonte (con la capital Turín), Valle de Aosta, Liguria y Cerdeña, había llevado a cabo, con la alianza y

las habían hecho volver del convento, y echaban de menos los lechos de baldaquino y la intimidad colectiva del Salvatore. Los muchachos se peleaban por la posesión de una estampa de San Francisco de Paula; el primogénito, el heredero, el duque Paolo, tenía ya ganas de fumar y, temeroso

---

el apoyo militar de Napoleón III de Francia, una guerra victoriosa contra el imperio de Austria, que dominaba directamente sobre las regiones de Lombardía y Véneto (incluidas las ciudades de Trento y Trieste). El objetivo del conde de Cavour (primer ministro del gobierno constitucional sardo) era llegar hasta Venecia y anexionar todos los territorios italianos sujetos al imperio de Austria. Los escrúpulos clericales de Napoleón III —el Papa, como los demás soberanos de los distintos estados italianos, veía amenazados sus amplios dominios en la península por la formación de un fuerte estado en la Italia del norte— le indujeron a interrumpir la guerra cuando los ejércitos aliados sólo habían conquistado Lombardía, lo cual suponía un sustancial fracaso de la estrategia político-militar de Cavour, que expulsando Austria de Italia del norte, pretendía sustituirle el reino de Cerdeña en su tradicional hegemonía sobre la península. Sin embargo, la guerra, presentada como rescate de la nación prisionera del extranjero, despertó en todo el país movimientos a favor de la unificación y en contra de los respectivos soberanos (todos más o menos vinculados al imperio de Austria). Así, los ducados de Parma y Módena, la parte septentrional del estado pontificio (Bolonia y las Romagne) y el gran ducado de Toscana se levantaban contra sus soberanos y manifestaban su voluntad de anexión al reino de Cerdeña. Más complejo era el problema político del reino de las dos Sicilias (sur de Italia y Sicilia). Por un lado, las potencias europeas, con la sola excepción de Inglaterra, se oponían a la expulsión de los Borbones y a la anexión al reino de Cerdeña; por el otro, era viva en el sur, sobre todo en Sicilia, la tradición democrática de Mazzini, que confiaba más en el levantamiento popular que en la guerra de conquista de los piamonteses. La iniciativa la tomaron precisamente los democráticos sicilianos, que planearon una sublevación en la isla apoyada militarmente por una expedición militar de voluntarios desde el norte de Italia al mando de Giuseppe Garibaldi, que con sus «camisas rojas» había participado ya brillantemente, al lado de los francopiamonteses, en la guerra con Austria. El hábil primer ministro sardo Cavour, que naturalmente compartía muy poco los planteamientos vagamente democráticos de los garibaldinos, intuyó, sin embargo, que de la operación militar, en caso de tener éxito, el provecho mayor lo sacaría el mismo rey de Cerdeña, que habría podido presentarse al final como el defensor del constitucionalismo moderado frente a las intemperancias de los demócratas. Así que, simulando ser ajeno a la maniobra militar, permitió que Garibaldi y alrededor de mil «camisas rojas» se embarcaran cerca de Génova rumbo a Sicilia (5 de mayo). Aquí, entretanto, había estallado la insurrección (4 de abril), que el ejército borbón reprimió con dureza. Pero la llegada de Garibaldi no podía tardar mucho.

de hacerlo en presencia de sus padres, palpaba a través del bolsillo la paja trenzada de la pitillera. A su rostro palidísimo asomaba una melancolía metafísica: la jornada no había sido buena: «Guiscardo», el alazán irlandés, le había parecido en baja forma, y Fanny no había encontrado la manera (¿o el deseo?) de hacerle llegar el acostumbrado billetito de color violeta. ¿Por qué, entonces, se había encarnado el Redentor?

La ansiosa arrogancia de la princesa hizo caer secamente el rosario en la bolsa bordada de *jais*, mientras sus ojos bellos y maniacos miraban de soslayo a los hijos siervos y al marido tirano hacia quien el minúsculo cuerpo tendía en un vano afán de dominio amoroso.

Mientras tanto, él, el príncipe, se levantaba: el impacto de su peso de gigante hacía temblar el pavimento, y en sus ojos clarísimos se reflejó, por un instante, el orgullo de esta efímera confirmación de su señorío sobre hombres y edificios.

Ahora dejaba el desmesurado misal rojo sobre la silla que habían colocado delante de él durante el rezo del rosario, recogía el pañuelo sobre el cual había apoyado la rodilla, y un poco de mal humor enturbió su mirada cuando vio de nuevo la manchita de café que desde por la mañana se había atrevido a interrumpir la vasta blancura de su imponente chaleco.

No es que fuera gordo: era inmenso y fortísimo; su cabeza rozaba —en las casas habitadas por los comunes mortales— el colgante inferior de las arañas; sus dedos sabían enroscar como si fueran papel de seda las monedas de un ducado; y entre Villa Salina y la tienda de un platero había un frecuente ir y venir para reparación de tenedores y cucharas que, en la mesa, su contenida ira convertía en círculos. Por otra parte, aquellos dedos también sabían ser delicadísimos en las caricias y en el manoseo, y esto, para su mal, lo recordaba Maria Stella, su mujer; y los tornillos, tuercas, botones, cristales esmerilados de los telescopios, catalejos y «buscadores de cometas», que arriba, en lo alto de la villa, amontonábanse en su observatorio privado, manteníanse intactos bajo el leve roce. Los rayos del sol poniente, pero todavía alto, de aquella tarde de mayo encendían el color rosado del príncipe y su pelambre de color de miel lo que denunciaba el origen alemán de su madre, de aquella princesa Carolina cuya altivez había congelado, treinta años antes, la desaliñada corte de las Dos Sicilias. Pero en la sangre de aquel aristócrata siciliano, en el año 1860, fermentaban otras esencias germánicas mucho más incómodas para él que todo lo atractivas que pudieran ser la piel blanquísima y los cabellos rubios en un ambiente de caras oliváceas y pelos de color ala de cuervo: un temperamento autoritario, cierta rigidez moral, una propensión a las ideas abstractas que en el *habitat* moral y muelle de la sociedad palermitana se habían convertido respectivamente en una prepotencia caprichosa, perpetuos escrúpulos morales y desprecio para con sus parientes y amigos, que le parecía anduvieran a la deriva por los meandros del lento río pragmático siciliano.

Primero (y último) de una estirpe que durante siglos no había sabido hacer ni siquiera la suma de sus propios gastos ni la resta de sus propias deudas, poseía una marcada y real inclinación por las matemáticas. Había aplicado éstas a la astronomía y con ello había logrado abundantes galardones públicos y sabrosas alegrías privadas. Baste decir que en él el orgullo y el análisis matemático habíanse asociado hasta el punto de proporcionarle la ilusión de que los astros obedecían a sus cálculos —como, en efecto, parecían obedecer— y que los dos planetas que había descubierto —Salina y Svelto los había llamado, como su feudo y su inolvidable perdiguero— propagaban la fama de su Casa en las estériles regiones entre Marte y Júpiter, y que, por lo tanto, los frescos de la villa habían sido más una profecía que una adulación.

Solicitado de una parte por el orgullo y el intelectualismo materno y de otra por la sensualidad y faconería de su padre, el pobre príncipe Fabricio vivía en perpetuo descontento aun bajo el ceño jupiterino, y se quedaba contemplando la ruina de su propio linaje y patrimonio sin desplegar actividad alguna e incluso sin el menor deseo de poner remedio a estas cosas.

Aquella media hora entre el rosario y la cena era uno de los momentos menos irritantes de la jornada, y horas antes saboreaba ya la, no obstante, dudosa calma.

Precedido por un «Bendicò» excitadísimo descendió la breve escalinata que conducía al jardín. Cerrado como estaba por tres tapias y un lado de la villa, la reclusión le confería un aspecto de cementerio, acentuado por montículos paralelos que delimitaban los canalillos de irrigación y que parecían túmulos de esmirriados gigantes. Sobre la roja arcilla crecían las plantas en apretado desorden: las flores surgían donde Dios quería y los setos de arrayanes más parecían haber sido puestos allí para impedir el paso que para dirigirlo. Al fondo una Flora manchada de líquenes negro-amarillos exhibía resignada sus gracias más que seculares; a los lados dos bancos sostenían unos cojines acolchados, en desorden, también de mármol gris. Y en un ángulo el oro de una mimosa entremetía su intempestiva alegría. Cada terrón trascendía un deseo de belleza agotado pronto por la pereza.

Pero el jardín, oprimido y macerado por aquellas barreras, exhalaba aromas untuosos, carnales y ligeramente pútridos, como las aromáticas esencias destiladas de las reliquias de ciertas santas; los claveles imponían su olor picante al protocolario de las rosas y al oleoso de las magnolias que se hacían grávidas en los ángulos, y como a escondidas advertíase también el perfume de la menta mezclado con el aroma infantil de la mimosa y el de confitería de los arrayanes. Y desde el otro lado del muro los naranjos y limoneros desbordaban el olor a alcoba de los primeros azahares.

Era un jardín para ciegos: la vista era ofendida constantemente; pero el olfato podía extraer de todo él un placer fuerte, aunque no delicado. Las rosas *Paul Neyron*, cuyos planteles él mismo había adquirido en París, habían degenerado. Excitadas primero y extenuadas luego por los jugos vigorosos e indolentes de la tierra siciliana, quemadas por los julios apocalípticos, se habían convertido en una especie de coles de color carne, obscenas, pero que destilaban un aroma denso casi soez, que ningún cultivador francés se hubiese atrevido a esperar. El príncipe se llevó una a la nariz y le pareció oler el muslo de una bailarina de Ópera... «Bendicò», a quien también le fue ofrecida, se encogió asqueado y se apresuró a buscar sensaciones más salubres entre el estiércol y las lagartijas muertas.

Para el príncipe el jardín perfumado fue causa de sombrías asociaciones de ideas.

«Ahora huele bien aquí, pero hace un mes...»

Recordaba la repulsión que unas dulzonas vaharadas habían difundido por toda la villa antes de que se hubiese apartado su causa: el cadáver de un joven soldado del Quinto Batallón de Cazadores que, herido en la asonada de San Lorenzo luchando contra las escuadras de los rebeldes, había ido a morir solo, allí, bajo un limonero. Lo habían encontrado de bruces sobre el espeso trébol, con la cara hundida en un charco de sangre y vómito, las uñas clavadas en tierra y cubierto de hormigas. Debajo de la bandolera los intestinos violáceos habían formado una charca. Había sido Russo, el capataz, quien había encontrado aquella cosa hecha trozos, le había dado la vuelta y había cubierto su rostro con un pañolón rojo, había recogido las vísceras con una ramita y las había metido dentro del desgarrado vientre, cuya herida había cubierto luego con los faldones azules del capote, escupiendo continuamente a causa del asco, si no precisamente encima, muy cerca del cadáver. Y todo ello con preocupante pericia.

—El hedor de estas carroñas no cesa ni cuando están muertas —decía.

Y esto había sido todo lo que había conmemorado aquella muerte solitaria.

Cuando los aturdidos compañeros se lo hubieron llevado —y sí, lo habían arrastrado por los hombros hasta la carreta de modo que la estopa del muñeco había salido de nuevo toda afuera— se añadió al rosario de la tarde un *De profundis* por el alma del desconocido. Y considerándose satisfecha la conciencia de las mujeres de la casa, no se volvió a hablar más de ello.

El príncipe se fue a raspar un poco de liquen de los pies de Flora y comenzó a pasear de un lado a otro. El sol bajo proyectaba su inmensa sombra sobre los parterres funerarios.

Efectivamente, no se había hablado más del muerto y a fin de cuentas, los soldados son soldados precisamente para morir en defensa del rey. La imagen de aquel cuerpo destripado surgía, sin embargo, con frecuencia en sus recuerdos, como para pedir que se le diera paz de la única manera posible para el príncipe: superando y justificando su extremo sufrimiento en una necesidad general. Y había en torno suyo otros espectros todavía menos atractivos que esto. Porque morir por alguien o por algo, está bien, entra en el orden de las cosas; pero conviene saber, o por lo menos estar seguros de que alguien sabe por quién o por qué se muere. Esto era lo que pedía aquella cara desfigurada. Y precisamente aquí comenzaba la niebla.

—Está claro que ha muerto por el rey, querido Fabrizio —le habría respondido Màlvica, su cuñado, si el príncipe le hubiese interrogado, ese Màlvica elegido siempre como portavoz de la muchedumbre de los amigos—. Por el rey, que representa el orden, la continuidad, la decencia, el derecho y el honor; por el rey que es el único que defiende a la Iglesia, que impide que se venga abajo la propiedad, que persigue la «secta».

Bellísimas palabras éstas, que indicaban todo cuanto era amado por el príncipe hasta las raíces del corazón. Pero había algo que, sin embargo, desentonaba. El rey, muy bien. Conocía bien al rey, al menos al que había muerto hacía poco; el actual no era más que un seminarista vestido de general[4]. Y la verdad es que no valía mucho.

—Pero esto no es razonar, Fabrizio —replicaba Màlvica—, no todos los soberanos pueden estar a la altura, pero la idea monárquica continúa siendo la misma.

También esto era verdad.

—Pero los reyes que encarnan una idea no deben, no

_____

[4] En 1859 había muerto Ferdinando II de Borbón. Le había sucedido su hijo Francesco II.

pueden descender, por generaciones, por debajo de cierto nivel; si no, mi querido cuñado, también la idea se menoscaba.

Sentado en un banco permanecía inerte contemplando la devastación que «Bendicò» estaba llevando a cabo en los viales; de vez en cuando el perro volvía a él los ojos inocentes como si le solicitara una alabanza por la tarea llevada a cabo; catorce claveles destrozados, medio seto pelado, un canalillo obstruido. Parecía realmente un cristiano.

—Quieto, «Bendicò», ven acá.

Y el animal acudía, le ponía el morro terroso en la mano deseoso de mostrarle que le perdonaba la estúpida interrupción del buen trabajo llevado a cabo.

Las audiencias, las muchas audiencias que el rey Fernando le había concedido en Caserta, en Capodimonte, en Portici, en Nápoles, donde Cristo dio las tres voces.

Al lado del chambelán de servicio, que lo guiaba hablando por los codos, con el bicornio bajo el brazo y las más frescas vulgaridades napolitanas en los labios, recorría interminables salas de magnífica arquitectura y mobiliario repugnante —precisamente como la monarquía borbónica— a lo largo de pasillos sucios y escaleras descuidadas y desembocaba en una antecámara donde esperaba mucha gente: rostros herméticos de corchetes; caras ávidas de pretendientes recomendados. El chambelán se excusaba, hacía superar el obstáculo de la multitud y lo conducía hacia otra antecámara, la reservada a la gente de la Corte: una salita azul y plata de los tiempos de Carlos III[5], y luego una breve espera, un criado llamaba a la puerta y uno era admitido entonces ante la Augusta Presencia.

El despacho particular era pequeño y artificiosamente sencillo: en las blancas paredes encaladas un retrato del rey Francisco I[6] y uno de la actual reina, con su aspecto agrio

   [5] Carlo III de Borbón, rey de Nápoles de 1734 a 1759 (luego rey de España).
   [6] Francesco I (1777-1830) fue rey de Nápoles desde 1825.

y colérico; sobre la repisa de la chimenea una Madonna de Andrea del Sarto[7] parecía sorprendida de encontrarse rodeada de litografías de colores representando santos de tercer orden y santuarios napolitanos; sobre una ménsula un Niño Jesús de cera, una lamparilla encendida delante, y sobre el modesto escritorio, papeles blancos, amarillos, azules: toda la administración del reino reunida en su fase final, la de la firma de Su Majestad (a quien Dios guarde).

Tras este montón de papelotes, estaba el rey. De pie para no verse obligado a mostrar que se levantaba; el rey con sus carrillos pálidos tras las patillas rubiancas, con esa casaca militar de paño basto bajo la cual asomaba la catarata violácea de los pantalones flojos. Daba un paso adelante con la diestra ya tendida para un besamanos que rechazaría luego.

—Salina, dichosos los ojos que te ven.

El acento napolitano superaba generosamente en sabor al del chambelán.

—Ruego que Vuestra Majestad tenga a bien disculparme por no llevar el uniforme cortesano. Sólo estoy de paso en Nápoles y no podía dejar de venir a ver a vuestra augusta persona.

—Tu no andas bien, Salina: sabes que en Caserta estás como en tu propia casa.

«Como en tu propia casa», repetía sentándose tras la mesa escritorio y retrasando un momento el hacer sentar a su huésped.

—Y el mujerío, ¿qué tal?

El príncipe comprendía que, ya llevado a ese punto, había que colocar el chiste salaz e hipócrita.

—¿El mujerío, majestad? ¿A mi edad y bajo el sagrado vínculo del matrimonio?

La boca del rey reía mientras las manos ordenaban de nuevo severamente los papeles.

—Nunca, Salina, me habría permitido... Yo me refería a las mujeres de tu casa, a las princesitas. Concetta, nuestra querida ahijada, debe de ser ya mayor, una señorita.

---

[7] Andrea del Sarto. Pintor florentino que vivió entre 1486 y 1530.

De la conversación sobre la familia se pasó a la ciencia.

—Tú, Salina, haces honor no sólo a ti mismo, sino a todo el reino. ¡Qué gran cosa es la ciencia, cuando no le da por atacar a la religión!

Pero después la máscara del amigo se dejaba a un lado, y se asumía la del soberano severo.

—Dime Salina, ¿qué se dice en Sicilia de Castelcicala?

Salina había oído acerbas críticas tanto por parte real como por parte de los liberales, pero no quería traicionar al amigo, eludía la pregunta y se mantenía en una zona que no lo comprometía a nada.

—Gran señor, héroe glorioso, acaso un poco viejo para las tareas de la Lugartenencia.

El rey se ensombrecía. Salina no quería ser soplón. Por lo tanto, Salina no valía nada para él. Apoyando las manos sobre la mesa se disponía a despedirse.

—Tengo mucho trabajo. Todo el reino se apoya sobre estos hombros.

Era tiempo de suavizar las cosas; salió a luz nuevamente la máscara de amistad.

—Cuando vuelvas por Nápoles, Salina, ven con Concetta para que la vea la reina. Sé que es demasiado joven para ser presentada en la Corte, pero un banquetito en privado no nos lo impide nadie. Personas a modo y lindas jovencitas. Adiós, Salina, que sigas bien.

Pero en cierta ocasión la despedida fue mal. El príncipe se había inclinado ya por segunda vez a medida que retrocedía, cuando el rey lo llamó:

—Salina, óyeme. Me han dicho que dejan mucho que desear las visitas que sueles hacer en Palermo. Que tu sobrino Falconeri..., ¿por qué no sienta de una vez la cabeza?

—Majestad, Tancredi no se ocupa más que de mujeres y de juego.

El rey perdió la paciencia.

—Salina, Salina, bromeas. El responsable eres tú, el tutor. Dile que ande con cuidado. Adiós.

Recorriendo el itinerario fastuosamente mediocre para ir a firmar en el registro de la reina, le invadía el desánimo. La cordialidad plebeya le había deprimido tanto como su expresión policiaca. Dichosos aquellos amigos suyos que querían interpretar la familiaridad como amistad y la amenaza como una actitud real. Él no podía. Y, mientras peloteaba chismes con el impecable chambelán, preguntábase quién estaba destinado a suceder a esta monarquía que llevaba en la cara las huellas de la muerte. ¿El piamontés, el llamado Galantuomo[8] que tanto alborotaba en su pequeña y apartada capital? ¿No sería lo mismo? Dialecto torinés en lugar del napolitano. Y nada más.

Había llegado ante el registro. Firmó: Fabrizio Corbera, príncipe de Salina.

¿O la república de don Peppino Mazzini[9]?

Gracias. Me convertiría en el señor Corbera.

Y no lo calmó el largo trote de regreso. Ni siquiera pudo consolarle la cita ya establecida con Cora Danòlo.

En este estado de cosas, ¿qué se podía hacer? ¿Agarrarse a lo que ya se tiene en la mano y no meterse en camisa de once varas? Entonces eran necesarios los secos estampidos de las descargas, tal como se habían dejado oír poco tiempo atrás en una plazuela de Palermo, pero ¿de qué servían también las descargas?

—No se arregla nada con el ¡pum, pum!, ¿verdad «Bendicò»?

«Ding, ding, ding», sonaba la campanilla anunciando la

---

[8] *Galantuomo:* significa, en italiano, «hombre honesto y leal». La expresión «il re galantuomo» se refiere a Vittorio Emmanuele II.

[9] Giuseppe (hipocorístico meridional: Peppino) Mazzini, genovés, vivió entre 1805 y 1872 y dio un fundamental impulso al proceso de unificación italiana. A su obra de reflexión y propaganda se debió que el nacionalismo italiano saliera de la clandestinidad sectaria para transformarse en mito popular. El texto en el que su teoría de la sociedad y el estado queda mejor formulada es *I doveri dell'uomo* («Los deberes del hombre»), publicado en el año 1861. Su actividad de apóstol de la revolución nacional se desarrolló a través de la revista *La Giovine Italia,* que él mismo fundó y que actuó como órgano de prensa del primer partido de masas italiano. En el terreno programático Mazzini representaba el ala democrático-republicana del movimiento nacionalista: firmemente convencido de que el pueblo, y no el ejército de los Saboya, tenía que protagonizar la liberación de Italia, constituía, mucho más que el rey piamontés, la verdadera amenaza para la clase social a la que pertenece el protagonista de la novela.

cena. «Bendicò» corría hecha la boca agua por la comida saboreada de antemano.

«¡Un piamontés de una pieza!», pensaba Salina, subiendo la escalera.

La cena, en Villa Salina, se servía con el malparado esplendor que constituía entonces el estilo del reino de las Dos Sicilias. El número de comensales —eran catorce, entre los dueños de la casa, institutrices y preceptores— bastaba por sí solo para dar un carácter imponente a la mesa. Cubierta con un finísimo mantel remendado, resplandecía bajo la luz de una potente *carsella* precariamente colgada bajo la *ninfa,* bajo la lámpara de Murano. Por las ventanas entraba todavía mucha luz, pero las figuras blancas sobre el fondo oscuro de los cornisamentos, que simulaban bajorrelieves, se perdían ya en la sombra. Maciza la vajilla de plata y espléndida la cristalería, destacándose en un medallón liso entre los grabados de Bohemia las letras F.D. *(Ferdinandus Dedit)* como recuerdo de una munificencia real; pero los platos, cada uno con un monograma ilustre eran tan sólo supervivientes de los estragos llevados a cabo por las fregatrices y procedían de juegos descabalados. Los de mayor tamaño, bellísimos Capodimonte con una ancha orla verde almendra decorada con pequeñas anclas doradas, estaban reservados al príncipe a quien le gustaba tener en torno suyo las cosas a escala, excepto su mujer.

Cuando entró en el comedor, todos estaban ya reunidos, pero solamente se había sentado la princesa, pues los demás estaban de pie tras sus sillas. Y ante su sitio, flanqueado por una columna de platos, extendíanse los costados de plata de la enorme sopera con una tapa coronada por el Gatopardo danzante. El príncipe servía en persona la sopa, grato trabajo, símbolo de los deberes nutricios del *pater familias.* Pero aquella noche, como no había sucedido hacía tiempo, oyóse amenazador el tintineo del cucharón contra las paredes de la sopera: señal de una gran cólera contenida, uno de los más espantosos ruidos que existieran, como cuarenta años después decía aún un hijo superviviente: el príncipe se había dado cuenta de que el joven Francesco Paolo no estaba en su sitio. El muchacho entró de pronto («Perdóname, papá»), y se sentó. No sufrió reproche alguno, pero el padre Pirrone, que ejercía más o menos el cargo de perro de pastor, inclinó la cabeza y se encomendó al Señor. La bomba no había estallado. Pero el viento levantado a su paso había helado la mesa, y la cena se fue al diantre. Mientras se cenaba en silencio, los ojos azules del príncipe un poco entristecidos entre los párpados semicerrados, miraban a los hijos uno tras otro y los enmudecían de pavor.

Pero, en realidad, pensaba:

«¡Qué familia!»

Las mujeres, llenitas, rebosantes de salud, con sus hoyuelos maliciosos y, entre la frente y la nariz, ese ceño, esa marca atávica de los Salina. Los varones, delgados pero fuertes, con la melancolía de moda en el rostro, manejaban los cubiertos con una contenida violencia. Hacía dos años que faltaba uno de ellos, Giovanni, el segundón, el más querido, el más huraño. Un buen día había desaparecido de casa y de él no se habían tenido noticias en dos meses. Hasta que llegó una respetuosa y fría carta de Londres, en la cual se disculpaba por la ansiedad causada, tranquilizaba a todos sobre su salud y se afirmaba, extrañamente, en preferir su modesta vida de encargado en un depósito de carbones antes que una existencia «demasiado cuidada» (léase encadenada) entre las comodidades palermitanas. El recuerdo, la ansiedad por el jovencito errante bajo la humosa niebla de aquella ciudad herética pellizcaron malamente el corazón del príncipe, que sufrió mucho. Todavía se ensombreció más.

Se ensombreció tanto que la princesa, sentada junto a él, tendió la mano infantil y acarició la poderosa manaza que descansaba sobre la servilleta. Ademán inesperado que desencadenó una serie de sensaciones: irritación por ser compadecido, sensualidad despertada, pero no dirigida sobre quien la había provocado. Como un relámpago surgió para el príncipe la imagen de Mariannina con la cabeza hundida en la almohada. Alzó secamente la voz:

—Domenico —dijo al criado—, di a don Antonio que enganche los bayos al *coupé*. Iré a Palermo después de cenar.

Al mirar a los ojos de su mujer, que se habían vuelto vítreos, se arrepintió de haber dado esta orden, pero como no había ni que pensar en retroceder ante una disposición ya dada, uniendo la befa a la crueldad, dijo:

—Padre Pirrone, usted irá conmigo. Estaremos de vuelta a las once. Podrá pasar dos horas en el convento con sus amigos.

Ir a Palermo por la noche, y en aquellos tiempos de desórdenes, al parecer manifiestamente sin objeto, a excepción de que se tratase de una aventura de baja calidad, y tomar además como compañero al eclesiástico de la Casa era una ofensiva demostración de poder. Por lo menos esto fue lo que pensó el padre Pirrone, y se ofendió. Pero, naturalmente, cedió.

Apenas se hubo engullido el último níspero, oyóse ya en el zaguán el rodar del coche. Mientras en la sala un criado entregaba la chistera al príncipe y el tricornio al jesuita, la princesa, ahora con lágrimas en los ojos, hizo una última tentativa, aunque en vano:

—Pero, Fabrizio, con estos tiempos..., con las calles llenas de soldados, llenas de malandrines... Puede ocurrir una desgracia.

Él sonrió burlón.

—Tonterías, Stella, tonterías. ¿Qué quieres que suceda? Todos me conocen. Hombres de mi estatura hay pocos en Palermo. Adiós.

Y besó apresuradamente la frente todavía tersa que estaba al nivel de su barbilla. Pero, sea que el olor de la piel de la princesa le hubiese evocado tiernos recuerdos, sea porque tras él el paso penitencial del padre Pirrone hubiera evocado piadosas admoniciones, cuando llegó ante el *coupé* se encontró de nuevo a punto de volverse atrás. En aquel momento, mientras abría la boca para dar la orden de que llevasen el coche a la cuadra, un violento grito: «¡Fabrizio, Fabrizio!», llegó a través de la ventana abierta arriba, seguido de agudísimos chillidos. La princesa tenía una de sus crisis histéricas.

—Adelante —dijo al cochero que estaba en el pescante con la fusta en diagonal sobre el vientre—. Adelante. Vamos a Palermo a dejar al reverendo en el convento.

Y cerró violentamente la portezuela antes de que el criado pudiese cerrarla.

No era noche todavía y, encajada entre las altas tapias, la calle se alargaba, blanquísima. Apenas salidos de la propiedad de los Salina descubríase a la izquierda la villa semiderruida de los Falconeri, perteneciente a Tancredi, su sobrino y pupilo. Un padre derrochador, marido de la hermana del príncipe, había disipado todo el patrimonio y se había muerto después. Había sido una de esas ruinas totales durante las cuales desaparece hasta la plata de los galones de las libreas; y a la muerte de la madre, el rey había conferido la tutela del sobrino, que entonces tenía catorce años, al tío Salina. El muchacho, antes casi desconocido, se había hecho querer por el irritable príncipe que descubría en él una alegría pendenciera, un temperamento frívolo que se contradecía a veces con repentinas crisis de seriedad. Sin confesárselo a sí mismo, hubiese preferido que fuese él su primogénito, en lugar del simplaina de Paolo. Además, a los veintiún años, Tancredi sabía darse la gran vida con el dinero que el tutor no le escatimaba e incluso le añadía de su bolsillo.

«A saber lo que estará tramando ahora ese grandullón», pensaba el príncipe mientras pasaba junto a Villa Falconeri cuya enorme buganvilla, derramando más allá del cancel su cascada de seda episcopal, le daba en la oscuridad un abusivo aspecto de esplendor.

«A saber lo que estará tramando.»

Porque el rey Fernando, cuando le habló de las nada deseables relaciones del jovencito, hizo mal en decirlo, pero de hecho tenía razón. Preso en una red de amigos jugadores, de amigas «de mala conducta», como se decía, a quienes dominaba con su gracioso atractivo, Tancredi había llegado a tener simpatías por la «secta», relaciones con el Comité Nacional secreto; acaso recibía también dinero de allí como lo recibía, por otra parte, de la Caja Real. Y se había visto y deseado, y desvivido en sus visitas al escéptico Castelcicala y al demasiado cortés Maniscalco para evitarle al muchacho un desdichado percance después del Cuatro de Abril. Esto no tenía maldita la gracia. Por otra parte, Tancredi no podía dejar de considerar que nunca sería culpable para su tío; la verdadera culpa la tenían los tiempos, estos tiempos disparatados durante los cuales un jovencito de buena familia no podía tener la libertad de jugar una partida de faraón sin tener que liarse con amistades comprometedoras. Malos tiempos éstos.

—Malos tiempos, excelencia.

La voz del padre Pirrone resonó como un·eco de sus pensamientos. Comprimido en un rincón del *coupé,* oprimido por la masa del príncipe, dominado por la potencia del príncipe, el jesuita sufría en el cuerpo y en la conciencia, y, hombre nada mediocre, transfería inmediatamente sus propias penas efímeras al mundo duradero de la historia.

—Fíjese, excelencia —y señalaba con el dedo los montes escarpados de la Conca d'Oro todavía claros en este último crepúsculo.

A los lados y sobre las cumbres ardían docenas de hogueras, las que las escuadras rebeldes encendían cada noche, silenciosa amenaza para la ciudad regia y conventual. Parecían esas luces que se ven arder en las habitaciones de los enfermos graves durante las supremas velas.

—Ya lo veo, padre, ya lo veo.

Y pensaba que acaso Tancredi hallárase ante una de aquellas malvadas hogueras atizando con sus aristocráticas manos las brasas que ardían justamente para quitar a esas manos el poder.

«La verdad es que estoy hecho un buen tutor, con un pupilo que hace lo primero que inesperadamente le pasa por las mientes.»

La calle descendía ahora en una ligera pendiente y se veía Palermo muy cerca y completamente a oscuras. Sus casas bajas y apretadas estaban oprimidas por las desmesuradas moles de los conventos. Había docenas, gigantescos todos, a menudo asociados en grupos de dos o tres, conventos para hombres y conventos para mujeres, conventos ricos y conventos pobres, conventos nobles y conventos plebeyos, conventos de jesuitas, de benedictinos, de franciscanos, de capuchinos, de carmelitas, de ligurinos, de agustinos... Descarnadas cúpulas de curvas inciertas, semejantes a senos vaciados de leche, elevábanse todavía más altas, y eran ellos, los conventos, los que conferían a la ciudad su oscuridad y su carácter, su decoro y, al mismo tiempo, el sentido de muerte que ni la frenética luz siciliana conseguía hacer desaparecer. Además, a aquella hora, en noche casi cerrada, se convertían en los déspotas del paisaje. Y, en realidad, se habían encendido contra ellos las hogueras de las montañas, atizadas, por lo demás, por hombres muy semejantes a los que vivían en los conventos, fanáticos como ellos, y, como ellos, ávidos de poder, es decir, como es costumbre, de ocio.

Esto era lo que pensaba el príncipe, mientras los bayos avanzaban al paso cuesta abajo, pensamientos en contraste con su verdadera esencia, nacidos de la ansiedad por la suerte de Tancredi y por el estímulo sensual que lo inducía a revolverse contra los frenos que los conventos representaban.

Ahora efectivamente la calle pasaba por entre los pequeños naranjos en flor, y el aroma nupcial del azahar lo anulaba todo como el plenilunio anula un paisaje: el olor de los caballos sudorosos, el olor del cuero de la tapicería del coche, el olor del príncipe y el olor del jesuita, todo quedaba cancelado por aquel perfume islámico que evocaba huríes y sensualidades de ultratumba.

También se conmovió el padre Pirrone.

—¡Qué hermoso país sería éste, excelencia, si...!

«Si no hubiese tantos jesuitas», pensó el príncipe, que con la voz del sacerdote había visto interrumpidos dulcísimos presagios. Y de pronto se arrepintió de la villanía no consumada, y con su gruesa mano dio un golpe en la teja de su viejo amigo.

Al llegar a los suburbios de la ciudad, ante la Villa Airoldi, una patrulla detuvo el coche. Voces de Pulla y napolitanas intimaron el alto, desmesuradas bayonetas relampaguearon bajo la oscilante luz de una linterna, pero su suboficial reconoció enseguida al príncipe, que permanecía con la chistera sobre las rodillas.

—Perdón, excelencia, pase.

E hizo que un soldado se instalara en el pescante para que el príncipe no fuese molestado al pasar ante otros puestos de vigilancia.

El *coupé,* con el nuevo peso, avanzó más lentamente, rodeó Villa Ranchibile, dejó atrás Torrerosse y los huertos de Villafranca y entró en la ciudad por Porta Maqueda. En el café Romeres en los Quattro Canti di Campagna los oficiales de las secciones de guardia reían y saboreaban enormes sorbetes.

Esta era la única señal de vida que daba la ciudad, porque las calles estaban desiertas, resonaban al paso cadencioso de las rondas que paseaban con las bandoleras blancas cruzadas sobre el pecho. Y a los lados el bajo continuo de los conventos, la Abadía del Monte, los estigmatos, los crucíferos, los teatinos, paquidérmicos, negros como la pez, sumidos en un sueño que se parecía a la nada.

—Dentro de un par de horas pasaré a recogerle, padre. Que tenga usted buenas oraciones.

Y el padre Pirrone llamó confuso a la puerta del convento, mientras el *coupé* se alejaba por las calles.

Dejado el coche en el palacio, el príncipe se dirigió a pie allí donde estaba decidido a ir. La calle no era larga, pero el barrio tenía mala fama. Soldados con el equipo completo, lo que indicaba que se habían alejado furtivamente de las secciones que vivaqueaban en las plazas, salían con mortecinos ojos de las bajas casuchas en cuyos frágiles balcones una mata de albahaca daba cuenta de la facilidad con que habían entrado. Jovenzuelos siniestros de anchos calzones litigaban con ese bajo tono de voz de los sicilianos enfurecidos. De lejos llegaba el eco de los escopetazos que se les escapaban a los centinelas demasiado nerviosos. Atravesada esta zona, la calle costeó la Cala: en el viejo puerto pesquero las barcas se balanceaban semipodridas, con el desolado aspecto de los perros tiñosos.

«Soy un pecador, lo sé, doblemente pecador, ante la ley

divina y ante el amor humano de Stella. No hay duda, y mañana me confesaré al padre Pirrone.»

Sonrió para sí pensando que acaso esto sería superfluo, tan seguro debía estar el jesuita de su culpa de hoy. Luego volvió a imponerse el espíritu de sutileza:

«Peco, es verdad, pero peco para no pecar más, para no continuar excitándome, para arrancarme esta espina carnal, para no ser arrastrado por mayores desgracias. Y esto lo sabe el Señor.»

Se sintió enternecido hacia sí mismo.

«Soy un pobre débil —pensaba mientras su poderoso paso resonaba sobre el sucio empedrado—, soy débil y nadie me sostiene. ¡Stella! ¡Se dice pronto! El Señor sabe si la he querido: nos casamos hace veinte años. Pero ella es ahora demasiado despótica y demasiado vieja también.

Le había desaparecido el sentido de la debilidad.

«Todavía soy un hombre vigoroso y ¿cómo puedo contentarme con una mujer que, en el lecho, se santigua antes de cada abrazo y luego, en los momentos de mayor emoción, no sabe decir otra cosa que «¡Jesús, María!»? Cuando nos casamos, cuando ella tenía dieciséis años, todo esto me exaltaba, pero ahora... He tenido con ella siete hijos y jamás le he visto el hombligo. ¿Esto es justo? —gritaba casi, excitado por su excéntrica angustia—. ¿Es justo? ¡Os lo pregunto a todos vosotros! —y se dirigía al portal de la Catena—. ¡La pecadora es ella!»

Este tranquilizador descubrimiento lo confortó, y llamó decididamente a la puerta de Mariannina.

Dos horas después estaba ya en el *coupé* de regreso junto con el padre Pirrone. Éste estaba emocionado: sus cofrades lo habían puesto al corriente en cuanto a la situación política que estaba mucho más tirante de cuanto parecía en la desasida calma de Villa Salina. Temíase un desembarco de los piamonteses en el sur de la isla, por Sciacca, y las autoridades habían advertido un mudo fermento en el pueblo: el hampa ciudadana esperaba la primera señal de debilidad del poder; quería lanzarse al saqueo y al estupro. Los padres estaban alarmados y tres de ellos, los más viejos, habían sido obligados a marcharse a Nápoles, en el *pacchetto*[10] de la tarde, llevándose consigo los papeles del convento.

—El Señor nos proteja y ampare este santísimo reino.

El príncipe apenas lo escuchaba, sumido como estaba en una serenidad satisfecha, maculada de repugnancia. Mariannina lo había mirado con sus grandes ojos opacos de campesina, no se había negado a nada y se había mostrado humilde y servicial. Una especie de «Bendicò» con sayas de seda. En un instante de particular delicuescencia, incluso tuvo necesidad de exclamar: «¡Principón!» Él todavía se reía de ello, satisfecho. Evidentemente, esto era mucho mejor que el *mon chat* o el *mont singe blond* que señalaban los momentos análogos de Sarah, la putilla parisiense a quien había frecuentado tres años atrás cuando durante el Congreso de Astronomía le impusieron en la Sorbona la medalla de oro. Mejor que el *mon chat* sin duda; y, además, mucho mejor que el «¡Jesús, María!». Por lo menos no había en ello el menor sacrilegio. Mariannina era una buena chica. La próxima vez que fuera a verla le llevaría tres varas de seda roja.

Pero también ¡qué pena! Aquella carne joven demasiado manoseada, aquella resignada impudicia, y él mismo ¿qué era? Un puerco y nada más. Entonces recordó unos versos que había leído por casualidad en una librería de París, al hojear un volumen de no sabía quién, de uno de esos poetas que Francia publica y olvida cada semana. Volvía a ver la columna amarillo limón de los ejemplares no vendidos, la página, una página impar y oía de nuevo los versos impresos en ella dando fin a una poesía disparatada:

...donnez-moi la force et le courage
de contempler mon coeur et mon corps sans dégoût[11].

---

[10] Barco con el que se hace el servicio postal en Sicilia.

[11] Se trata de una cita sacada de los últimos versos del poema LXXXVIII de *Les fleurs du mal* de Charles Baudelaire: «Un voyage à Cythère». Hay que notar la supresión del apóstrofe inicial: «Ah! Seigneur! donnez-moi...», y la sustitución del infinitivo original («regarder») por «contempler». La tercera redacción restituye tanto el apóstrofe como el infinitivo. El olvido del autor de los versos en el protagonista, hay que

Y mientras el padre Pirrone continuaba ocupándose de un tal La Farina[12] y de un tal Crispi[13], el «principón» se quedó dormido en una especie de desesperada euforia, acunado por el trote de los bayos, sobre cuyas gruesas nalgas los faroles del coche hacían oscilar la luz. Se despertó a la esquina de Villa Falconeri.

«Vaya tipo ése, también. Atiza el fuego que lo devorará.»

Cuando se encontró en la alcoba matrimonial, al ver a la pobre Stella con los cabellos bien arreglados bajo el gorro de dormir, dormida y suspirante en el enorme y altísimo lecho de bronce, se conmovió y enterneció.

«Me ha dado siete hijos y ha sido solamente mía.»

La habitación trascendía un olor a valeriana, último vestigio de la crisis histérica.

«¡Pobre Stelluccia mía!» —se lamentó mientras escalaba el lecho.

Pasaban las horas y no podía dormir: Dios, con su poderosa mano, mezclaba en sus pensamientos tres hogueras: la de las caricias de Mariannina, la de los versos franceses y la iracunda de los fuegos de los montes.

Pero hacia el alba la princesa tuvo ocasión de santiguarse.

---

interpretarlo no tanto como esnobismo irónico del autor, sino como necesario elemento de caracterización del personaje: el príncipe de Salina tiene intuición literaria suficiente como para fijar en su memoria versos de calidad suprema como son los del poeta francés, pero no la conciencia crítica que se necesitaría para apreciar en su exacto valor a un genio incómodo y controvertido tres años solamente después de la publicación de su obra maestra (recuérdese que *Les fleurs du mal* salió en 1857). Muy distinta es, en cambio, la actitud hacia Baudelaire de Lampedusa, que se sirve del poema no solamente para esta cita que el protagonista saca de su memoria, sino también, y como de una verdadera fuente, para la descripción, en las páginas anteriores, del jardín del Príncipe y del soldado muerto.

[12] Giuseppe La Farina (1815-1863), político siciliano, fue colaborador de Cavour. Jugó un papel importante en las gestiones llevadas a cabo para anexionar Sicilia al reino de Cerdeña.

[13] Francesco Crispi (1818-1901), político siciliano de orientación republicana, fue amigo de Mazzini y uno de los inspiradores de la expedición militar a Sicilia de Garibaldi. Después de la unidad, su posición se fue deslizando cada vez más hacia la derecha, hasta impulsar, en los años en que fue presidente del consejo de ministros (1887-1891 y 1893-1896) el imperialismo italiano en África.

A la mañana siguiente el sol iluminó al príncipe reanimado. Había tomado el café, y, envuelto en una bata roja floreada en negro, afeitábase ante el espejo. «Bendicò» apoyaba la pesada cabezota sobre su zapatilla. Mientras se afeitaba la mejilla derecha, vio en el espejo, detrás de él, el rostro de un jovencito, una cara delgada, distinguida y con una expresión de temerosa burla. No se volvió y continuó afeitándose.

—Tancredi, ¿qué diablos hiciste anoche?

—Buenos días, tío. ¿Qué hice? Nada de nada: estuve con mis amigos. Una noche de santidad. No como cierta gente que conozco que estuvo divirtiéndose en Palermo.

El príncipe se abstrajo afeitándose con cuidado esa difícil parte de la cara entre el labio y la barbilla. La voz ligeramente nasal del sobrino poseía tal carga de brío juvenil que era imposible encolerizarse. Pero acaso fuera lícito sorprenderse. Se volvió y con la toalla bajo la barbilla miró al sobrino. Vestía de cazador, chaqueta ajustada y botas altas.

—¿Se puede saber quién era esa gente conocida?

—Tú, tiazo, tú. Te vi con estos ojos en el puesto de guardia de Villa Airoldi mientras hablabas con el sargento. ¡Está bonito a tu edad! ¡Y en compañía de un reverendísimo! ¡Los viejos libertinos!

La verdad es que resultaba demasiado insolente. Creía poder permitírselo todo. A través de las estrechas fisuras de los párpados, los ojos de azul turbio, los ojos de su madre, sus mismos ojos, lo estaban mirando burlones. El príncipe se sintió ofendido. El chico no tenía realmente idea de la medida, pero él no se veía con ánimos para censurarlo. Por lo demás, tenía razón.

—¿Por qué vienes vestido de esta manera? ¿Qué pasa? ¿Un baile de máscaras por la mañana?

El muchacho se había puesto serio: su rostro triangular asumió una inesperada expresión viril.

—Me voy, tiazo, me voy dentro de una hora. He venido a decirte adiós.

El pobre Salina sintió el corazón oprimido.

—¿Un duelo?

—Un tremendo duelo, tío. Un duelo con Franceschiello

Desembarco de Garibaldi en Marsala, Sicilia, el 11 de mayo de 1860.

que Dios Guarde[14]. Me voy a la montaña, a Ficuzza. No se lo digas a nadie, sobre todo a Paolo. Se preparan grandes cosas, tío, y yo no quiero quedarme en casa. Además, me echarían mano enseguida si me quedara.

El príncipe tuvo una de sus acostumbradas visiones repentinas; una escena cruel de guerrillas, descargas de fusilería en el bosque, y su Tancredi por los suelos, con las tripas fuera como el desgraciado soldado.

—Estás loco, hijo mío. ¡Ir a mezclarte con esa gente! Son todos unos hampones y unos tramposos. Un Falconeri debe estar a nuestro lado, por el rey.

Los ojos volvieron a sonreír.

—Por el rey, es verdad, pero ¿por qué rey?

El muchacho tuvo uno de sus accesos de seriedad que lo hacían impenetrable y querido.

—Si allí no estamos también nosotros —añadió—, ésos te endilgan la república. Si queremos que todo siga como está, es preciso que todo cambie. ¿Me explico?

Un poco conmovido abrazó a su tío.

—Hasta pronto —dijo—. Volveré con la tricolor.

La retórica de los amigos había descolorido también un poco a su sobrino. Pero no, en aquella voz nasal había un acento que desmentía el énfasis. ¡Qué chico! Las tonterías y al mismo tiempo la negación de las tonterías. ¡Y Paolo que, en aquel momento, estaba seguro, hallábase vigilando la digestión de «Guiscardo»! Éste era su verdadero hijo. El príncipe se levantó apresuradamente, se quitó la toalla del cuello y hurgó en un cajoncito.

—¡Tancredi, Tancredi, espera!

Echó a correr detrás del sobrino, le puso en el bolsillo un cartucho de onzas de oro y le apretó el hombro. El muchacho reía.

—Ahora ayudas a la revolución. Pero gracias, tiazo, hasta pronto, y besos a la tía.

Y echó a correr escaleras abajo.

«Bendicò», que perseguía a su amigo llenando la villa de alegres ladridos, fue llamado, el afeitado se terminó y la

---

[14] Francesco I de Nápoles, el monarca que Garibaldi destronó.

cara fue lavada. El ayuda de cámara acudió a calzar y vestir al príncipe.

«¡La tricolor! ¡Bien por la tricolor! Se llenan la boca con estas palabras, los bribones. ¿Y qué diantre significa este símbolo geométrico, este remedo de los franceses, tan fea comparada con nuestra bandera blanca, con la flor de lis de oro del blasón en el centro? ¿Y qué pueden esperar de este revoltijo de colores estridentes?»

Era el momento de rodearse el cuello con el monumental corbatón de raso negro. Operación difícil durante la cual le convenía eliminar los pensamientos políticos. Una vuelta, dos vueltas, tres vueltas. Los gruesos y delicados dedos componían el lazo, aplanaban lo ahuecado, fijaban sobre la seda la cabeza de Medusa con los ojos de rubí.

—Un *gilé* limpio. ¿No ves que éste está manchado?

El criado se puso de puntillas para ponerle el redingote de paño pardo y le roció el pañuelo con tres gotas de bergamota. Las llaves, el reloj con cadena y el dinero él mismo los metió en el bolsillo. Se miró al espejo: no tenía nada que decir: todavía era un hombre apuesto.

«¡Viejo libertino! ¡Tancredi se pone pesado con sus bromas! Me gustaría verlo a mi edad, un chiquilicuatro como él.»

Su paso vigoroso hacía tintinear los cristales de los salones que atravesaba. La casa estaba serena, luminosa y adornada; sobre todo era suya. Bajando las escaleras, comprendió.

«Si queremos que todo siga como está...»

Tancredi era un gran hombre. Siempre había estado seguro de esto.

Las estancias de la administración estaban todavía desiertas, silenciosamente iluminadas por el sol que se filtraba a través de las persianas cerradas. A pesar de que aquel era el lugar de la villa en que se llevaban a cabo las mayores frivolidades, su aspecto era de tranquila austeridad. Desde las blancas paredes se reflejaban en el suelo encerado los enormes cuadros que representaban los feudos de la

Casa de los Salina: destacando con vivos colores dentro de los marcos negros y dorados se veía Salina, la isla de las montañas gemelas, rodeadas por un mar con encajes de espuma, sobre el que caracoleaban unas galerías enguirnaldadas; Querceta, con sus bajas casas en torno a la tosca iglesia parroquial hacia la cual avanzaban grupos de peregrinos azulencos; Ragattisi, oprimido entre las gargantas de los montes; Argivocale, minúsculo ante aquella inmensa llanura de trigales por la que se esparcían laboriosos campesinos; Donnafugata, con su palacio barroco, meta de coches escarlata, de coches verdes, de coches dorados, cargados hasta los topes de mujeres, botellas y violines, y muchos otros aún, todos protegidos por un cielo terso y tranquilizador, por el Gatopardo sonriente bajo sus largos bigotes. Todos alegres, todos deseosos de expresar el iluminado imperio, tanto si es «mixto» como «propio», de la Casa de los Salina. Ingenuas y rústicas obras de arte del siglo pasado; pero inadecuadas para delimitar confines, precisar áreas, réditos; cosas que, efectivamente, permanecían ignoradas. La riqueza en los muchos siglos de existencia se había cambiado en ornamento, en lujo, en placeres; solamente en esto. La abolición de los derechos feudales había decapitado las obligaciones junto con los privilegios; la riqueza, como un vino viejo, había dejado caer en el fondo de las botas las heces de la codicia, de los cuidados, incluso las de la prudencia, para conservar sólo el ardor y el color. Y de este modo acababa anulándose a sí misma: esta riqueza que había realizado su propio fin estaba compuesta solamente de aceites esenciales y, como los aceites esenciales, se evaporaba apresuradamente. Y ya algunos de aquellos feudos tan alegres en los cuadros habían emprendido el vuelo y subsistían solamente en las telas multicolores y en los nombres. Otros parecían esas golondrinas setembrinas todavía presentes, pero ya reunidas y estridentes en los árboles, dispuestas a partir. Pero había tantos que parecía que no podían terminarse nunca.

Sin embargo, la sensación experimentada por el príncipe al entrar en su cuarto de trabajo fue, como siempre, desagradable. En el centro de la habitación sobresalía una escribanía con numerosos cajoncitos, nichos, huecos, estantes y planos movibles: su mole de madera amarilla con incrustaciones negras estaba hundida y desfigurada como un escenario, llena de trampas, de planos correderos, de rincones secretos que nadie sabía hacer funcionar, excepto los ladrones. Estaba cubierta de papeles, y a pesar de que la previsión del príncipe había tenido mucho cuidado en que buena parte de ellos se refiriesen a las impasibles regiones dominadas por la astronomía, lo que quedaba era suficiente para llenar de malestar el corazón principesco. De pronto se acordó del escritorio del rey Fernando en Caserta, también lleno de instancias y de decisiones que tomar, con las cuales uno puede hacerse la ilusión de influir sobre el torrente de fortunas que, en cambio, fluía por su cuenta en otro valle.

Salina pensó en una medicina descubierta hacía poco en los Estados Unidos de América, que permitía no sufrir durante las operaciones más graves, permanecer sereno entre las desventuras. Llamaban morfina a este tosco sustituto químico del estoicismo antiguo, de la resignación cristiana. Para el pobre rey la administración fantasmal hacía las veces de la morfina. Él, Salina, tenía otra de fórmula más selecta: la astronomía. Y apartando las imágenes de Ragattisi perdido o de Argivocale vacilante, se sumió en la lectura del último número del *journal des savants*. «*Les dernières observations de l'Observatoire de Greenwich présentent un intérêt tout particulier...*»

Sin embargo, tuvo que regresar muy pronto de estos helados reinos siderales. Entró don Ciccio Ferrara, el contable. Era un hombrecillo flaco que ocultaba el alma ilusa y rapaz de un liberal detrás de sus lentes tranquilizadores y sus corbatitas inmaculadas. Aquella mañana estaba más animado que de costumbre: parecía claro que aquellas mismas noticias que habían deprimido al padre Pirrone, habían obrado en él como un cordial.

—Tristes tiempos, excelencia —dijo después de los saludos rituales—. Están a punto de ocurrir grandes desgracias, pero después de un poco de alboroto y unos cuantos tiros todo irá mejor que bien, y vendrán nuevos y gloriosos tiempos para nuestra Sicilia. Si no fuera porque va a costarles la piel a muchos hijos de familia, deberíamos estar contentos.

El príncipe gruñía sin expresar una opinión.

—Don Ciccio —dijo después—, hay que poner un poco de orden en la exacción de los cánones de Querceta. Hace dos años que no se ve un céntimo.

—La contabilidad —está al día, excelencia— era la frase mágica—. No hay más que escribir a don Angelo Mazza que exija las tramitaciones. Hoy mismo pondré la carta a la firma de vuestra excelencia.

Y se fue a revolver entre los enormes registros. En ellos, con dos años de retraso, se habían caligrafiado minuciosamente todas las cuentas de la Casa de los Salina, excepto las verdaderamente importantes. Una vez a solas, el príncipe retrasó su inmersión en las nebulosas. Estaba irritado no ya contra los acontecimientos en sí, sino contra la estupidez de don Ciccio en quien había identificado inmediatamente aquella clase que se convertiría en dirigente.

«Lo que dice este hombre es precisamente lo contrario de la verdad. Se lamenta por los hijos de mamá que la espicharán, pero éstos serán muy pocos, pues conozco el carácter de los dos adversarios: exactamente ni uno más de cuantos sean necesarios para la redacción de un parte de victoria, en Nápoles o en Turín, que viene a ser lo mismo. En cambio, cree en los tiempos «gloriosos para nuestra Sicilia», tal como dice, cosa que nos ha sido prometida en cada uno de los mil desembarcos que ha habido desde Nicia [15] en adelante, y que no ha sucedido jamás. Por lo demás, ¿para qué tenía que suceder? ¿Y qué ocurriría entonces? ¡Bah! Negociaciones punteadas con inocuos tiros de fusil, y luego todo seguirá lo mismo, pero todo estará cambiado.»

Recordaba las ambiguas palabras de Tancredi, que ahora comprendía a fondo. Se tranquilizó y dejó de hojear la re-

---

[15] General y hombre político ateniense. Vivió entre, aproximadamente, 470 y 413 a. C. Condujo una expedición militar a Sicilia en el año 415. Trató de conquistar Siracusa, pero fue derrotado y muerto.

vista. Contempló los chamuscados flancos de Monte Pellegrino, descarnados y eternos como la miseria.

Poco después llegó Russo, el hombre a quien el príncipe consideraba más significativo entre quienes de él dependían. Ágil, envuelto no sin elegancia en la *bunaca* de terciopelo a rayas, con los ojos ávidos bajo una frente sin remordimientos, era para él la perfecta expresión de una clase social ascendente. Obsequioso además y casi sinceramente afectuoso porque llevaba a cabo sus propios latrocinios convencido de que ejercía un derecho.

—Me imagino lo que afectará a vuestra excelencia la partida del señorito Tancredi, pero su ausencia no durará mucho, estoy seguro, y todo acabará bien.

De nuevo el príncipe se encontró frente a uno de los enigmas sicilianos. En esta isla secreta, donde se atrancan las puertas y ventanas de las casas y los campesinos dicen que ignoran el camino que va al pueblo en que viven y que se ve en la colina a cinco minutos de marcha, en esta isla, a pesar de su ostentoso lujo de misterio, la reserva es un mito.

Indicó a Russo que se sentara y lo miró fijamente a los ojos.

—Pietro, hablemos de hombre a hombre. ¿También tú estás mezclado en este jaleo?

—No estaba mezclado —respondió—. Era padre de familia y estos riesgos son cosa para jovenzuelos como el señorito Tancredi.

—¿Cómo puede imaginar que esconda algo a vuestra excelencia, que es como si fuera mi padre? —sin embargo, hacía tres meses que había escondido en su almacén trescientas cestas de limones del príncipe, y sabía que el príncipe no lo ignoraba—. Pero debo decir que mi corazón está con ellos, con esos valerosos chicos.

Se levantó para dejar entrar a «Bendicò» que hacía temblar la puerta bajo su ímpetu amistoso. Volvió a sentarse.

—Ya lo sabe vuestra excelencia, no se puede seguir así: registros, interrogatorios, papeleo por cualquier cosa y un guardia en cada esquina. Un caballero no tiene libertad para pensar en sus cosas. Pero luego, en cambio, tendremos libertad, seguridad, impuestos más leves, facilidades, comercio. Todos estaremos mejor. Solamente los sacerdotes perderán. El Señor protege a los pobres como yo, no a ellos.

El príncipe sonrió: sabía que precisamente él, Russo, por interpósita persona, quería comprar Argivocale.

—Habrá días de tiros y jaleos, pero Villa Salina estará tan firme como una roca. Vuestra excelencia es nuestro padre y yo tengo muchos amigos aquí. Los piamonteses entrarán solamente con el sombrero en la mano para presentar sus respetos a vuestra excelencia. ¡Además es el tío y tutor de don Tancredi!

El príncipe se sentía humillado: ahora había descendido a la categoría de protegido de los amigos de Russo. Su único mérito, por lo que parecía, era el de ser tío del mocoso Tancredi.

«Dentro de una semana resultará que me he salvado porque tengo en casa a "Bendicò".»

Y pellizcó una oreja del perro con tal fuerza que el pobre animal aulló, honrado, sin duda, pero dolorido.

Poco después unas palabras de Russo aliviaron al príncipe.

—Créame, excelencia, todo irá mejor. Los hombres honrados y hábiles podrán abrirse camino. Lo demás seguirá como antes.

Esta gente, estos liberalotes de bosque querían solamente hallar la manera de sacar provecho más fácilmente. Esto era todo. Las golondrinas volarían más deprisa. Por lo demás, había muchas todavía en el nido.

—Tal vez tengas razón. ¡Quién sabe!

Ahora había entendido todos los ocultos significados: las palabras enigmáticas de Tancredi, las retóricas de Ferrara, las falsas, pero reveladoras, de Russo, habían puesto de manifiesto su tranquilizador secreto. Sucederían muchas cosas, pero todo habría sido una comedia, una ruidosa y romántica comedia con alguna manchita de sangre sobre el bufonesco disfraz. Este era el país de las componendas, no tenía la furia francesa. También en Francia, por otra parte, si se exceptúa el junio del cuarenta y ocho, ¿cuándo había sucedido algo realmente serio? Tenía deseos de decírselo a Russo, pero su innata cortesía lo contuvo.

—He comprendido perfectamente: no queréis destruir-
nos a nosotros, vuestros «padres». Queréis sólo ocupar
nuestro puesto. Con dulzura, con buenas maneras, pero me-
tiéndoos en el bolsillo unos miles de ducados. ¿Verdad que
es esto? Tu nieto, querido Russo, creerá sinceramente que
es barón, y tú te convertirás, ¡yo qué sé!, en el descendiente
de un gran duque de Moscovia, gracias a tu nombre, en lugar de ser el hijo de un paleto de pelo rojo, justamente
como tu apellido indica. Y tu hija, previamente, se habrá
casado con uno de nosotros, acaso incluso con el mismo
Tancredi, con sus ojos azules y sus manos torponas. Por lo
demás, es guapa, y una vez haya aprendido a lavarse... «Para
que todo quede tal cual.» Tal cual, en el fondo: tan sólo
una imperceptible sustitución de capas sociales. Mis llaves
doradas de gentilhombre de cámara, el cordón cereza de
San Jenaro, deberán quedarse en el cajón y acabarán luego
en una vitrina del hijo de Paolo, pero los Salina serán los
Salina, y acaso tengan alguna compensación: el Senado de
Cerdeña, la cinta verde de San Mauricio. Oropeles las unas,
oropeles las otras.

Se levantó:

—Pietro, habla con tus amigos. Aquí hay muchas chicas.
Convendría que no se asustaran.

—No se preocupe, excelencia: ya he hablado: Villa Salina estará tranquila como un convento.

Y sonrió bonachonamente irónico.

Don Fabrizio salió seguido de «Bendicò». Quería ir en
busca del padre Pirrone, pero la mirada suplicante del perro le obligó, en cambio, a irse al jardín. La verdad es que
«Bendicò» conservaba exaltados recuerdos del buen trabajo
de la tarde anterior y quería ejecutarlo con todas las de la
ley. El jardín estaba todavía más perfumado que en el día
anterior, y bajo el sol mañanero desentonaba menos el oro
de la mimosa.

«Pero ¿y los soberanos, nuestros soberanos? Y la legiti-
midad, ¿en qué acabará?»

Esta idea lo turbó un momento. No podía evitarlo. Por
un instante fue como Màlvica. Estos Fernandos, estos Fran-
ciscos tan despreciados, le parecían como hermanos mayo-

res, confiados, afectuosos, justos, verdaderos reyes. Pero las fuerzas de defensa de la calma interior, tan alerta en el príncipe, acudían ya en su ayuda con la mosquetería del derecho, con la artillería de la historia.

«¿Y Francia? ¿Acaso no es ilegítimo Napoleón III? ¿Y acaso no viven felices los franceses bajo este emperador iluminado que les conducirá ciertamente a los más altos destinos? Pero entendámonos. ¿Acaso Carlos III estuvo perfectamente en su sitio? También la batalla de Bitonio[16] fue una especie de batalla de Bisacquino o de Corleone o de yo qué sé, en la cual los piamonteses la emprendieron a pescozones con los nuestros, una de estas batallas en las que se lucha hasta que todo queda como estuvo. Por lo demás tampoco Júpiter era el legítimo rey del Olimpo.»

Ni que decir tiene que el golpe de estado de Júpiter contra Saturno le trajo a la memoria las estrellas.

Dejó a «Bendicò» atareado con su propio dinamismo, volvió a subir la escalera, atravesó los salones en los cuales las hijas hablaban de las amigas del Salvatore (a su paso la seda de las enaguas crujió mientras las muchachas se levantaban), subió una larga escalerilla y desembocó en la gran luz azul del observatorio. El padre Pirrone, con el sereno aspecto del sacerdote que ha dicho misa y tomado un café fuerte con galletas de Monreale, estaba sentado engolfado en sus fórmulas algebraicas. Los dos telescopios y los tres catalejos, deslumbrados por el sol, estaban tranquilamente en reposo, con la tapa negra sobre el ocular, como animales bien educados que supieran que su comida se les da solamente por las noches.

La llegada del príncipe apartó al padre de sus cálculos y le recordó el feo proceder de aquél en la noche anterior. Se levantó, saludó obsequioso, pero no pudo menos que decir:

---

[16] Ciudad de la región de Puglie, a 17 km de Bari. En 1734 fue teatro de una batalla entre los austriacos y los españoles de Carlos de Borbón (Carlo III). Gracias a su victoria, este último pudo hacerse con el reino de Nápoles.

—¿Vuestra excelencia viene a confesarse?

El príncipe, a quien el sueño y las conversaciones de la mañana habían hecho que se olvidara del episodio nocturno, se sorprendió.

—¿Confesarme? Hoy no es sábado —luego recordó y sonrió—. Realmente, padre, no creo que sea necesario. Ya lo sabe usted todo.

Esta insistencia en la impuesta complicidad irritó al jesuita.

—Excelencia, la eficacia de la confesión no reside sólo en exponer los hechos, sino en arrepentirse de todo el mal que se ha cometido. Y hasta que no lo haga y me lo haya demostrado, permanecerá usted en pecado mortal, conozca o no conozca yo sus acciones.

Meticuloso sopló un hilillo de su propia manga y volvió a sumirse en la abstracción.

Tal era la tranquilidad que los descubrimientos políticos de la mañana habían infundido en el alma del príncipe, que no hizo otra cosa que sonreír ante lo que en otro momento le hubiese parecido insolencia. Abrió una de las ventanas de la torrecilla. El paisaje lucía todas sus bellezas. Bajo el fermento del sol todas las cosas parecían privadas de peso: el mar, al fondo, era una mancha de color puro, las montañas que por la noche habían parecido terriblemente llenas de asechanzas, semejaban montones de vapores a punto de diluirse, y la torva Palermo extendíase tranquila en torno a los conventos como una grey a los pies de los pastores. En la rada las naves extranjeras ancladas, enviadas en previsión de disturbios, no lograban infundir una sensación de temor en la majestuosa calma. El sol, que todavía estaba muy lejos de alcanzar su máxima intensidad en aquella mañana del 13 de mayo, revelábase como el auténtico soberano de Sicilia: el sol violento y desvergonzado, el sol narcotizante incluso, que anulaba todas las voluntades y mantenía cada cosa en una inmovilidad servil, acunada en sueños violentos, en violencias que participaban de la arbitrariedad de los sueños.

—Harán falta muchos Vittorios Emmanueles para cambiar esta poción mágica que se nos vierte.

El padre Pirrone se levantó, se ajustó el cinturón y se dirigió hacia el príncipe con la mano tendida.

—Excelencia, he sido demasiado brusco. Manténgame en su benevolencia, pero hágame caso, confiésese.

El hielo se había roto. Y el príncipe pudo informar al padre Pirrone de sus propias intuiciones políticas. Pero el jesuita estaba muy lejos de compartir su optimismo. Más bien se hizo agresivo.

—En pocas palabras, ustedes los señores se han puesto de acuerdo con los liberales, qué digo liberales, con los masones, a nuestra costa y a la de la Iglesia. Porque evidentemente nuestros bienes, esos bienes que son el patrimonio de los pobres, serán arrebatados y repartidos de cualquier modo entre los jefecillos más desvergonzados. Y ¿quién, después, quitará el hambre a la multitud de infelices a quienes todavía hoy la Iglesia sustenta y guía? —el príncipe callaba—. ¿Cómo se las compondrán entonces para aplacar a las turbas desesperadas? Yo se lo diré, excelencia. Se lanzarán a arrasar primero una parte, luego otra y finalmente todas sus tierras. Y de este modo Dios cumplirá su justicia, aunque sea por mediación de los masones. El Señor curaba a los ciegos del cuerpo, pero ¿dónde acabarán los ciegos del espíritu?

El infeliz padre jadeaba: un sincero dolor por la prevista dilapidación del patrimonio de la Iglesia uníase en él al remordimiento de haberse dejado llevar otra vez por sus impulsos, al temor de ofender al príncipe, a quien quería, pero cuyas violentas cóleras había experimentado tanto como su indiferente bondad. Sentóse luego cautamente y miró a don Fabrizio que con un pitillo limpiaba los mecanismos de un catalejo y parecía absorto en la minuciosa actividad. Al poco rato se levantó, se limpió las manos con un trapo. Su rostro carecía de expresión, y sus ojos claros parecían interesados solamente en hallar cualquier manchita de aceite refugiada bajo la uña. Abajo, en torno a la villa, hacíase profundo el luminoso silencio, extremadamente señoril, subrayado, más que turbado, por un lejanísimo ladrido de «Bendicò», que buscaba camorra al perro del jardinero entre los naranjos, y por el golpeteo rítmico, sordo, del cuchillo de un cocinero que, en la cocina, trituraba carne para el no muy lejano almuerzo. El pleno sol había absorbido la turbulencia de los hombres tanto como la aspereza de la tierra. El príncipe se acercó a la mesa del padre, se sentó y se puso a dibujar puntiagudos lises borbónicos con el lápiz bien afilado que el jesuita había abandonado en su rabieta. Tenía aire serio, pero tan sereno que al sacerdote se le desvanecieron pronto los enfados.

—No somos ciegos, querido padre, sólo somos hombres. Vivimos en una realidad móvil a la que tratamos de adaptarnos como las algas se doblegan bajo el impulso del mar. A la santa Iglesia le ha sido explícitamente prometida la inmortalidad; a nosotros, como clase social, no. Para nosotros un paliativo que promete durar cien años equivale a la eternidad. Podremos acaso preocuparnos por nuestros hijos, tal vez por los nietos, pero no tenemos obligaciones más allá de lo que podamos esperar acariciar con estas manos. Y yo no puedo preocuparme de lo que serán mis eventuales descendientes en el año 1960. La Iglesia sí debe preocuparse, porque está destinada a no morir. En su desesperación se halla implícito el consuelo. ¿Y cree usted que si pudiese salvarse a sí misma, ahora o en el futuro, sacrificándonos a nosotros no lo haría? Cierto que lo haría y haría bien.

El padre Pirrone estaba tan contento de no haber ofendido al príncipe, que ni siquiera se ofendió él. La expresión «desesperación de la Iglesia» era inadmisible, pero la larga costumbre de confesionario le hizo capaz de apreciar el humor desesperanzado de don Fabrizio. Pero no había que dejar triunfar al interlocutor.

—Tiene que confesarme el sábado dos pecados, excelencia: uno de la carne, el de ayer, y otro del espíritu, el de hoy. Recuérdelo.

Aplacados ambos, se pusieron a discutir sobre una relación que había que enviar inmediatamente a un observatorio extranjero, el de Arcetri. Sostenidos, guiados, parecía, por los números, invisibles en aquella hora pero presentes, los astros rayaban el éter con sus trayectorias exactas. Fieles a las citas, los cometas se habían habituado a presentarse puntuales hasta el segundo ante quienes los observasen. Y no eran mensajeros de catástrofes como Stella creía: su prevista aparición era también el triunfo de la razón humana que se proyectaba y tomaba parte en la sublime normalidad de los cielos.

«Dejemos que abajo "Bendicò" persiga rústicas presas y que el cuchillo del cocinero triture la carne de inocentes animalitos. En la altura de este observatorio las fanfarronadas de uno, y la condición sanguinaria del otro se funden en una tranquila armonía. El problema auténtico consiste en poder vivir esta vida del espíritu en sus momentos más sublimes, más semejantes a la muerte.»

Así razonaba el príncipe olvidando sus prejuicios de siempre, sus propios caprichos carnales de ayer. Y por esos momentos de abstracción acaso fue más íntimamente absuelto, es decir vinculado con el universo, de cuanto hubiese podido hacer la bendición del padre Pirrone. Aquella mañana, durante media hora, los dioses del techo y los monos de la tapicería fueron de nuevo situados en el silencio. Pero nadie se dio cuenta en el salón.

Cuando la campanilla del almuerzo los llamó abajo, los dos se habían serenado, tanto por lo que se refiere a la comprensión de las circunstancias políticas como a la superación de esta comprensión misma. Una atmósfera de desacostumbrada serenidad se esparció por la villa. La comida del mediodía era la principal de la jornada, y fue, a Dios gracias, todo muy bien. Imaginaos que a Carolina, la hija de veinte años, se le desprendió uno de los rizos que le enmarcaban el rostro, sujeto por lo que aparece por una horquilla mal puesta, y fue a caer en el plato. El incidente que, otro día, hubiese podido ser desagradable, esta vez aumentó, en cambio, la alegría: cuando el hermano, que se había sentado cerca de la muchacha, tomó el rizo y se lo puso en el cuello, de modo que parecía un escapulario, hasta el príncipe se permitió sonreír. La partida, el destino y los propósitos de Tancredi ya eran de todos conocidos, y todos hablaban de ello, menos Paolo que continuaba comiendo en silencio. Por lo demás, nadie estaba preocupado, excepto el príncipe, que, no obstante, ocultaba la no grave ansiedad en las profundidades de su corazón, y Concetta que era la única en conservar una ligera sombra sobre su hermosa frente.

«La chica debe de sentir algo por ese bribón. Sería una bonita pareja. Pero me temo que Tancredi mire más alto, que quiere decir más bajo.»

Como la tranquilidad política había hecho desaparecer la niebla que por lo general la oscurecía, volvía a salir a la superficie la fundamental afabilidad del príncipe. Para tranquilizar a su hija se puso a explicar la ineficacia de los fusiles del ejército real. Habló de la falta de estrías de los cañones de estas enormes escopetas y de la poca fuerza de penetración de que estaban dotados los proyectiles que de ellos salían, explicaciones técnicas, falsas por añadidura, que pocos comprendieron y que no convencieron a nadie, pero que consolaron a todos, incluida Concetta, porque habían logrado transformar la guerra en un limpio diagrama de líneas de fuerza en vez de aquel caos extremadamente concreto y sucio que es en realidad.

Terminado el almuerzo se sirvió la gelatina al ron. Éste era el dulce preferido del príncipe, y la princesa, agradecida por los consuelos recibidos, había tenido el cuidado de ordenar muy temprano su preparación. Presentábase amenazadora, con su forma de torreón apoyado sobre bastiones y taludes, de paredes lisas y resbaladizas imposibles de escalar, defendida por una guarnición roja y verde de cerezas y alfóncigos, pero era transparente y temblorosa y el cuchillo se hundía en ella con una sorprendente comodidad. Cuando la fortaleza ambarina llegó a Francesco Paolo, el muchacho de dieciséis años, el último servido, se había convertido ya en glacis cañoneados y gruesos bloques arrancados. Regocijado por el aroma del licor y por el sabor delicado de la multicolor milicia, el príncipe gozaba realmente asistiendo al rápido desmantelamiento de la fosca fortaleza bajo el asalto de los apetitos. Una de sus copas había quedado llena de marsala hasta la mitad. La levantó, miró en torno a la familia deteniéndose un instante más en los ojos azules de Concetta y:

—A la salud de nuestro Tancredi —dijo.

Y se bebió el vino de un trago. Las iniciales F. D. que antes se habían destacado bien claras sobre el color dorado de la copa, dejaron de verse.

En la administración adonde descendió de nuevo después del almuerzo, la luz entraba ahora de través, y no tuvo que sufrir reproche alguno de los cuadros de los feudos, ahora en la sombra.

—Bendíganos vuecencia —murmuraron Pastorello y El Negro, los dos arrendatarios de Ragattisi que habían llevado los *carnaggi,* esa parte del canon que se pagaba en especies. Estaban tiesos con los ojos estúpidos en sus rostros bien afeitados y curtidos por el sol. Trascendían olor a ganado. El príncipe les habló con cordialidad, en su estilizado dialecto, se interesó por su familia, por el estado del ganado y por lo que prometía la cosecha. Luego les preguntó:

—¿Trajisteis algo?

Y mientras los dos respondían que sí, que estaba en la habitación de al lado, el príncipe se avergonzó un poco porque el coloquio había sido una repetición de las audiencias del rey Fernando.

—Esperad cinco minutos y Ferrara os dará el recibo.

Les puso en la mano un par de ducados a cada uno, lo que acaso superaba el valor de lo que habían traído.

—Bebeos un vaso a mi salud —y se fue a mirar las especies.

Estaban en el suelo, eran cuatro quesos *primosale* de doce *rotoli,* diez quilos, cada uno. Los miró con indiferencia: detestaba este queso; había además seis corderillos, los últimos de la añada con las cabezas patéticamente abandonadas por encima de la cuchillada por la cual hacía pocas horas que se les había escapado la vida. También sus vientres habían sido abiertos, y los intestinos irisados pendían fuera. «El Señor acoja su alma», pensó, recordando al destripado de hacía un mes.

Cuatro pares de gallinas atadas por las patas se retorcían de miedo bajo el hocico inquisidor de «Bendicò».

«También éste es un ejemplo de temor inútil —pensó—. El perro no representa para ellas ningún peligro. Ni siquiera se comería un simple hueso porque le haría daño en la tripa.»

Pero le disgustó el espectáculo de sangre y terror.

—Tú, Pastorello, lleva las gallinas al gallinero. Por ahora no son necesarias en la despensa. Y cuando vuelvas llévate los corderos directamente a la cocina. Aquí lo ensucian todo. Tú, Negro, ve a decir a Salvatore que venga a limpiar esto y llevarse los quesos. Y abre la ventana para que salga este olor.

Luego entró Ferrara, que extendió los recibos.

Cuando volvió a subir, el príncipe encontró a Paolo, el primogénito, el duque de Querceta, que lo esperaba en el estudio sobre cuyo diván rojo solía hacer la siesta. El joven había hecho acopio de todo su valor y deseaba hablarle. Bajo, delgado, oliváceo, parecía más viejo que él.

—Quería preguntarte, papá, cómo debemos comportarnos con Tancredi cuando volvamos a verlo.

El príncipe comprendió inmediatamente y comenzó a irritarse.

—¿Qué quieres decir? ¿Qué es lo que ha cambiado?

—Pero, papá, realmente tú no puedes aprobar... Ha ido a unirse con esos forajidos que tienen soliviantada Sicilia. ¡No se hacen estas cosas!

Los celos personales, el resentimiento del gazmoño contra el primo despreocupado, del tonto contra el muchacho despabilado, se disimulaban con argumentaciones políticas. Al príncipe le indignó tanto que ni siquiera hizo sentar a su hijo.

—Vale más hacer tonterías que estar todo el día contemplando las boñigas de los caballos. A Tancredi lo quiero más que antes. Y además no son tonterías. Si algún día te haces las tarjetas de visita con el título de duque de Querceta y si cuando desaparezca heredas cuatro cuartos, se lo deberás a Tancredi y a otros como él. ¡Vamos, no te permito que me hables más de estas cosas!. Aquí sólo mando yo. Luego se tranquilizó y la ironía sustituyó a la cólera:

—Vete, hijo mío, quiero dormir. Ve a hablar de política con «Guiscardo». Os entenderéis muy bien.

Y mientras Paolo, helado, volvía a cerrar la puerta, el príncipe se quitó el redingote y las botas, hizo gemir el diván bajo su peso y se durmió tranquilamente.

Cuando se despertó entró el criado: llevaba sobre la bandeja un periódico y una carta. Habían sido enviados desde Palermo por su cuñado Màlvica, y un criado a caballo los había traído poco antes. Todavía un poco aturdido por su siesta, el príncipe abrió la carta:

> Querido Fabrizio, mientras te escribo me encuentro en un estado de postración sin límites. Lee las terribles noticias que publica el periódico. Han desembarcado los piamonteses. Todos estamos perdidos. Esta misma noche toda mi familia y yo nos refugiaremos en los barcos ingleses. Deberías hacer lo mismo. Si te parece haré que te reserven algún puesto. El Señor salve a nuestro amado rey. Un abrazo.
>
> Tuyo, Ciccio.

Dobló la carta, se la metió en el bolsillo y se echó a reír a carcajadas. ¡Vaya con Màlvica! Siempre había sido un conejo. No había comprendido nada y ahora se ponía a temblar. Y dejaba el palacio en manos de los criados. Esta vez sí que lo encontraría vacío.

«A propósito: será conveniente que Paolo se vaya a Palermo. Casas abandonadas en estos momentos son casas perdidas. Le hablaré durante la cena.»

Abrió el periódico:

> Un acto de flagrante piratería se ha consumado el 11 de mayo con el desembarco de gente armada en la costa de Marsala. Posteriores informaciones han aclarado que se trata de una partida de cerca de ochocientos hombres al mando de Garibaldi. Apenas estos filibusteros hubieron desembarcado, evitaron cuidadosamente el choque con las tropas reales, dirigiéndose, según se nos ha informado, a Castelvetrano, amenazando a los pacíficos ciudadanos y no escatimando rapiñas ni devastaciones..., etcétera.

[82]

El nombre de Garibaldi lo turbó un poco. Este aventurero todo barba y pelo era un mazziniano puro. Seguro que habría pensado alguna trastada.

«Si el Galantuomo ha hecho que venga hasta aquí esto quiere decir que está seguro de él. Ya lo tendrá sujeto.»

Se tranquilizó, se peinó, se puso las botas y el redingote. Dejó el periódico en un cajón. Era casi la hora del rosario, pero el salón estaba todavía vacío. Se sentó en un diván y, mientras esperaba, advirtió que el Vulcano del techo se parecía un poco a las litografías de Garibaldi que había visto en Turín. Sonrió.

«Un cornudo» [17].

Se fue reuniendo la familia. Crujía la seda de las faldas. Los jóvenes bromeaban todavía entre ellos. Se oyó tras la puerta el consabido eco de la discusión entre los criados y «Bendicò», que a toda costa quería tomar parte. Un rayo de sol cargado de polvillo iluminaba los malignos monos.

Se arrodilló.

Salve Regina, Mater misericordiae...

---

[17] Alusión a las infidelidades matrimoniales de Venus, esposa de Vulcano y amante de Marte.

Capítulo II

La ida a Donnafugata. — La etapa. — Precedentes y desarrollo del viaje. — Llegada a Donnafugata. — En la iglesia. — Don Onofrio Rotolo. — Conversación en el baño. — La fuente de Anfitrite. — Sorpresa antes de la cena. — La cena y varias reacciones. — Don Fabrizio y las estrellas. — Visita al monasterio. — Lo que se ve desde una ventana.

Agosto 1860

LOS árboles! ¡Hay árboles!

El grito partido del primero de los coches recorrió hacia atrás la fila de los otros cuatro, casi invisibles en la nube de polvo blanco, y en cada una de las ventanillas sudorosos rostros expresaron una cansada satisfacción.

Los árboles, a decir verdad, eran sólo tres y se trataba de eucaliptos, los más contrahechos hijos de la madre Naturaleza. Pero eran también los primeros que se veían desde que, a las seis de la mañana, la familia Salina había dejado Bisacquino. Además eran ya las once y durante aquellas cinco horas no se habían visto más que perezosos grupos de colinas llameantes de amarillo bajo el sol. El trote sobre los llanos se había alternado brevemente con las largas y lentas arrancadas de las subidas y el paso prudente de los descensos. Paso y trote, por lo demás, igualmente destemplados por el continuo sonsonete de los cascabeles,

[84]

que ahora ya no se percibía sino como manifestación sonora del ambiente encandecido. Por todas partes se habían atravesado pueblos pintados de azul tierno; sobre puentes de rara magnificencia se habían cruzado riachuelos enteramente secos; habíanse costeado tremendos despeñaderos que ni el alforfón ni la retama lograban consolar. Ni una sola vez un árbol, ni una gota de agua: sol y polvo. En el interior de los coches, cerrados precisamente para que no penetrase ni aquel sol ni aquel polvo, la temperatura había alcanzado seguramente los cincuenta grados. Aquellos árboles sedientos que se agitaban bajo el cielo descolorido anunciaban muchas cosas: que ya se había llegado a menos de dos horas del término del viaje, que se entraba en las tierras de la Casa de los Salina, que se podía comer y acaso también lavarse la cara con el agua agusanada del pozo.

Diez minutos después se llegaba a la propiedad de Rampinzeri: una enorme construcción habitada solamente un mes al año por jornaleros, mulos y otros animales que se reunían allí para la cosecha. Sobre la puerta, solidísima pero desquiciada, un gatopardo de piedra danzaba, aunque una pedrada le hubiese roto precisamente las patas. Junto al edificio un pozo profundo, vigilado por aquellos eucaliptos, ofrecía silencioso los diversos servicios de que era capaz: sabía hacer de piscina, de abrevadero, de cárcel y de cementerio. Calmaba la sed, propagaba el tifus, custodiaba hombres secuestrados, ocultaba carroñas de animales y hombres hasta que se reducían a pulidos esqueletos anónimos.

Toda la familia Salina descendió de los coches. El príncipe, contento ante la idea de llegar pronto a su Donnafugata predilecta; la princesa, irritada e inerte a un tiempo, pero a quien tranquilizaba la serenidad del marido; los jóvenes, cansados; los chiquillos, excitados por las novedades, y a quienes el calor no había podido dominar; mademoiselle Dombreuil, el ama francesa, completamente deshecha y que, recordando los años pasados en Argelia, junto a la familia del mariscal Bugeaud, estaba gimiendo:

—*Mon Dieu, mon Dieu, c'est pire qu'en Afrique!* —mientras se secaba la nariz respingona.

El padre Pirrone, que al comenzar la lectura del breviario había conciliado un sueño que le había hecho parecer corto el trayecto, era el más despabilado de todos; una camarera y dos criados, gentes de ciudad irritados por los aspectos desacostumbrados del campo. Y «Bendicò» que precipitándose fuera del último coche, se enfurecía contra las fúnebres sugerencias de los cuervos que revoloteaban bajos, en la luz.

Todos, personas y animales, estaban blancos de polvo hasta en las pestañas, los labios o las colas. Blancuzcas nubecillas alzábanse en torno a las personas que, terminada la etapa, se sacudían el polvo unas a otras.

Entre la suciedad resplandecía aún más la corrección elegante de Tancredi. Había viajado a caballo y, llegado a la hacienda media hora antes que la caravana, había tenido tiempo de quitarse el polvo, lavarse y cambiar de corbata blanca. Al sacar agua del pozo de muchos usos, se había mirado un momento en el espejo del cubo y se había encontrado bien, con aquella venda negra sobre el ojo derecho que recordaba, más que curar, la herida recibida tres meses atrás en los combates de Palermo[1], con el otro ojo azul oscuro que parecía haber asumido el encargo de expresar la malicia del otro también temporalmente eclipsado, y con el hilo escarlata que discretamente aludía a la camisa roja que había llevado. Ayudó a la princesa a descender del coche, sacudió con la manga el polvo del sombrero del príncipe, distribuyó caramelos entre las primas y pullas entre los primitos, casi se arrodilló delante del jesuita, devolvió los ímpetus pasionales de «Bendicò», consoló a la señorita Dombreuil, bromeó con todos, les encantó a todos.

Los cocheros hacían dar vueltas lentamente a los caballos para que se refrescaran antes de abrevarlos, los criados extendían los manteles sobre la paja que había quedado de la trilla, en el rectángulo de sombra proyectada por el edi-

---

[1] Garibaldi desembarcó en Marsala el 13 de mayo y el 15 del mismo mes derrotó en Calatafimi a las tropas borbónicas. El 27 entraba en Palermo y, después de tres días de combate en las calles en los que participó también la población, se hacía dueño de la ciudad. El 20 de julio el ejército de Francesco II era derrotado en Milazzo y Sicilia entera quedaba en manos de los garibaldinos.

ficio. Cerca del solícito pozo comenzó el almuerzo. Ondeaba en torno la fúnebre campiña, amarilla de rastrojos, negra de desechos quemados. El lamento de las cigarras llenaba el cielo. Era como el estertor de Sicilia ardiendo que a finales de agosto esperaba en vano la lluvia.

Una hora después volvieron a hallarse todos en camino, ya reanimados. Aunque los caballos, cansados, caminasen más despacio todavía, el último trecho del recorrido parecía corto. El paisaje, ya no desconocido, había atenuado sus siniestros aspectos. Se iban reconociendo lugares conocidos, metas áridas de paseos del pasado y de meriendas de años transcurridos. El barranco de la Dragonara, la encrucijada de Misilbesi. Dentro de poco llegarían a la Madonna delle Grazie, que desde Donnafugata, era el final de los más largos paseos a pie. La princesa se había amodorrado. El príncipe, solo con ella en el amplio coche, considerábase feliz. Nunca se había sentido tan contento de ir a pasar tres meses en Donnafugata como lo estaba ahora, en aquel final de agosto de 1860. No sólo porque le gustaba la casa de Donnafugata, la gente y el sentido de posesión feudal que sobrevivía en ella, sino también porque, a diferencia de otras veces, no echaba de menos las pacíficas veladas en el observatorio ni las ocasionales visitas a Mariannina. Para ser sinceros, el espectáculo que había ofrecido Palermo en los últimos tres meses lo había asqueado un poco. Hubiese querido tener el orgullo de haber sido el único en comprender la situación y haber puesto buena cara al *babau*[2] de camisa roja. Pero tuvo que darse cuenta de que la clarividencia no era monopolio de Casa de los Salina. Todos los palermitanos parecían felices: todos, excepto un puñado de necios: Màlvica, su cuñado, que se dejó agarrar por la policía del dictador y se había quedado diez días en chirona; su hijo Paolo, también descontento, pero más prudente y que había dejado Palermo, metido en quién sabe qué pueriles complots. Todos los demás manifestaban su alegría,

---

[2] «Espantajo.»

llevaban ostentosamente escarapelas tricolores en las solapas, hacían manifestaciones desde la mañana a la noche, y, sobre todo, hablaban, discurseaban, declamaban; y si antes, en los primeros días de la ocupación, todo este jaleo había tenido cierto sentido de finalidad en las aclamaciones que saludaban a los raros heridos cuando pasaban por las calles principales, y en los lamentos de los *sorci*[3] torturados en los callejones, ahora que los heridos estaban curados y los *sorci* sobrevivían enrolados en la nueva policía, estas carnavaladas, cuya inevitable necesidad reconocía también, le parecían estúpidas y sin sentido. Sin embargo, había que convenir en que todo esto era manifestación superficial de mala educación. El fondo de las cosas, el trato económico y social era satisfactorio, tal y como lo había previsto. Don Pietro Russo mantuvo su promesa y cerca de Villa Salina no se oyó siquiera un escopetazo. Y si en el palacio de Palermo fue robado un gran servicio de porcelana china, esto debíase solamente a la zopenquería de Paolo, que lo hizo embalar en dos cestas que luego dejó en el patio durante el bombardeo: justamente una invitación hecha para que los mismos embaladores las hicieran desaparecer.

Los piamonteses —así continuaba llamándolos el príncipe para tranquilizarse, del mismo modo que los otros los llamaban garibaldinos para exaltarlos o garidaldescos para vituperarlos—, los piamonteses se habían presentado a él si no precisamente con el sombrero en la mano, como le habían predicho, por lo menos con la mano en la visera de aquellos sombreros rojos tan manoseados y ajados como los de los oficiales borbónicos.

Anunciado veinticuatro horas antes por Tancredi, hacia el veinte de junio se había presentado un general con chaquetilla roja y alamares negros. Seguido por su ayudante de campo había pedido cortésmente que se le permitiera admirar los frescos del techo. Se satisfizo sin más su deseo, porque el anuncio de la visita fue suficiente para hacer desaparecer de un saloncito un retrato del rey Fernando II vestido de gala y sustituirlo por una neutral *Probatica pis-*

---

[3] «Ratones.» Llamábase así a los agentes de la policía.

cina[4], operación que unía las ventajas estéticas con las políticas.

El general era un listísimo toscano de unos treinta años, hablador y un tanto fanfarria, pero, por lo demás, bien educado y simpático, y se había comportado con la debida cortesía tratando de «excelencia» al príncipe, en evidente contradicción con uno de los primeros decretos del dictador. El ayudante de campo, un mozalbete de diecinueve años, era un conde milanés que fascinó a las jóvenes con sus botas brillantes y con la «erre» suave. Habían llegado acompañados por Tancredi que había sido ascendido, mejor dicho, creado capitán en acción: un poco quebrantado por los sufrimientos causados por su herida, estaba allí vestido de rojo, incapaz de resistir su deseo de mostrar su intimidad con los vencedores. Intimidad a base de «tú» y de «mi bravo amigo» recíprocos, que los «continentales» prodigaban con muchachil fervor y que Tancredi les devolvía, pero nasalizados y convertidos, para el príncipe, en expresiones llenas de solapada ironía. El príncipe los había acogido desde lo alto de su inexpugnable cortesía, pero lo habían divertido y tranquilizado plenamente. Tanto que tres días después los dos «piamonteses» fueron invitados a cenar. Y fue magnífico ver a Carolina sentada al piano que acompañaba al canto del general, quien, en homenaje a Sicilia, se había arriesgado a cantar *Vuelvo a veros, lugares nemorosos*[5], mientras Tancredi, compungido, volvía las páginas de la partitura como si los gallos no existiesen en este mundo. En tanto el condesito milanés, inclinado sobre un sofá, hablaba de azahares a Concetta y le descubría la existencia de Aleardo Aleardi[6]. Ella fingía escucharlo y le entristecía a veces la mala cara de su primo, que la luz de las velas del piano hacía parecer más lánguida de lo que era en realidad.

La velada había sido completamente idílica y fue seguida de otras igualmente cordiales. Durante una de ellas se rogó

---

[4] La piscina en la cual se lavaban los animales destinados al sacrificio en Jerusalén.

[5] Aria de *La Sonnanbula*, de Vincenzo Bellini.

[6] Aleardo Aleardi (1812-1878), fue un poeta romántico muy de moda en la segunda mitad del siglo XIX.

al general que se interesara a fin de que la orden de expulsión dictada contra los jesuitas no fuese aplicada al padre Pirrone que fue descrito como un hombre cargado de años y achaques. El general, a quien le era simpático el excelente sacerdote, fingió creer en su triste estado, se movió, habló con amigos y políticos y el padre Pirrone se quedó. Lo que confirmó una vez más al príncipe la exactitud de sus propias previsiones.

También para la complicada cuestión de los salvoconductos, necesarios en aquellos tiempos agitados para quien quisiera ir de un lado a otro, el general resultó utilísimo, y a él se debió en gran parte que aquel año de revoluciones la familia Salina pudiese gozar de su veraneo. El joven capitán obtuvo una licencia de un mes y se fue con los tíos. Prescindiendo del salvoconducto, los preparativos para el viaje de los Salina eran largos y complicados. Efectivamente, habían de llevarse a cabo enrevesadas negociaciones con «personas influyentes» de Girgenti, negociaciones que se concluyeron con sonrisas, apretones de manos y tintineo de monedas. Así se había obtenido un segundo y más valioso salvoconducto, pero esto no era una novedad. Era necesario reunir montañas de maletas y provisiones, y expedir primero, tres días antes, una parte de los cocineros y los criados. Había que embalar un pequeño telescopio y convencer a Paolo de que se quedara en Palermo. Hecho esto fue posible partir. El general y el condesito habían ido a desearles buen viaje y llevarles unas flores, y cuando los coches partieron de Villa Salina dos brazos rojos se agitaron largo rato, la chistera negra del príncipe se asomó a la ventanilla, pero la manita con guante de encaje negro, que el teniente había esperado ver, permaneció silenciosa en el regazo de Concetta.

El viaje había durado más de tres días y había sido espantoso. Los caminos, los famosos caminos sicilianos a causa de los cuales el príncipe de Satriano había perdido su lugartenencia, eran vagas huellas sembradas de baches y colmadas de polvo. La primera noche en Marineo, en casa de un notario amigo, había sido todavía soportable, pero la segunda en una posada de Prizzi había sido dura de pasar, acostados tres sobre cada cama y acosados por faunas repelentes. La tercera, en Bisacquino: allí no había chinches, pero en compensación el príncipe había encontrado trece moscas dentro del vaso del granizado; tanto la calle como la contigua «habitación de los cántaros» trascendía un intenso olor de heces, y esto había suscitado en el príncipe penosos sueños. Despertándose al filo del alba, inmerso en el sudor y el hedor, no había podido evitar comparar este viaje asqueroso a su propia vida, que se había desarrollado primero en llanuras sonrientes, habíase encaramado luego por abruptas montañas y deslizado a través de amenazadoras gargantas, para desembocar después en interminables ondulaciones de un solo color, desiertas como la desesperación. Estas fantasías de las primeras horas de la mañana eran lo peor que podía suceder a un hombre de mediana edad, y aunque el príncipe supiera que estaban destinadas a desvanecerse con la actividad del día, sufría intensamente porque ya tenía la suficiente experiencia para comprender que le dejaban en el fondo del alma un sedimento de pena que, acumulándose día tras día, acabaría por ser la verdadera causa de la muerte.

Con la aparición del sol estos monstruos habíanse metido en zonas no conscientes. Donnafugata estaba ya cerca con su palacio, con sus aguas vivas, con los recuerdos de sus santos antepasados, con la impresión que daba de perennidad de la infancia. Además allí la gente era simpática, devota y sencilla. Pero al llegar a este punto le asaltó un pensamiento: quién sabe si después de los recientes «hechos» la gente sería tan devota como antes.

«Ya veremos.»

Ahora realmente habían casi llegado. La cara astuta de Tancredi surgió inclinada por el ventanillo.

—Tío, prepárate. Dentro de cinco minutos habremos llegado.

Tancredi tenía demasiado tacto para preceder al príncipe en la hacienda. Puso su caballo al paso y echó a andar, discretísimo, al lado del primer coche.

Al otro lado del pequeño puente que daba al pueblo, las autoridades estaban esperando, rodeadas por una docena de campesinos. Apenas los coches entraron en el puente, la banda municipal atacó con frenético ardor *Somos gitanillas*[7], primer extravagante y cariñoso saludo que desde hacía algunos años Donnafugata dedicaba a su príncipe, e inmediatamente después las campanas de la iglesia parroquial y del convento del Espíritu Santo, advertidas por cualquier pilluelo al acecho, llenaron el aire de un estruendo festivo.

«Todo parece como de costumbre, a Dios gracias», pensó el príncipe descendiendo del coche.

Allí estaban don Calogero Sedàra, el alcalde, ceñida la cintura con una faja tricolor, nueva y flamante como su cargo; monseñor Trottolino, el arcipreste, con su encendida cara de luna; don Ciccio Ginestra, el notario, desbordante de galas y penachos, en calidad de capitán de la Guardia Nacional. Estaba también don Toto Giambono, el médico, y la pequeña Nunzia Giarritta que entregó a la princesa un desordenado ramo de flores, cogidas, por lo demás, media hora antes en el jardín del palacio. Estaba Ciccio Tumeo, el organista de la catedral, el cual, a decir verdad, no tenía rango suficiente para codearse con las autoridades, pero que había acudido por su cuenta, como amigo y compañero de caza, y que había tenido la buena idea de llevarse consigo, para complacer al príncipe, a «Teresina», la perra de caza con las dos señales color avellana encima de los ojos, y cuya audacia fue recompensada con una sonrisa muy particular de don Fabrizio. Este se hallaba de excelente humor y francamente amable. Había descendido de su coche junto con su mujer para dar las gracias, y bajo el furor de la música de Verdi y del estruendo de las campanas, abrazó al alcalde y estrechó la mano de todos los demás. La multitud de campesinos permanecía en silencio, pero en sus ojos inmóviles se transparentaba una curiosidad nada hostil, porque los aldeanos de Donnafugata sentían realmente cierto afecto por su tolerante señor que olvidaba a menudo exigir los cáno-

---

[7] Es un coro de *La Traviata*, de Giuseppe Verdi.

nes y los pequeños arrendamientos. Y luego, habituados a ver el bigotudo Gatopardo erguirse en la fachada de palacio, sobre el frontón de la iglesia, en lo alto de las fuentes barrocas y en las baldosas de las casas, estaban contentos de ver ahora al auténtico Gatopardo, con pantalones de piqué, distribuir amistosos manotazos a todos y sonreír con su rostro bonachón de felino cortés.

—Ni que decir tiene que todo está como antes. Es decir, mejor que antes.

También Tancredi era objeto de gran cuiosidad: todos lo conocían desde hacía tiempo, pero ahora parecía como transfigurado; no veían ya en él al muchacho despreocupado, sino al aristócrata liberal, el compañero de Rosolino Pilo[8], el glorioso herido en los combates de Palermo. En aquella admiración rumorosa sentíase como el pez en el agua: aquellos rústicos admiradores eran realmente una diversión. Les hablaba en dialecto, bromeaba, se burlaba de sí mismo y de la propia herida, pero cuando decía «el general Garibaldi» bajaba la voz un tono y adquiría el aire absorto de un monaguillo ante el ostensorio. Y a don Calogero Sedàra, de quien tenía entendido vagamente que había trabajado mucho en los días de la liberación, dijo con voz sonora:

—De usted, don Calogero, Crispi me ha hablado muy bien.

Después de lo cual dio el brazo a la prima Concetta y se fue, dejando a todos embelesados.

Los cohes con la servidumbre, los niños y «Bendicò» se dirigieron a palacio. Pero, como exigía el antiquísimo rito, los demás, antes de poner los pies en la casa, tenían que escuchar un *Te Deum* en la iglesia. Por lo demás ésta se hallaba a dos pasos, y se dirigieron a ella en cortejo, polvorientos pero imponentes los recién llegados y resplande-

---

[8] Rosolino Pilo (1820-1860), político siciliano, fue discípulo de Mazzini. Animó la insurrección siciliana en apoyo a las «camisas rojas» de Garibaldi. Cuando éstas avanzaban hacia Palermo, en un choque con el ejército napolitano, fue herido mortalmente.

cientes pero humildes las autoridades. Iba delante don Ciccio Ginestra que, con el prestigio del uniforme, abría el paso a los demás. Detrás iba el príncipe dando el brazo a la princesa y parecía un león satisfecho y manso. Tras él, Tancredi llevando a su derecha a Concetta en quien aquella ida a una iglesia al lado de su primo le producía una gran turbación y un dulcísimo deseo de llorar, estado de ánimo que no fue precisamente aliviado por una fuerte presión que el diligente jovencito ejercía en su brazo, con la sola intención, claro está, de evitarle los baches y las mondas que constelaban el camino. Tras ellos iban en desorden los demás. El organista había salido escapado para tener tiempo de depositar a «Teresina» en casa y encontrarse luego en su resonante puesto en el momento en que los demás entraran en la iglesia. Las campanas no dejaban de alborotar y en las paredes de las casas las frases de «¡Viva Garibaldi!», «¡Viva el rey Vittorio!» y «¡Muera el rey borbón!», que una brocha inexperta había escrito dos meses antes, se descolorían y parecían querer penetrar en la pared. Estallaban los cohetes mientras ellos subían la escalinata, y cuando el cortejuelo entró en la iglesia, don Ciccio Tumeo, que había llegado perdiendo el resuello pero a punto, atacó con ímpetu la pieza *Quiéreme, Alfredo* [9].

La nave estaba abarrotada de gente curiosa entre sus toscas columnas de mármol rojo. La familia Salina se sentó en el coro y durante la breve ceremonia don Fabrizio se exhibió a la multitud, magnífico. La princesa estaba a punto de desmayarse a causa del dolor y el cansancio, y Tancredi, con el pretexto de espantar las moscas, rozó más de una vez la rubia cabeza de Concetta. Todo estaba en orden y, después del sermoncito de monseñor Trottolino, todos se inclinaron ante el altar, se dirigieron hacia la puerta y salieron a la plaza sobre la que caía un sol de justicia.

Al pie de la escalinata se despidieron las autoridades, y la princesa, que había tenido que bisbisear sus órdenes durante la ceremonia, invitó a cenar aquella noche al alcalde, al arcipreste y al notario. El arcipreste era soltero por pro-

---

[9] Famosa aria de *La Traviata*.

fesión y el notario por vocación, y así la cuestión de las consortes no podía plantearse para ellos. Lánguidamente la invitación hecha al alcalde se hizo extensiva a su mujer. Era ésta una especie de campesina, muy hermosa, pero considerada por su marido, por más de un motivo, como impresentable. Nadie, por lo tanto, se sorprendió cuando él manifestó que se hallaba indispuesta, pero grande fue el pasmo cuando añadió:

—Si sus excelencias me lo permiten, vendré con mi hija Angélica, que desde hace un mes no habla más que del placer de que la conozcan de mayor.

El consentimiento fue, naturalmente, dado, y el príncipe, que había visto a Tumeo mirar de soslayo al otro por encima de los hombros de los demás, le dijo:

—Y también usted, ni que decir tiene, don Ciccio; venga con «Teresina» —y añadió dirigiéndose a los demás—: Después de cenar, a las nueve, tendremos el placer de ver a todos los amigos.

Donnafugata comentó extensamente estas últimas palabras. Y, al príncipe, que no había encontrado cambiada a Donnafugata, se le halló, en cambio, muy cambiado, a él que nunca antes hubiese empleado tan cordiales expresiones. Y en aquel momento, invisible, comenzó el declive de su prestigio.

El palacio Salina lindaba con la iglesia parroquial. Su pequeña fachada con siete ventanas sobre la plaza no dejaba suponer su gran extensión que ocupaba hacia atrás unos doscientos metros. Eran construcciones de diversos estilos, armosiosamente unidas, en torno a tres enormes patios y terminando en un amplio jardín. A la entrada principal sobre la plaza los viajeros fueron sometiddos a nuevas manifestaciones de bienvenida. Don Onofrio Rotolo, el administrador local, no participaba en las acogidas oficiales a la entrada del pueblo. Educado en la rígida escuela de la princesa Carolina, consideraba al *vulgus* como si no existiese y al príncipe como residente en el extranjero hasta que no hubiese cruzado el umbral de su propio palacio. Por esto hallábase allí, a dos pasos del portón, pequeñísimo, viejísimo, barbudísimo, teniendo al lado a su mujer mucho más joven que él y gallarda, detrás a la servidumbre y a ocho *campieri*[10] con el Gatopardo de oro en el sombrero y en las manos ocho escopetas no siempre inactivas.

—Considérome dichoso de dar la bienvenida a sus excelencias en su casa. Reintegro el palacio en el estado justo en que me fue entregado.

Don Onofrio Rotolo era una de las raras personas estimadas por el príncipe, y acaso la única que jamás le había robado. Su honestidad frisaba la manía, y de ella se contaban episodios espectaculares, como el del vasito de rosoli dejado semilleno por la princesa en el momento de una partida, y encontrado un año después en el mismo sitio con el contenido evaporado y reducido al estado de heces dulces, pero intacto.

—Porque esta es una parte infinitesimal del patrimonio del príncipe y no debe desperdiciarse.

Terminados los cumplidos con don Onofrio y Donna María, la princesa, que se mantenía de pie a fuerza de nervios, se fue a acostar, las jóvenes y Tancredi corrieron hacia las tibias sombras del jardín, y el príncipe y el administrador dieron una vuelta por el gran apartamiento. Todo estaba en perfecto orden: los cuadros en sus pesados marcos habían sido limpiados de polvo, los dorados de las encuadernaciones antiguas lanzaban un fulgor discreto, el alto sol hacía brillar los mármoles grises en torno a las puertas. Todo hallábase en el estado en que se encontrara cincuenta años antes. Salido del ruidoso torbellino de las disidencias civiles, don Fabrizio se sintió reanimado, lleno de serena seguridad, y miró casi tiernamente a don Onofrio que llevaba a su lado un trotecillo cochinero.

—Don «Nofrio», usted es realmente uno de esos gnomos que custodian los tesoros. Es muy grande la gratitud que le debemos.

En otro año el sentimiento habría sido idéntico, pero las

_____
[10] Guardias particulares en los latifundios de Sicilia.

palabras no le hubiesen salido de los labios. Don Onofrio lo miró agradecido y lleno de sorpresa.

—Es mi deber, excelencia, es mi deber.

Y para ocultar su propia emoción, se rascaba la oreja con la larguísima uña del meñique izquierdo.

Luego el administrador fue sometido a la tortura del té. Don Fabrizio hizo servir dos tazas y con la muerte en el corazón don Onofrio tuvo que engullirse una. Después se puso a contar la crónica de Donnafugata: hacía dos semanas que se había renovado el alquiler del feudo Aquila en condiciones algo peores que antes; había tenido que hacer frente a grandes gastos para la reparación de los techos del ala destinada a los huéspedes.

Pero había en la caja, a disposición de sus excelencias, tres mil doscientas setenta y cinco onzas, limpias de todo gasto, tasa y su propio sueldo.

Vinieron después las noticias particulares que se concentraban en torno al gran hecho del año: el rápido aumento de la fortuna de don Calogero Sedàra: hacía seis meses que había vencido el préstamo concedido al barón Tumino y se había apropiado de las tierras. Gracias a mil onzas prestadas poseía ahora una propiedad que rendía cincuenta al año. En abril había podido adquirir una *salma* [11] de terreno por un trozo de pan; y en aquella *salma* había una cantera de piedra muy buscada que él se proponía explotar. Había llevado a cabo provechosas ventas de trigo en el momento de la desorientación y de carestía que había seguido al desembarco. La voz de don Onofrio se llenó de rencor:

—He contado por encima: las rentas de don Calogero igualarán dentro de poco las de vuestra excelencia aquí en Donnafugata.

Junto con la riqueza crecía también su influencia política: se había convertido en jefe de los liberales en aquel pueblo y también en los pueblos vecinos. Cuando se llevaran a cabo elecciones estaba seguro que iría como diputado a Turín.

---

[11] Medida de capacidad para áridos en uso en Italia antes de la adopción del sistema métrico decimal. En Sicilia se daba el mismo nombre a una medida de superficie equivalente a 17.462 m.

—¡Y qué tono se dan, no él, que es demasiado listo para ello, sino su hija, por ejemplo, que ha vuelto del colegio de Florencia, que se pasea por aquí con las enaguas almidonadas y cintas de terciopelo colgando del sombrero!

El príncipe callaba: la hija, sí, aquella Angélica que asistiría a la cena aquella noche. Sería curioso volver a ver a la pastorcilla con sus galas. No era verdad que nada hubiese cambiado. ¡Don Calogero rico como él! Pero estas cosas estaban, en el fondo, previstas. Eran el precio que había que pagar.

El silencio del amo turbó a don Onofrio. Imaginábase haber puesto de mal humor al príncipe contándole los chismes del lugar.

—Excelencia, he pensado hacer preparar un baño. Ahora ya debe de estar listo.

Don Fabrizio se dio cuenta de pronto de que estaba cansado: eran casi las tres y hacía nueve horas que se hallaba bajo el tórrido sol después de aquella nochecita. Sentía su cuerpo lleno de polvo hasta en sus más escondidos repliegues.

—Gracias, don «Nofrio», por haber pensado en eso; y también por todo lo demás. Volveremos a vernos esta noche a la hora de la cena.

Subió por la escalera interior, pasó por el salón de los tapices, por el salón azul, por el amarillo. Las persianas bajas filtraban la luz. En el despacho el reloj de Boulle tictaqueaba suavemente.

«¡Qué paz, Dios mío, qué paz!»

Entró en el cuarto de baño: pequeño y enjalbegado, con el suelo de toscos ladrillos, en cuyo centro estaba el desagüe. La bañera era una especie de dornajo oval, inmenso, de palastro barnizado, amarillo por fuera y gris por dentro, izado sobre cuatro robustas patas de madera. Colgado de un clavo de la pared, un albornoz. En una de las sillas de cuerda la muda limpia; en otra un traje que conservaba todavía los pliegues adquiridos en el baúl. Junto a la bañera un trozo de jabón de color de rosa, un gran cepillo, un pañuelo anudado que contenía salvado que, al mojarse daría al agua suavidad y perfume, una enorme esponja, de las que le enviaba el administrador de Salina. Desde la ventana, sin protección, el sol penetraba brutalmente.

Dio una palmada: entraron dos criados llevando cada uno un par de cubos llenos hasta el borde, uno de agua fría y el otro de agua hirviente. Hicieron este viaje varias veces; el dornajo se llenó. El príncipe probó la temperatura con la mano: estaba bien. Hizo salir a los criados, se desnudó y metió en el agua. Bajo la desproporcionada mole el agua se derramó un poco. Se enjabonó y cepilló: la tibieza le hacía bien, lo relajaba. Estaba a punto de quedarse dormido cuando llamaron a la puerta. Era Mimí, el criado, que entró temeroso.

—El padre Pirrone quiere verle enseguida, excelencia. Espera afuera a que vuestra excelencia haya salido del baño. El príncipe se sorprendió. Si había sucedido una desgracia era preferible conocerla inmediatamente.

—Que entre enseguida.

Don Fabrizio estaba alarmado por la prisa del padre Pirrone, y un poco por esto y otro poco por respeto al hábito sacerdotal se apresuró a salir del baño: contaba con poder ponerse el albornoz antes de que entrase el jesuita, pero no lo consiguió, y el padre Pirrone entró precisamente en el momento en que él, no disimulado ya por el agua jabonosa, no cubierto todavía con el provisional atuendo, erguíase enteramente desnudo como Hércules Farnesio, y además humeante, mientras por el cuello, los brazos y el estómago el agua corría a ríos, como el Ródano, el Rin, el Danubio y el Adige atraviesan y bañan las quebradas alpinas. El aspecto del principón en estado adamítico era inédito para el padre Pirrone. Ejercitado por el sacramento de la penitencia a contemplar la desnudez de las almas, lo estaba menos a la de los cuerpos, y él, que no hubiese movido las pestañas escuchando una confesión, pongamos por caso, de unas relaciones incestuosas, se turbó a la vista de aquella inocente desnudez titánica. Balbució una excusa e hizo ademán de retroceder, pero don Fabrizio, irritado por no haber tenido tiempo de cubrirse, dirigió naturalmente contra él su propia cólera.

—¡Padre, no sea estúpido. Alcánceme el albornoz y, si no le parece mal, ayúdeme a secarme.

Inmediatamente después recordó una discusión pasada.

—Y créame, padre, tome usted también un baño.

Satisfecho de haber podido hacerle una amonestación higiénica a quien tantas morales le impartía, se tranquilizó. Con la punta superior de la prenda lograda finalmente, se secaba los cabellos, las patillas y el cuello, mientras que con el extremo inferior el humillado padre Pirrone le frotaba los pies.

Cuando estuvieron secas las cumbres y faldas del monte:

—Ahora siéntese, padre, y dígame por qué quería hablarme con tanta prisa.

Y mientras el jesuita se sentaba, comenzó por su cuenta algunos secamientos más íntimos.

—Verá, excelencia: he sido encargado de una misión delicada. Una persona sumamente querida para usted ha deseado abrirme su corazón y confiarme el encargo de dar a conocer sus sentimientos, confiada, quizás erróneamente, en la estimación con que se me honra...

Las vacilaciones del padre Pirrone se diluían en frases interminables. Don Fabrizio perdió la paciencia.

—En resumen, padre, ¿de qué se trata? ¿De la princesa?

Y con el brazo levantado parecía amenazar: en realidad se secaba una axila.

—La princesa está cansada. Duerme y no la he visto. Se trata de la señorita Concetta —pausa—. Está enamorada.

Un hombre de cuarenta y cinco años puede creerse joven todavía hasta el momento en que se da cuenta de que tiene hijas en edad de amar. El príncipe se sintió súbitamente envejecido. Olvidó las millas que recorría cazando, los «Jesús María» que sabía provocar, la propia lozanía actual al final de un lago y penoso viaje. De pronto se vio a sí mismo como una persona canosa que acompaña un cortejo de nietos a caballo en las cabras de Villa Giulia.

—Y esa estúpida, ¿por qué ha ido a contarle a usted estas cosas? ¿Por qué no ha acudido a mí?

Ni siquiera preguntó quién era el otro: no había necesidad.

—Vuestra excelencia oculta demasiado bien el corazón paternal bajo la autoridad de amo. Es natural entonces que la pobre muchacha se atemorice y recuerde al devoto eclesiástico de la casa.

Don Fabrizio se ponía los larguísimos calzoncillos y resoplaba; preveía largos coloquios, lágrimas, molestias sin límite. Aquella mocosa le malograba el primer día en Donnafugata.

—Comprendo, padre, comprendo. Y aquí no me comprende nadie. Esta es mi desgracia.

Permanecía sentado sobre un taburete con el vello rubio del pecho perlado de pequeñas gotas. Pequeños regueros de agua serpenteaban sobre los ladrillos, la estancia estaba llena del olor lácteo del salvado y del jabón de almendra.

—Y así, ¿que le parece a usted que debo decir?

El jesuita sudaba en el calor de estufa del cuarto, y, ahora que la confidencia había sido transmitida, hubiese podido marcharse, pero el sentimiento de la propia responsabilidad lo detuvo.

—A los ojos de la Iglesia es muy grato el deseo de fundar una familia cristiana. La presencia de Cristo en las bodas de Caná...

—No divaguemos. Estamos hablando de este matrimonio, no del matrimonio en general. ¿Acaso don Tancredi ha hecho proposiciones concretas, y cuándo?

Durante cinco años el padre Pirrone había intentado enseñar latín al muchacho; durante siete años había tenido que soportar las pataletas y las chacotas, y como todos había experimentado su fascinación. Pero le había ofendido la reciente actitud política de Tancredi: el viejo afecto luchaba en él con el nuevo rencor. Además, no sabía qué decir.

—Lo que se dice proposiciones concretas, no. Pero la señorita Concetta no tiene ninguna duda: las atenciones, las miradas, las medias palabras de él, cosas cada vez más frecuentes, han convencido a esa alma de Dios. Está segura de ser amada, pero, hija obediente y respetuosa, quería que yo preguntase qué debe responder si se hacen estas proposiciones. Ella cree que son inminentes.

El príncipe se tranquilizó un poco. ¿Desde cuándo aquella chiquilla tenía una experiencia tal que le permitía ver claro en las actitudes de un jovencito, y de un jovencito como Tancredi? ¿Tratábase acaso de simples fantasías, de uno de esos «sueños dorados» que traen a mal traer las almohadas de los pensionados? El peligro no estaba cerca.

Peligro. La palabra resonó en su mente con tal claridad que le sorprendió. Peligro. Pero peligro ¿para quién? Quería mucho a Concetta: le gustaba sus respetuosa sumisión, la placidez con que se inclinaba a toda odiosa minifestación de la voluntad paterna: sumisión y placidez, por lo demás, sobrevalorada por él. La natural tendencia que tenía a apartar de sí cualquier amenaza a la propia calma le había hecho descuidar la observación del relámpago asesino que atravesaba los ojos de la joven cuando las rarezas a las cuales obedecía eran realmente demasiado vejatorias.

El príncipe quería mucho a su hija, pero quería todavía más a su sobrino. Conquistado desde siempre por el afecto burlón del muchacho, hacía pocos meses que había empezado a admirar también su inteligencia: esa rápida adaptabilidad, esa penetración mundana, ese arte innato de los matices que le daba soltura para hablar el lenguaje demagógico de moda, con todo y dejar comprender a los iniciados que todo ello no era más que un pasatiempo al que él, el príncipe de Falconeri, se entregaba por un momento; todas estas cosas lo habían divertido, y en las personas del carácter y la clase de don Fabrizio la habilidad para divertirle constituía ya las cuatro quintas partes del afecto. Tancredi, según él, tenía ante sí un brillante porvenir. Podría ser el alfil de un contraataque que la nobleza, bajo uniformes cambiados, podía efectuar contra el nuevo estado social. Para hacer esto le faltaba sólo una cosa: dinero. De esto Tancredi no tenía nada. Y para progresar en política, además de que el nombre ya contaba de suyo, era necesario mucho dinero: dinero para comprar los votos, dinero para hacer favores a los electores, dinero para un tren de casa realmente resplandeciente. Tren de casa... Y Concetta, con todas sus virtudes pasivas, ¿sería capaz de ayudar a un marido ambicioso y brillante a subir los resbaladizos escalones de la nueva sociedad, tan tímida, reservada, retraída como era? Sería siempre la bella colegiala que era ahora, una bola de plomo al pie del marido.

—Padre, ¿se imagina usted a Concetta de embajadora en Viena o Petersburgo?

Los pensamientos del padre Pirrone se trastornaron ante esta pregunta.

—¿A qué viene esto? No comprendo.

Don Fabrizio no se tomó la molestia de explicarlo; se sumió en sus pensamientos. ¿Dinero? Ciertamente que Concetta tendría una dote. Pero la fortuna de los Salina había de dividirse en siete partes, en partes no iguales, de las cuales la de las muchachas sería la mínima. ¿Y qué? Tancredi necesitaba algo más: Maria Santa Pau, por ejemplo, con los cuatro feudos ya suyos y todos aquellos tíos sacerdotes y ahorrativos; una de las chicas Sutera, tan feíllas, pero tan ricas. El amor. Evidentemente, el amor. Fuego y llamas durante un año, cenizas durante treinta. Él sabía lo que era el amor... Y Tancredi, ante quien las mujeres caerían como fruta madura...

De repente sintió frío. El agua que tenía en el cuerpo se evaporaba y la piel de los brazos estaba helada. Las puntas de los dedos se le arrugaban. ¡Y qué cantidad de penosas conversaciones en perspectiva! Había que evitar...

—Tengo que vestirme, padre. Le ruego que diga a Concetta que no estoy molesto, pero que volveremos a hablar de todo esto cuando estemos seguros de que no se trata sólo de fantasías de una muchacha romántica. Hasta ahora, padre.

Se levantó y pasó al cuarto-tocador. Desde la vecina iglesia parroquial llegaba lúgubre el tañido de campanas de un funeral. Alguien había muerto en Donnafugata, algún cuerpo fatigado que no había resistido el gran calor del verano siciliano, y le habían faltado las fuerzas para esperar la lluvia.

—«Dichoso de él —pensó el príncipe, mientras se pasaba la loción por las patillas—. Ahora se cisca en hijas, dotes y carreras políticas.» Esta efímera identificación con un difunto desconocido fue suficiente para calmarlo.

«Mientras hay muerte hay esperanza», pensó. Luego se

encontró ridículo por haber llegado a tal estado de depresión por el hecho de que su hija quería casarse. *«Ce sont leur affaires, après tout»*, pensó en francés como hacía cuando sus meditaciones se empeñaban en ser despreocupadas.

Sentóse en la butaca y se adormeció.

Al cabo de una hora se despertó descansado y descendió al jardín. Poníase ya el sol y sus rayos, amortecido su poder, iluminaban con luz cortés las araucarias, los pinos, los robustos carrascos que eran la gloria del lugar. Desde el fondo del sendero principal que descendía lento entre altos setos de laurel encornisando anónimos bustos de diosas desnarigadas, oíase la dulce lluvia de los surtidores, que caía en la fuente de Anfitrite. Hacia allí se dirigió juvenil y deseoso de volver a verlos. Sopladas por las caracolas de los tritones y las conchas de las náyades, por las narices de los monstruos marinos, las aguas irrumpían en filamentos sutiles, repiqueteaban con punzante rumor la superficie verdusca de la taza, provocaba rebotes, burbujas, espumas, ondulaciones, temblores, remolinos sonrientes. De la fuente, de las aguas tibias, de las piedras revestidas de aterciopelados musgos emanaba la promesa de un placer que nunca podría convertirse en dolor. En un islote en el centro de la redonda taza, modelado por un cincel inexperto pero sensual, un Neptuno expedito y sonriente atrapaba a una Anfitrite anhelante: el ombligo de ella, humedecido por las salpicaduras, brillaba al sol, nido, dentro de poco, de escondidos besos en la umbría acuática. Don Fabrizio se detuvo, miró, recordó, lamentándose. Se quedó largo rato.

—Tiazo, ven a ver los melocotones forasteros. Están muy bien. Y déjate de estas indecencias que no están hechas para hombres de tu edad.

La afectuosa malicia de la voz de Tancredi lo distrajo de su aturdimiento voluptuoso. No lo había oído llegar: era como un gato. Por primera vez le pareció que cierto rencor se apoderaba de él a la vista del muchacho: aquel petimetre, con el esbelto talle bajo el traje azul oscuro había sido la causa de que hubiese pensado tanto en la muerte dos horas antes. Luego, se dio cuenta de que no era rencor: sólo un disfraz de temor. Tenía miedo de que le hablase de Concetta. Pero la forma en que le había abordado, el tono del sobrino, no era el de quien se prepara a hacer confidencias amorosas a un hombre como él. Se tranquilizó: los ojos del sobrino lo miraban con ese afecto irónico que la juventud concede a las personas mayores.

«Pueden permitirse el lujo de ser un poco amables con nosotros, tan seguros están de que el día de nuestros funerales serán libres».

Se dirigió con Tancredi a mirar los «melocotones forasteros». El injerto de los vástagos alemanes hecho dos años antes había dado excelentes resultados. Los frutos eran pocos, una docena en los árboles injertdos, pero eran grandes, aterciopelados, fragantes; amarillos con dos matices rosados en las mejillas, parecían cabecitas de chinas pudorosas. El príncipe los palpó con la delicadeza afanosa de los carnosos pulgares.

—Me parece que están maduros. Lástima que haya muy pocos para tomarlos esta noche. Pero mañana haremos que los cojan y veremos qué tal son.

—Así me gusta, tío. Así, en la parte del *agricola pius* que aprecia y saborea de antemano los frutos del propio trabajo, y no como te he encontrdo poco antes mientras contemplabas escandalosas desnudeces.

—Sin embargo, Tancredi, también estos melocotones son productos de amores, de ayuntamientos.

—Cierto, pero de amores legales, provocados por ti, el amo, y por Nino el jardinero, notario. Amores pensados, fructíferos. En cuanto al de allá —dijo, y señaló la fuente de la cual se percibía el rumor al otro lado de un telón de carrascos—, ¿crees realmente que han pasado ante un párroco?

El rumbo de la conversación hacíase peligroso y don Fabrizio se apresuró a cambiar de ruta. Dirigiéndose hacia la casa, Tancredi contó cuanto había sabido de la crónica galante de Donnafugata: Ménica, la hija de Saverio, habíase dejado embarazar por el novio; ahora tenía que celebrarse apresuradamente el matrimonio. Calicchio se había escapado por un pelo de que no le sacudiera un tiro un marido burlado.

—Pero ¿cómo te las arreglas para saber estas cosas?

—Las sé, tiazo, las sé. A mí me lo cuentan todo. Saben que soy un hombre comprensivo.

Llegados a lo alto de la escalera, que con delicadas vueltas y amplios descansillos ascendía del jardín al palacio, vieron el horizonte crepuscular al otro lado de los árboles. De la parte del mar grandes nubarrones de color de tinta escalaban el cielo. ¿Acaso se había calmado la cólera de Dios y la maldición anual de Sicilia iba a tener término? En aquel momento los nubarrones cargados de alivio eran mirados por millares de otros ojos y advertidos en el regazo de la tierra por millones de semillas.

—Confiemos en que se haya acabado el verano, que venga por fin la lluvia —dijo don Fabrizio.

Y con estas palabras el altivo gentilhombre, a quien personalmente la lluvia sólo le habría fastidiado, revelábase hermano de sus toscos villanos.

El príncipe quería que la primera comida en Donnafugata tuviera siempre un carácter solemne: los hijos, hasta los quince años, eran excluidos de la mesa, se servían vinos franceses y el ponche a la romana antes que el asado, y los criados, con peluca empolvada y calzón corto, servían a la mesa. Solamente transigía en un detalle: no se ponía el traje de etiqueta para no embarazar a los huéspedes que, evidentemente, no lo poseían.

Aquella noche, en el salón llamado «de Leopoldo», la familia Salina esperaba a los últimos invitados. Bajo las pantallas cubiertas de encaje los quinqués emitían una amarilla luz circunscrita; los enormes retratos ecuestres de los Salina muertos no eran más que imágenes imponentes y vagas como su recuerdo. Don Onofrio había llegado ya con su mujer, y también el arcipreste que con la esclavina de ligerísima tela doblada bajo los hombros en señal de gala, hablaba con la princesa de los desacuerdos del Colegio de

María. Había llegado también don Ciccio el organista («Teresina» había sido atada ya a la pata de una mesa) que recordaba junto con el príncipe fabulosos tiros en los barrancos de la Dragona. Todo era apacible y acostumbrado, cuando Francesco Paolo, el chico de dieciséis años, hizo en el salón una irrupción escandalosa.

—Papá, don Calogero está subiendo la escalera. ¡Viene de frac!

Tancredi valoró la importancia de la noticia un segundo antes que los demás; estaba dedicado a fascinar a la mujer de don Onofrio. Pero cuando oyó la fatal palabra no pudo contenerse y soltó una risa convulsa. No se rió, en cambio, el príncipe sobre quien, hay que decirlo, la noticia produjo un efecto mayor que el parte de desembarco en Marsala. Este había sido un acontecimiento no sólo previsto, sino también lejano e invisible. Ahora, sensible como era a los presagios y los símbolos, contemplaba una revolución en aquella corbatita blanca y en aquellos dos faldones negros que subían las escaleras de su casa. No sólo el príncipe no era ya el mayor propietario de Donnafugata, sino que se veía asimismo obligado a recibir, vestido de tarde, a un invitado que se presentaba vestido de noche.

Su desolación era muy grande y duraba todavía, mientras mecánicamente avanzaba hacia la puerta para recibir al huésped. Cuando lo vio, sus penas se aliviaron un poco. Perfectamente adecuado como manifestación política, podía afirmarse, sin embargo, que, como obra de sastrería, el frac de don Calogero era una catástrofe. El paño era finísimo, el modelo reciente, pero el corte era sencillamente monstruoso. El Verbo londinense se había encarnado pésimamente en un artesano girgentano en quien se había fijado la tenaz avaricia de don Calogero. Las puntas de los faldones se erguían hacia el cielo en muda súplica, el ancho cuello era informe y, aunque sea doloroso, es necesario decirlo: los pies del alcalde estaban calzados con botas de botones.

Don Calogero avanzaba con la mano tendida y enguantada hacia la princesa:

—Mi hija ruega que la excusen: no estaba todavía arreglada. Vuestra excelencia sabe cómo son las mujeres en estas ocasiones —añadió expresando en términos casi vernáculos un pensamiento de ligereza parisiense—. Pero estará aquí dentro de un instante. Como sabe, nuestra casa está a dos pasos.

El instante duró cinco minutos. Luego la puerta se abrió y entró Angélica. La primera impresión fue de deslumbrante sorpresa. Los Salina se quedaron sin aliento. Tancredi hasta sintió latir sus sienes. Bajo el impacto que recibieron entonces ante el ímpetu de su belleza, los hombres fueron incapaces de advertir, analizándola, los no pocos defectos que esta belleza tenía. Muchas debieron ser las personas que nunca fueron capaces de este trabajo crítico. Era alta y bien formada, teniendo en cuenta generosos criterios; su piel debía de poseer el sabor de la crema fresca a la que se parecía, y la boca infantil el de las fresas. Bajo la masa de los cabellos del color de la noche, llenos de suaves ondulaciones, los ojos verdes resplandecían inmóviles como los de las estatuas y, como ellos, un poco crueles. Avanzaba despacio, haciendo mover la amplia falda blanca y poseía la calma e invencibilidad de la mujer que está segura de su belleza. Hasta muchos meses después no se supo que en el momento de su triunfal entrada había estado a punto de desvanecerse de ansiedad.

No le preocupó el príncipe que acudía a ella, dejó atrás a Tancredi que le sonreía como en sueños. Delante de la butaca de la princesa su magnífica grupa dibujó una leve inclinación, y esta forma de homenaje, desacostumbrada en Sicilia, le confirió un instante la fascinación del exotismo junto con la de su belleza campesina.

—¡Querida Angélica, cuánto tiempo que no te veía! Estás muy cambiada, ¡y no en peor precisamente!

La princesa no daba crédito a sus ojos. Recordaba a la chiquilla de trece años descuidada y feúcha de hacía cuatro temporadas y no conseguía hacer coincidir su imagen con la de aquella adolescente voluptuosa que tenía ante sí. El príncipe carecía de recuerdos que poner en orden. Tenía sólo previsiones en qué preocuparse. El golpe inferido a su orgullo por el frac del padre se repetía ahora en el aspecto de la hija. Pero esta vez no se trataba de paño negro, sino de una piel nacarada poco común y bien cortada por añadidura. Viejo caballo de batalla como era, el toque de la gracia femenina lo halló dispuesto y se dirigió a la muchacha con la graciosa obsequiosidad que habría adoptado hablando con la duquesa de Bovino o la princesa de Lampedusa:

—Es una dicha para nosotros, señorita Angélica, acoger una flor tan hermosa en nuestra casa, y espero que tendremos el placer de volver a verla con frecuencia.

—Gracias, príncipe. Veo que su bondad para conmigo es igual a la que siempre ha demostrado a mi padre.

Tenía la voz hermosa, de tono bajo, acaso un poco afectada, y el colegio florentino había hecho desaparecer el dejo girgentano. Del siciliano sólo le quedaba en las palabras la aspereza de las consonantes, que por lo demás se armonizaba bien con su venustidad serena pero maciza. También en Florencia le habían enseñado a suprimir la palabra «excelencia».

Es de lamentar poder decir poco de Tancredi: después de haberse hecho presentar por don Calogero, después de haber maniobrado el faro de su ojo azul, después de haber resistido con esfuerzo el deseo de besar la mano de Angélica, había vuelto a charlar con la señora Rotolo, y no comprendía nada de lo que oía. El padre Pirrone, en un oscuro rincón, hallábase meditabundo y pensaba en la Sagrada Escritura, que aquella noche se le presentaba sólo como una sucesión de Dalila, Judit y Ester.

Abrióse la puerta central del salón y:

—Cenn sirv —declaró el mayordomo.

Misteriosos sonidos mediante los cuales anunciábase que la cena estaba servida. Y el heterogéneo grupo se dirigió hacia el comedor.

El príncipe tenía demasiada experiencia para ofrecer a huéspedes sicilianos, en un pueblo del interior, una comida que se iniciase con un *potage*, e infringía tanto más fácilmente las reglas de la alta cocina cuanto que esto se correspondía con sus propios gustos. Pero las informaciones sobre la bárbara costumbre forastera de servir un bodrio como primer plato habían llegado con demasiada insistencia a los personajes importantes de Donnafugata para que cierto temor no se ocultase en ellos al comenzar aquellas comidas solemnes. Por esto cuando tres criados vestidos de verde y oro y con los cabellos empolvados entraron llevando cada uno una desmesurada bandeja de plata que contenía un alto timbal de macarrones, sólo cuatro de los veinte invitados se abstuvieron de manifestar una alegre sorpresa: el príncipe y la princesa porque lo esperaban, Angélica por afectación y Concetta por falta de apetito. Todos los demás —hay que decir que Tancredi comprendido— manifestaron su alivio de diversos modos, que iban desde los aflautados gruñidos de éxtasis del notario hasta el estridor agudo de Francesco Paolo. La mirada circular del dueño de la casa truncó, repentinamente, aquellas manifestaciones indecorosas.

Pero dejando aparte la buena crianza, el aspecto de aquellos monumentales pasteles era bien digno de evocar estremecimientos de admiración. El oro bruñido de la costra tostada, la fragancia de azúcar y canela que trascendía, no eran más que el preludio de la sensación de deleite que se liberaba del interior cuando el cuchillo rompía la tostadita capa: surgía primero un vapor cargado de aromas y asomaban luego los menudillos de pollo, los huevecillos duros, las hilachas de jamón, de pollo y el picadillo de trufa en la masa untuosa, muy caliente, de los macarrones cortados, cuyo extracto de carne daba un precioso color gamuza.

El comienzo de la cena fue, como sucede en provincias, de recogimiento. El arcipreste se santiguó y se precipitó de cabeza sin decir palabra. El organista absorbía la suculencia del alimento con los ojos entornados: estaba agradecido al Creador porque su habilidad en fulminar liebres y becadas le proporcionase de vez en cuando semejantes éxtasis, y pensaba que con el importe de sólo uno de aquellos timbales él y «Teresina» habrían vivido un mes. Angélica, la bella Angélica, olvidó los remilgos toscanos y parte de sus buenas maneras y devoró con el apetito de sus diecisiete años y con el vigor que le confería el tenedor, agarrado por el medio. Tancredi, intentando unir la galantería con la gula, procuraba imaginarse el sabor de los besos de Angélica, su vecina, en el de las descargas aromáticas del tenedor, pero se dio cuenta inmediatamente de que el experimento no era agradable y lo suspendió, reservándose resucitar estas fantasías para el momento de los dulces. El príncipe, aunque abstraído en la contemplación de Angélica, que estaba sentada frente a él, tuvo ocasión de advertir, el único en la mesa, que la *demi-glace* estaba demasiado cargada y se propuso decírselo al cocinero al día siguiente. Los otros comían sin pensar en nada, y no sabían que la cena les parecía tan exquisita porque un aura sensual había penetrado en la casa.

Todos estaban tranquilos y contentos. Todos, excepto Concetta. Esta había abrazado y besado a Angélica, también había rechazado el «usted» de su tratamiento y pretendido el «tú» de su infancia, pero bajo el corpiño azul pálido sentía atenazado el corazón. La violenta sangre de los Salina se despertaba en ella y bajo su lisa frente se fraguaban fantasías de envenenamientos. Tancredi estaba sentado entre ella y Angélica y con la cortesía puntillosa de quien se siente culpable dividía con toda equidad miradas, cumplidos y bromas entre sus dos vecinas. Pero Concetta sentía, sentía de una forma animal, la corriente de deseo que circulaba desde el primo hacia la intrusa y su entrecejo se ensombrecía: deseaba matar tanto como deseaba morir. Como era mujer, se aferraba a los detalles: notó la gracia vulgar del meñique derecho de Angélica levantado mientras la mano sostenía la copa; advirtió una peca rojiza en la piel del cuello; advirtió la tentativa, contenida a medias, de quitarse con el dedo un poco de comida que se le quedó entre los blanquísimos dientes; notó asimismo más vivamente cierta insensibilidad espiritual, y a estos detalles, que en realidad eran insignificantes porque los quemaba la fascinación sensual, agarrábase confiada y desesperada, como un albañil que ha perdido pie se agarra a una gárgola de plomo. Esperaba que Tancredi lo hubiese advertido también y le disgustaran estas huellas evidentes de la diferencia de educación. Pero Tancredi las había advetido ya y ¡ay!, no habían producido en él resultado alguno. Dejábase llevar por el estímulo físico que la hermosa mujer proporcionaba a su juventud fogosa, y también a la excitación, digámoslo así, contable que la muchacha rica suscitaba en su cerebro de hombre ambicioso y pobre.

Terminada la cena la conversación se hizo general. Don Calogero contaba con pésimo lenguaje, pero con intuición sagaz, algún episodio entre bastidores de la conquista garibaldina de la provincia. El notario hablaba a la princesa de la casita «en las afueras» que se hacía construir. Angélica, excitada por las luces, la cena, el chablís y el evidente asentimiento que encontraba en todos los varones en torno a la mesa, había pedido a Tancredi que le contara algún episodio de los «gloriosos hechos de armas» de Palermo. Había apoyado un codo sobre el mantel y la mejilla sobre la mano. La sangre le afluía a la cara y era peligrosamente agradable de mirar: el arabesco del antebrazo, el codo, los dedos, el guante blanco colgante, fue considerado exquisito por Tancredi y desagradable por Concetta. El joven, sin dejar de admirar, hablaba de la guerra mostrándolo todo sin valor o sin importanccia: la mancha nocturna sobre Gibilrossa, el escándalo entre Bixio y La Masa [12], el asalto a Porta di Termini.

—Me divertí mucho, señorita, créame. La diversión mayor la tuvimos la noche del veintiocho de mayo. El general quería tener un puesto de vigilancia en lo alto del monasterio de Origlione: llama que llama, impreca, y nadie abre; era un convento de clausura. Entonces Tassoni, Aldrighetti, yo y algunos más intentamos derribar la puerta con las culatas de nuestros mosquetones. Nada. Corrimos en busca de una viga de una casa bombardeada allí cerca y por último, con un estruendo de todos los diablos, echamos la puer-

---

[12] Gerolamo (hipocorístico: Nino) Bixio (1821-1873), político genovés, fue el principal colaborador de Garibaldi en la empresa de los Mil. Luego entró en el ejército regular y fue elegido diputado y senador del parlamento italiano. Análogo currículum tuvo el siciliano Giuseppe La Masa (1819-1881), que después de participar como «camisa roja» en la conquista de Italia del sur pasó al ejército regular y posteriormente entró en el parlamento.

ta abajo. Entramos: todo estaba desierto, pero en un rincón del pasillo oímos chillidos desesperados: un grupo de hermanas se había refugiado en la capilla y estaban allí apelotonadas junto al altar. ¡Quién sabe lo que te-mí-an de aquella docena de jovencitos exasperados! Daba risa de ver, feas y viejas como eran, con sus tocas negras, los ojos desorbitados, preparadas y a punto para... el martirio. Gañían como perros. Tassoni les gritó:

—«No teman, hermanas. Hemos de pensar en otras cosas. Volveremos cuando podamos encontrar novicias.»

Y todos nos echamos a reír hasta caernos de risa. Y las dejamos allí para disparar contra los reales desde las terrazas superiores. Diez minutos después fui herido.

Angélica, todavía apoyada, se reía mostrando todos sus dientes de lobezna. La broma le parecía deliciosa. Aquella posibilidad de estupro la turbaba, y palpitaba su hermoso cuello.

—¡Qué grandes tipos debieron de ser ustedes! Me habría gustado encontrarme a su lado.

Tancredi parecía transformado: la fuerza del relato, la intensidad del recuerdo, injertadas ambas en la excitación que producía en él el aura sensual de la joven, lo cambiaron en un instante de aquel muchacho decente que era en realidad en un brutal soldadote.

—Si hubiese usted estado allí, señorita, no habríamos tenido necesidad de esperar a las novicias.

Angélica había oído en su casa muchas palabras groseras, pero ésta fue la primera vez —y no la última— que comprendió ser objeto de un doble sentido lascivo. La novedad le gustó, su risa subió de tono y se hizo estridente.

En aquel momento todos se levantaron de la mesa. Tancredi se inclinó para recoger el abanico de plumas que Angélica había dejado caer. Al incorporarse vio a Concetta con la cara enrojecida y dos pequeñas lágrimas en las pestañas.

—Tancredi, estas cosas tan feas se dicen al confesor, no se cuentan en la mesa a las señoritas. Por lo menos en mi presencia.

Y le volvió la espalda.

Antes de acostarse, don Fabrizio se detuvo un momento en el balconcito del tocador. El jardín dormía sumido en la sombra, abajo. En el aire inerte los árboles parecían de plomo fundido. Desde el campanario llegaba el novelesco ulular de los búhos. El cielo estaba limpio de nubes: aquellas que había saludado por la tarde se habían ido quién sabe dónde, hacia tierras menos culpables, para las que la cólera divina había decretado una condena menor. Las estrellas parecían turbias y a sus rayos les costaba penetrar la mortaja del bochorno.

El alma del príncipe se lanzó hacia ellas, hacia las intangibles, las inalcanzables, las que daban alegría sin pretender nada a cambio. Como tantas veces, fantaseó queriendo encontrarse pronto entre aquellas heladas extensiones, puro intelecto armado de una libreta para cálculos; para cálculos dificilísimos, pero que cuadrarían siempre.

—Son las únicas puras, las únicas personas como deben ser —pensó con sus fórmulas mundanas—. ¿A quién se le ocurre preocuparse sobre la dote de las Pléyades, la carrera política de Sirio, y las actitudes en la alcoba de Vega?

La jornada había sido mala; lo advertía ahora, no sólo en la presión en la boca del estómago, sino que lo decían también las estrellas: en lugar de verlas en su acostumbrado aspecto, cada vez que levantaba los ojos, descubría allá arriba un único diagrama: dos estrellas arriba, los ojos; una abajo, la punta de la barbilla: este esquema burlón de rostro triangular que su alma proyectaba en las constelaciones, cuando se sentía trastornada. El frac de don Calogero, los amores de Concetta, el evidente enamoramiento de Tancredi, su propia pusilanimidad, incluso la amenazadora belleza de Angélica: cosas desagradables; piedrecillas que caen y preceden a la ruina. ¡Y Tancredi! De acuerdo en que tenía razón, y le ayudaría, pero no se podía negar que era un tanto innoble. Y él mismo era como Tancredi.

—Basta, a dormir.

«Bendicò», en la sombra, frotaba la cabeza contra sus rodillas.

—Mira, «Bendicò», tú eres un poco como ellas, como las

estrellas: felizmente incomprensible, incapaz de producir angustia [13].

Levantó la cabeza del can, casi invisible en la noche.

—Y además con tus ojos al mismo nivel de la nariz, con tu ausencia de barbilla, es imposible que tu cabeza evoque en el cielo espectros malignos.

Costumbres seculares exigían que el día siguiente al de la llegada la familia Salina se dirigiera al monasterio del Espíritu Santo a rogar sobre la tumba de la beata Corbera, antepasada del príncipe, que había fundado el convento y que allí había vivido y muerto santamente.

El monasterio del Espíritu Santo estaba sometido a una rígida regla de clausura: el acceso a él había sido prohibido severamente a los hombres. Precisamente por esto el príncipe experimentaba una particular satisfacción en visitarlo, porque para él, descendiente directo de la fundadora, la disposición no tenía efecto, y de este privilegio suyo, que compartía sólo con el rey de Nápoles, se sentía celoso y puerilmente orgulloso.

Esta demostración de canónico poder era la causa principal, pero no la única, de su predilección por Espíritu Santo. En aquel lugar todo le gustaba, comenzando por la humildad del tosco locutorio, con su bóveda de cañón centrada con el Gatopardo, con la doble reja para las conversaciones, con el pequeño torno de madera para hacer entrar y salir los mensajes, con la puerta bien ajustada cuyo umbral el rey y él, únicos varones en el mundo, podían lícita-

<hr />

[13] Es fuerte, en toda la página, la presencia de Leopardi, tanto en las imágenes como en el tono. En particular el poema «Canto nocturno de un pastor errante del Asia», ha sugerido a Lampedusa la fantasía de los cálculos estelares. Leopardi dice, en los vv. 133-137:

> Si yo tal vez alas tuviera
> para volar hasta las nubes
> y contar una a una las estrellas
> o si como el trueno errara de una a otra cima,
> sería más dichoso...

(Traducción de Loreto Busquets.)

mente cruzar. Le gustaba el aspecto de las hermanas con su ancha gola de blanquísimo lino en pequeños pliegues, destacándose sobre el tosco hábito negro. Edificábase al oír contar por vigésima vez a la abadesa los ingenuos milagros de la beata, viendo cómo ella le indicaba el rincón del jardín melancólico donde la santa monja había dejado suspensa en el aire una enorme piedra que el demonio, molesto por su austeridad, le había lanzado encima. Asombrábase siempre viendo enmarcadas sobre la pared de una de las celdas las dos cartas famosas e indescifrables que la beata Corbera había escrito al diablo para convertirlo al bien y la respuesta que, según parece, expresaba la amargura de no poder obedecerla. Le gustaban los almendrados que las monjas confeccionaban según una receta centenaria; le gustaba también escuchar el oficio en el coro y hasta se sentía contento de ceder a esta comunidad una parte nada despreciable de sus propios ingresos, tal como exigía el acta de fundación.

Por lo tanto aquella mañana no había más que gente contenta en los dos coches que se dirigían hacia el monasterio, muy próximo al pueblo. En el primero iban el príncipe con la princesa y sus hijas Carolina y Concetta. En el segundo su hija Caterina, Tancredi y el padre Pirrone, los cuales, naturalmente, se detendrían extramuros y aguardarían en el locutorio durante la visita, confortándose con los almendrados que aparecían a una vuelta del torno. Concetta estaba un poco distraída pero serena, y el príncipe confiaba en que los arrebatos del día anterior hubiesen ya pasado.

El ingreso en un convento de clausura no es cosa fácil, ni siquiera para quien posee el más sagrado de los derechos. Las religiosas tienen que aparentar cierta resistencia, formal sí pero prolongada, que, por lo demás, da mayor sabor a la ya descontada admisión. Y aunque la visita había sido anunciada previamente, hubo que esperar un rato en el locutorio. Finalizaba casi esta espera cuando Tancredi dijo inesperadamente al príncipe:

—Tío, ¿no podrías hacer que yo también entrara? Después de todo soy medio Salina, y aquí no he estado nunca.

Al príncipe le satisfizo la petición, pero sacudió resueltamente la cabeza.

—Ya sabes, hijo mío, que solamente yo puedo entrar aquí. A los demás les es imposible.

Pero no era fácil torcer la voluntad de Tancredi.

—Perdona, tío: «podrá entrar el príncipe de Salina y junto a él dos gentileshombres de su séquito, si la abadesa lo permite». Lo releí ayer. Seré gentilhombre de tu séquito, haré de escudero tuyo, haré lo que quieras. Pídeselo a la abadesa, te lo ruego.

Hablaba con desacostumbrado calor. Acaso quería que alguien olvidase sus inconveniencias de la conversación de la víspera. El príncipe se sintió halagado.

—Lo intentaré, querido...

Pero Concetta, con su sonrisa más dulce, se dirigió a su primo:

—Tancredi, al pasar hemos visto una viga en el suelo, ante la casa de Ginestra. Ve por ella, entrarás antes.

Los ojos azules de Tancredi se ensombrecieron y su rostro se puso rojo como una amapola, no se sabe si de vergüenza o ira. Quiso decir algo al príncipe sorprendido, pero Concetta intervino de nuevo, con voz perversa y ahora sin sonrisa.

—Déjalo, papá, bromea; por lo menos ha estado ya en un convento, y debe bastarle. No es justo que entre en el nuestro.

Con rumor de cerrojos descorridos se abrió la puerta. En el bochornoso locutorio entró la frescura del claustro junto con el parloteo de las monjas en fila. Era ya demasiado tarde para tratar y Tancredi se quedó a pasear ante el convento bajo el cielo de fuego.

La visita a Espíritu Santo resultó perfecta. Don Fabrizio, por amor a la tranquilidad, no preguntó a Concetta el significado de sus palabras: se trataría sin duda de una de esas acostumbradas chiquilladas entre primos. De todos modos, el malestar entre los dos jóvenes alejaba preocupaciones, conversaciones incómodas y decisiones que tomar. Por lo tanto, bien venido. Bajo estas premisas la tumba de la beata Corbera fue por todos venerada con devoción, el ligero café de las monjas bebido con tolerancia y los almendrados rosa y verde comidos con gusto y satisfacción. La princesa inspeccionó el guardarropa, Concetta habló a las hermanas con su habitual y respetuosa bondad, y el príncipe dejó sobre la mesa del refectorio las diez onzas que ofrecía cada vez. Cierto es que a la salida encontraron sólo al padre Pirrone, pero como dijo que Tancredi se había ido a pie al recordar que tenía que escribir una carta urgente, nadie hizo caso.

De regreso al palacio el príncipe subió a la biblioteca que se hallaba justamente en el centro de la fachada, bajo el reloj y el pararrayos. Desde el gran balcón cerrado contra el bochorno se veía la plaza de Donnafugata: vasta, sombreada por plátanos polvorientos. Las casas fronteras mostraban algunas fachadas diseñadas con gracia por un arquitecto del lugar, rústicos monstruos en piedra blanda, pulidos por los años, sostenían retorciéndose los balcones demasiado pequeños. Otras casas, entre ellas la de don Calogero Sedàra, ocultábanse tras púdicas fachadas estilo imperio.

Don Fabrizio paseaba de un lado a otro por la inmensa estancia y, de vez en cuando, al pasar, lanzaba una ojeada a la plaza: sobre uno de los bancos regalados por él al Ayuntamiento tres viejecitos se tostaban al sol. Había cuatro mulos atados a un árbol, y una docena de chiquillos se perseguían gritando y blandiendo sables de madera. Bajo la furia de la canícula el espectáculo no podía ser más pueblerino. Pero una de las veces, al pasar delante del balcón, su mirada fue atraída por una figura netamente ciudadana: erguida, esbelta y bien vestida. Aguzó la vista: era Tancredi. Lo reconoció, aunque estaba ya un poco lejos, por los hombros caídos, por la cintura bien ceñida por el redingote. Se había cambiado de traje: no llevaba ya el pardo como al ir a Espíritu Santo, sino uno azul de Prusia, el «color de mi seducción», como decía él mismo. Llevaba en la mano un bastón con el puño esmaltado —debía de ser aquel con el unicornio de los Falconeri y la divisa *Semper purus*— y caminaba ligero como un gato, como alguien que cuidara de no mancharse de polvo los zapatos. Diez pasos atrás lo seguía un criado con una cesta adornada con lazos que contenía una docena de melocotones amarillos de rojas mejillas. Esquivó a un golfillo espadachín y evitó con cuidado la meada de un mulo. Llegó a la puerta de la casa de los Sedàra.

CAPÍTULO III

Partida de caza. — Preocupaciones de don Fabrizio. — Carta de Tancredi. — La caza y el plebiscito. — Don Ciccio Tumeo pierde los estribos. — Cómo se come un sapo. — Epiloguillo.

Octubre 1860

HABÍA venido la lluvia, la lluvia se había ido, el sol había vuelto a subir a su trono como un rey absoluto que, alejado durante una semana por las barricadas de sus súbditos, vuelve para reinar iracundo, pero frenado por poderes constitucionales. El calor confortaba sin ardor, la luz era autoritaria, pero dejaba sobrevivir los colores, en la tierra apuntaban tréboles y desmirriadas hierbabuenas cautelosas, y en los rostros aparecían suspicaces esperanzas.

Don Fabrizio, junto con «Teresina» y «Arguto», perros, y don Ciccio Tumeo, acompañante, se pasaba de caza largas horas, desde el alba al atardecer. El cansancio estaba fuera de toda proporción con respecto a los resultados, porque incluso a los más expertos tiradores se les hace difícil dar en un blanco que casi nunca existe, y era mucho si el príncipe, de regreso, podía hacer llevar a la cocina un par de perdices, del mismo modo que don Ciccio se consideraba afortunado si por la noche podía depositar sobre la mesa un conejo, el cual, por lo demás, era *ipso facto* ascendido al grado de liebre, como es costumbre entre nosotros.

Por otra parte, un abundante botín habría sido para el príncipe un placer secundario, el deleite de los días de caza no era ése, hallábase dividido en muchos pequeños episodios.

Comenzaba con el afeitado en la habitación todavía a oscuras, a la luz de una vela que hacía enfáticos los ademanes sobre los policromos artesonados; le estimulaba atravesar los salones adormecidos, esquivar a la luz vacilante las mesas con los naipes en desorden entre fichas y vasitos vacíos, y descubrir entre ellos el caballo de espadas que le ofrecía un augurio viril; recorrer el jardín inmóvil bajo la luz gris en el cual los pájaros más madrugadores se desvivían por hacer saltar el rocío de sus plumas; escabullirse a través de la puerta inmovilizada por la yedra: huir, en suma, y luego, en la carretera, inocentísima aún a los primeros albores, se encontraba con don Ciccio sonriente entre los bigotes amarillentos mientras juraba afectuoso contra los perros. A éstos, en la espera, les temblaban los músculos bajo la piel. Venus brillaba, grano de uva abierto, transparente y húmedo, pero ya parecía oírse el ruido del carro solar que subía la cuesta bajo el horizonte. Pronto encontraban las primeras greyes que avanzaban lentas como mareas, guiadas a pedradas por los pastores calzados de pieles. Las lanas eran mórbidas y rosadas a los primeros rayos.

Luego había que dirimir oscuros litigios de precedencia entre los perros de pastor y los puntillosos sabuesos, y después de este intermedio ensordecedor se subía rodeando por una pendiente y uno se encontraba en el inmemorial silencio de la Sicilia pastoril. De pronto uno estaba lejos de todo, en el espacio y más aún en el tiempo. Donnafugata con su palacio y sus nuevos ricos quedaba apenas a dos millas, pero parecía descolorida en el recuerdo como esos paisajes que a veces se entrevén en la lejana desembocadura de un túnel. Sus penas y su lujo parecían aún más insignificantes que si hubiesen pertenecido al pasado, porque, con respecto a la inmutabilidad de este campo distante, parecían formar parte del futuro, haber sido extraídos no de la piedra y de la carne, sino del tejido de un soñado porvenir, extraídos de una utopía deseada por un Platón rústico y que por cualquier mínimo accidente podía también adquirir formas de acuerdo con maneras del todo distintas o quizá no ser: desprovistos así de ese tanto de carga energética que toda cosa pasada continúa poseyendo, no podían ya causar preocupación alguna.

Don Fabrizio había tenido muchas preocupaciones en los dos últimos meses: habían surgido de todas partes, como hormigas al asalto de una lagartija muerta. Algunas habían salido de las honduras de la situación política; otras se las habían echado encima las pasiones ajenas; otras aún —y eran las más punzantes— habían germinado en su propio interior, es decir de sus irracionales reacciones sobre la política y los caprichos del prójimo (llamaba «caprichos» cuando estaba irritado, lo que cuando se hallaba tranquilo denominaba «pasiones»), y pasaba revista a diario a estas preocupaciones, las hacía maniobrar, formar en columna, o desplegarse en filo sobre la plaza de armas de la propia conciencia esperando descubrir en sus evoluciones cualquier sentido de finalidad que pudiera tranquilizarlo, y no lo conseguía. Los años anteriores, las molestias eran menores en número y de todos modos la permanencia en Donnafugata constituía un periodo de reposo: las preocupaciones dejaban caer la escopeta, se diseminaban por las anfractuosidades de los valles y se quedaban tan tranquilas, ocupadas en comer pan y queso, que se olvidaba el carácter belicoso de sus uniformes y podían ser tomadas por inofensivos labriegos. Pero este año, como tropas amotinadas que voceasen blandiendo las armas, habíanse quedado agrupadas y, en su casa, le suscitaban el espanto de un coronel que ha dicho: «¡Rompan filas!» y luego ve el regimiento más apretado y amenazador que nunca.

Bandas, cohetes, campanas, *zingarelle* y *Te Deum* a la llegada, está bien, pero ¡después! La revolución burguesa que subía las escaleras con el frac de don Calogero, la belleza de Angélica que oscurecía la gracia reservada de su Concetta, Tancredi que precipitaba los tiempos de la evolución prevista y a quien incluso el apasionamiento sensual le proporcionaba la manera de adornar los motivos realísticos; los escrúpulos y los equívocos del plebiscito[1]; los mil ardides a los cuales tenía él que doblegarse, él, el Gatopardo, que durante años, con un zarpazo, se había desentendido de dificultades.

Tancredi había partido hacía ya más de un mes y ahora

---

[1] Garibaldi había pasado el estrecho de Messina el 20 de agosto y, gracias también a las insurrecciones de las poblaciones, había derrotado a los ejércitos enemigos, que se retiraron a las fortalezas de Capua y Gaeta (a esta última huyó el mismo Francesco II). El 7 de septiembre Garibaldi, adelantándose a sus mismas tropas, entraba en Nápoles. El derrumbamiento de la monarquía borbónica no se debió solamente a la habilidad estratégica de Garibaldi. Hay que tener en cuenta, por un lado, la actitud pasiva de Francia y Austria y el abierto apoyo del gobierno inglés a la acción del general, por el otro, la barrera de sangre que desde 1799 (con la feroz represión que siguió a la caída de la República Partenopea) se había levantado entre los Borbones y el cuerpo socialmente vivo de la nación. Sin embargo, la liberación del sur de Italia abría una compleja problemática política: Garibaldi concebía como meta final de su avanzada no Nápoles, sino Roma, que tenía que ser arrancada a los Papas, y este proyecto chocaba con las preocupaciones clericales de Napoleón III, que había llegado al poder, en Francia, presentándose como defensor del catolicismo y del poder temporal de la Iglesia. Además, tanto Garibaldi como, sobre todo, Mazzini, consideraban necesaria, una vez concluido el proceso de liberación militar de la península, una Asamblea constituyente en la cual los italianos pudieran libremente elegir la forma política del nuevo estado, e inevitablemente el proceso constituyente habría abierto el camino a una evolución de tipo democrático de la sociedad italiana. Cavour supo utilizar en provecho de su programa conservador el conjunto de estos elementos. Convenció a Napoleón III de que sólo una intervención directa de Vittorio Emmanuele podría detener a Garibaldi, salvando así Roma. Como contrapartida, el rey de Cerdeña se habría quedado con los territorios pontificios de Italia central. Las tropas piamontesas invadieron el estado de la Iglesia y, sin entrar en Roma, llegaron hasta el límite con el reino de Nápoles. Garibaldi no pudo hacer otra cosa que entregar a Vittorio Emmanuele, que encabezaba su ejército, el sur de Italia, saludando al nuevo monarca como «rey de Italia». La iniciativa piamontesa transformaba de hecho un proceso rico de potencialidades políticas y sociales en una simple anexión a la monarquía sarda, que, como no se cansa de observar Lampedusa, dejaba sustancialmente intactos los tradicionales privilegios y jerarquías. A las poblaciones del centro y del sur de Italia, como ya había sucedido en Toscana y en Emilia, se les negó cualquier protagonismo político y sólo se les pidió sancionar con un plebiscito la anexión al reino de Cerdeña. El plebiscito se celebró, en Nápoles y en Sicilia, el 21 de octubre.

estaba en Caserta acampado en los apartamientos de su rey. Desde allí de vez en cuando le enviaba a don Fabrizio cartas que él leía con ceños y risas alternados, y que luego guardaba en el más escondido cajón de su escribanía. A Concetta no le había escrito nunca, pero no olvidaba enviarle saludos con su habitual y afectuosa malicia. Una vez escribió también: «Beso las manos de todas las gatopardinas, y sobre todo las de Concetta», frase que fue censurada por la prudencia paterna cuando fue leída la carta ante la familia reunida. Angélica venía de visita casi cada día, más seductora que nunca, acompañada de su padre o de una doncella aojadora: oficialmente las visitas se hacían a las amiguitas, a las jovencitas, pero de hecho se advertía que su acmé era alcanzado en el momento en que ella preguntaba con indiferencia:

—¿Han llegado noticias del príncipe?

Y el «príncipe», en la boca de Angélica, no era, ¡ay!, el vocablo para designarle a él, a don Fabrizio, sino el usado para mentar al capitancillo garibaldino, y esto provocaba en Salina un sentimiento bufo, tejido con el algodón de la envidia sensual y la seda de la complacencia por el éxito de su querido Tancredi; sentimiento, en resumidas cuentas, desagradable. A esta pregunta siempre respondía él. En forma muy meditada, refería cuanto sabía, pero cuidando siempre de presentar una plantita de noticias bien escamondada, a la cual sus cautas tijeras habían quitado tanto las espinas (relatos de frecuentes escapadas a Nápoles, alusiones clarísimas a la belleza de las piernas de Aurora Schwarzwald, bailarina del San Carlos), como los capullos prematuros («dame noticias de la señorita Angélica», «en el estudio de Fernando II he visto una Madonna de Andrea del Sarto que me ha recordado a la señorita Sedàra»). Así plasmaba una imagen insípida de Tancredi, muy poco verdadera, pero tampoco se podía decir que representara el papel del aguafiestas o el del casamentero. Estas precauciones verbales correspondían muy bien a sus sentimientos con respecto a la razonada pasión de Tancredi, pero lo enfurecían porque lo cansaban. Por lo demás eran sólo un ejemplo de los cien ardides de lenguaje y actitud que desde hacía cierto tiempo se había visto obligado a emplear: recordaba con envidia la situación de un año antes, cuando decía todo lo que le pasaba por la cabeza, seguro de que cualquier tontería había de ser aceptada como palabra del Evangelio, y cualquier importunidad como negligencia principesca. En plan de lamentarse del pasado, en los momentos de peor humor se lanzaba muy lejos por esta pendiente peligrosa: una vez, mientras azucaraba la taza de té servido por Angélica se dio cuenta de que estaba envidiando las posibilidades de esos Fabrizi Salina y Tancredi Falconeri de tres siglos antes, que se habrían quitados las ganas de acostarse con las Angélicas de su tiempo sin tener que pasar ante el párroco, sin preocuparse de las dotes de las villanas —que, por lo demás, no existían— y libres de las necesidades de obligar a sus respetables tíos a pasar apuros para decir o callar las cosas apropiadas. El impulso de lujuria atávica —que además no era del todo lujuria, sino también actitud sensual de la pereza [2]— fue brutal hasta el punto de hacer enrojecer al civilizado caballero casi cincuentón, y el ánimo del que, habiendo pasado por numerosos filtros, terminó tiñéndose con rousseaunianos escrúpulos, y se avergonzó profundamente. De lo que se derivó una más marcada repugnancia por la coyuntura social en que se hallaba metido.

La impresión de encontrarse prisionero de una situación que lo envolvía con más rapidez de la prevista era particularmente aguda aquella mañana. La tarde anterior, efectivamente, la diligencia que en la caja amarillo canario llevaba irregularmente el escaso correo de Donnafugata, le había entregado una carta de Tancredi.

Antes aún de ser leída, proclamaba su importancia, escrita en suntuosas hojas de papel satinado y con la escritura armoniosa trazada con escrupulosa observancia de los «gruesos» descendentes y los «finos» ascendentes. Revelá-

---

[2] En el «cuadro clínico» del «humor negro», sensualidad y pereza son fenómenos concomitantes.

base enseguida como la «copia en limpio» de quién sabe cuántos desordenados borradores. El príncipe no era llamado en ella con el apelativo de «tiazo», que se le había hecho tan querido. El sagaz garibaldino había elegido la fórmula «queridísimo tío Fabrizio» que poseía múltiples méritos: el de alejar toda sospecha de broma desde el pronaos del templo, el de hacer presentir desde la primera línea la importancia de lo que venía después, el de permitir que se mostrase la carta a cualquiera, y también el de remontarse a antiquísimas tradiciones religiosas precristianas, que atribuían un poder vinculatorio a la exactitud del nombre invocado.

El «queridísimo tío Fabrizio», además, era informado por su «afectuoso y devoto sobrino» que desde hacía tres meses era presa del más violento amor, que ni los «peligros de la guerra» (léase: paseos por el parque de Caserta), ni «los muchos atractivos de una gran ciudad» (léase: las caricias de la bailarina Schwarzwald) habían podido, ni siquiera por un momento, alejar de su mente y de su corazón la imagen de la señorita Angélica Sedàra (aquí una larga procesión de adjetivos para exaltar la belleza, la gracia, la virtud y la inteligencia de la muchacha amada); y a través de nítidos ringorrangos de tinta y de sentimientos, decía además cómo el propio Tancredi, consciente de su indignidad había tratado de sofocar su ardor («largas, pero vanas, han sido las horas durante las cuales entre el alboroto de Nápoles o la austeridad de mis compañeros de armas he tratado de reprimir mis sentimientos»). Pero ahora el amor había superado la contención, y rogaba a su amadísimo tío que quisiera en su nombre y por su cuenta pedir la mano de la señorita Angélica a su «estimadísimo padre». «Tú sabes, tío, que yo no puedo ofrecer al objeto de mi pasión nada que no sea mi amor, mi nombre y mi espada.» Después de esta frase, a propósito de la cual conviene no olvidar que entonces se estaba en pleno mediodía romántico, Tancredi se entregaba a largas consideraciones sobre la oportunidad, mejor dicho, la necesidad, de que uniones entre familias como la de los Falconeri y los Sedàra (una vez se atrevió incluso a escribir «Casa de los Sedàra») fue-

sen animadas por la aportación de la sangre nueva que éstas daban a los viejos linajes, y por razón de la nivelación
de clases, que era uno de los propósitos del actual movimiento político en Italia. Esta fue la única parte de la carta
que don Fabrizio leyó con placer, y no sólo porque confir-
maba sus propias previsiones y le confería los laureles de
profeta, sino también (sería duro decir «sobre todo») porque el estilo, desbordante de sobreentendida ironía, le evocaba mágicamente la figura del sobrino, la nasalización burlona de la voz, los ojos llenos de malicia azul, las risitas corteses. Cuando luego se dio cuenta de que este fragmento ja-
cobino estaba exactamente contenido en una hoja, de modo
que, si se quería, se podía hacer leer la carta sustrayendo
de ella el capítulo revolucionario, su admiración por el tacto de Tancredi llegó a su cenit. Después de haber contado
brevemente los más recientes acontecimientos guerreros y
expresado la convicción de que dentro de un año se habría
logrado Roma, «predestinada capital augusta de la nueva
Italia», daba las gracias por los cuidados y afecto recibidos
en el pasado y se excusaba por su audacia al confiarle a él
el encargo «del que depende mi felicidad futura». Luego le
saludaba (sólo a él).

La primera lectura de este extraordinario selecto fragmento de prosa aturdió un poco a don Fabrizio: advirtió
de nuevo la sorprendente aceleración de la historia; para
expresarnos en términos modernos diremos que vino a encontrarse en el estado de ánimo de quien creyendo, hoy, haber subido a bordo de uno de los aéreos cansinos que hacen el cabotaje entre Palermo y Nápoles, se da cuenta, en
cambio, de que se halla encerrado en un supersónico y comprende que habrá llegado a la meta antes de haber tenido
tiempo de santiguarse. El segundo estrato, el afectuoso, de
su personalidad se abrió camino y se alegró de la decisión
de Tancredi que venía a asegurar su satisfacción carnal, efímera, y su tranquilidad económica, perenne. Pero todavía
después advirtió el increíble entono del jovencito, que pos-
tulaba su deseo como ya aceptado por Angélica; pero al fin
todos estos pensamientos fueron perturbados por un gran
sentido de humillación por verse obligado a tratar con don

Calogero de temas tan íntimos, y también por la preocupación de tener que entablar al día siguiente delicados tratos y emplear esas precauciones y esas finuras que repugnaban a su naturaleza, presuntamente leonina[3].

El contenido de la carta fue comunicado por don Fabrizio solamente a su mujer, cuando ya estaban en la cama, al resplandor azulado del quinqué encapuchado por la pantalla de vidrio. Y Maria Stella no dijo nada al principio, pero se santiguó un montón de veces. Después afirmó que no con la diestra sino con la siniestra habría tenido que santiguarse. Después de esta expresión de suma maravilla, se desencadenaron los rayos de su elocuencia. Sentada en el lecho, sus dedos arrugaban la sábana, mientras las palabras atravesaban la atmósfera lunar de la habitación cerrada rojas como teas iracundas.

—¡Y yo que había esperado que se casara con Concetta! Es un traidor, como todos los liberales de su calaña. Primero ha traicionado al rey, ahora nos traiciona a nosotros. ¡Él, con su cara falsa, con sus palabras llenas de miel y las acciones cargadas de veneno! Esto es lo que sucede cuando se trae a casa gente que no es de nuestra sangre, —y aquí hizo irrumpir la carga de coraceros de las escenas familiares—: Yo siempre lo dije, pero nadie me hace caso. Nunca pude sufrir a ese pisaverde. Sólo a ti te traía de zarandillo.

En realidad la princesa también había sido subyugada por las zalamerías de Tancredi. También ella lo quería todavía, pero la voluntad de gritar «siempre lo dije», al ser la más fuerte que puede gozar una criatura humana, había trastornado todas las verdades y sentimientos.

—Y ahora tiene el cinismo de encargarte a ti, su tío y príncipe de Salina, padre de la criatura a quien ha engañado, que hagas sus indignas peticiones a ese desaprensivo, padre de esa pelandusca. Pero tú no debes hacerlo, Fabrizio, no debes hacerlo, no lo harás, ¡no lo debes hacer!

La voz subía de tono, el cuerpo comenzaba a ponerse rí-

---

[3] Irónica alusión a un célebre pasaje del *Príncipe,* de Maquiavelo, en el que se distingue entre actitudes «vulpinas» y «leoninas» del hombre de estado.

gido. Don Fabrizio, todavía acostado de espaldas, miró de lado para asegurarse de que la valeriana estaba en la cómoda. El frasco estaba allí y también la cuchara de plata puesta de través sobre el tapón. En la semioscuridad glauca de la habitación brillaban como un faro tranquilizador, erguido contra las tempestades histéricas. Por un momento quiso levantarse y cogerlas, pero se contentó con sentarse también él. Así readquirió una parte de prestigio.

—Stelluccia, no digas demasiadas tonterías. No sabes lo que dices. Angélica no es una pelandusca. Lo será acaso con el tiempo, pero ahora es una muchacha como todas, más bella que las otras y que quiere simplemente hacer una buena boda. Tal vez esté también un tanto enamorada de Tancredi, como todas. Tiene dinero, dinero nuestro en gran parte, pero administrado hasta demasiado bien por don Calogero. Y Tancredi lo necesita mucho: es un señor, es ambicioso, tiene las manos rotas. A Concetta no le ha dicho nunca nada; es más, es ella quien desde que llegamos a Donnafugata lo ha tratado como a un perro. Y además no es un traidor: sigue la corriente de los tiempos, esto es todo, tanto en política como en la vida privada: por lo demás, es el muchacho más bueno que conozco. Y lo sabes tanto como yo, Stelluccia mía.

Cinco enormes dedos rozaron la minúscula cabecita de ella. Ahora ella estaba llorando; había tenido el buen sentido de beber un sorbo de agua y el fuego de la ira se había cambiado en aflicción. Don Fabrizio comenzó a esperar que no sería necesario tener que salir del tibio lecho y afrontar con los pies descalzos una travesía por la habitación ya fresca. Para asegurarse la calma futura se revistió de falsa cólera:

—Y además no quiero gritos en mi casa, en mi habitación, ni en mi lecho. Nada de «harás» ni «dejarás de hacer». Soy yo quien decide. Y yo he decidido ya desde que tú ni siquiera lo soñabas. ¡Basta!

El abominador de los gritos aullaba con cuanto aliento cabía en su tórax desmesurado. Creyendo tener una mesa ante él, se dio un puñetazo sobre la rodilla, se hizo daño y también él se calmó.

La princesa estaba despavorida y gemía como un perrillo amenazado.

—Durmamos ahora. Mañana voy de caza y he de levantarme temprano. ¡Basta! Lo decidido, decidido está. Buenas noches, Stelluccia.

Besó a su mujer, primero en la frente y después en la boca. Se estiró y se volvió de cara a la pared. Sobre la seda de la pared la sombra de su cuerpo acostado se proyectaba como el perfil de una cordillera sobre un horizonte cerúleo.

También Stelluccia se acomodó, y mientras su pierna derecha rozaba la izquierda del príncipe, se sintió consolada y orgullosa de tener por marido un hombre tan enérgico y fiero. Qué importaba Tancredi... y también Concetta...

Estas marchas sobre el filo de la navaja fueron suspendidas del todo por el momento, junto con los demás pensamientos, en la vejez arcaica y perfumada del campo, si así pueden llamarse los lugares en que se encontraba cazando cada mañana. En el término campo se halla implícito un sentido de tierra transformada por el trabajo. En cambio, el bosque, agarrado a la falda de una colina hallábase en el idéntico estado de maraña aromática en que lo habían encontrado los fenicios, dorios y jonios cuando desembarcaron en Sicilia, esa América de la Antigüedad. Don Fabrizio y Tumeo subían, bajaban, resbalaban y eran arañados por los espinos tal como un Arquídamo o un Filóstrato cualesquiera se habían fatigado o arañado veinticinco siglos antes: veían los mismos objetos, un sudor igualmente pegajoso bañaba sus ropas, el mismo indiferente viento sin descanso, marino, movía los mirtos y las retamas y expandía el aroma del tomillo. Las repentinas detenciones reflexivas de los perros, su patética tensión en espera de la presa era idéntica a la de los días en los que para la caza se invocaba a Artemisa. Reducida a estos elementos esenciales, con el rostro lavado del disfraz de las preocupaciones, la vida se mostraba bajo un aspecto tolerable. Poco antes de llegar a la cumbre del cerro, aquella mañana «Arguto» y «Teresina» iniciaron la danza religiosa de los perros que han descubierto la caza: rastreamientos, tensiones, cautos levantamientos de patas, ladridos contenidos. A los pocos instantes un culito de pelos grises se movió entre las yerbas, dos tiros casi simultáneos pusieron fin a la silenciosa espera. «Arguto» depositó a los pies del príncipe un animalito agonizante.

Era un conejo: la modesta casaca de color de arcilla no había bastado para salvarlo. Horribles desgarraduras le habían lacerado el hocico y el pecho. Don Fabrizio sintió sobre sí la mirda de los grandes ojos negros que, invadidos rápidamente por un velo glauco, lo contemplaban sin reproche pero poseídos por un dolor atónito dirigido contra el orden de las cosas. Las aterciopeladas orejas estaban ya frías, las vigorosas patitas se contraían rítmicamente, símbolo superviviente de un inútil impulso: el animal moría torturado por una ansiosa esperanza de salvación, imaginando poder todavía librarse cuando ya había sido apresado, como tantos hombres. Mientras los piadosos pulgares acariciaban el mísero hocico, el animal tuvo un postrer estremecimiento y murió. Pero don Fabrizio y don Ciccio habían tenido su pasatiempo, El primero había experimentado además del placer de matar el goce tranquilizador de compadecer.

Cuando los cazadores llegaron a la cumbre del monte, de entre los tamariscos y alcornoques reapareció el aspecto de la verdadera Sicilia, aquel en que ciudades barrocas y naranjos no son más que garambainas despreciables: el aspecto de una aridez ondulante hasta el infinito en grupa tras grupa, desconsoladoras e irracionales, de las que la mente no puede aprehender las líneas principales, concebidas en un momento delirante de la creación: un mar que se hubiera de repente petrificado en el instante en que un cambio del viento hubiera vuelto dementes las olas. Donnafugata, encogida, escondíase en un pliegue anónimo del terreno y no se veía un alma: únicamente canijas hileras de vides denunciaban la presencia del hombre. Al otro lado de las colinas, en una parte, la mancha añil del mar, todavía más mineral e infecundo que la tierra. El viento leve pasaba por todo, universalizaba olores de estiércol, de carroña y de salvia, cancelaba, suprimía, recomponía cada cosa con su paso indolente; secaba las gotas de sangre que eran el único legado del conejo, mucho más allá iba a agitar la cabellera de Garibaldi y después todavía lanzaba el polvillo en los ojos de los soldados napolitanos que reforzabn apresuradamente los bastiones de Gaeta, ilusionados por una esperanza que era tan vana como el abatido ímpetu de fuga de la caza perseguida. A la sombra de los alcornoques el príncipe y el organista se pusieron a descansar: bebían el vino tibio de las cantimploras de madera, acompañando un pollo asado sacado del morral de don Fabrizio con los delicados *muffoletti* rociados con harina cruda que don Ciccio se había llevado consigo; saboreaban la dulce *insolia*, esa uva tan fea de ver como buena para comer; saciaron con grandes rebanadas de pan el hambre de los perros que estaban frente a ellos, impasibles como funcionarios concentrados en el cobro de sus créditos. Bajo el sol constitucional don Fabrizio y don Ciccio estuvieron luego a punto de dormirse.

Pero si un tiro había matado el conejo, si los cañones de Cialdini[4] desanimaban ya a los soldados borbónicos, si el calor meridiano adormecía a los hombres, nada, en cambio, podía detener a las hormigas. Atraídas por algunos pasados granos de uva que don Ciccio había escupido, acudían sus apretadas filas, exaltadas por el deseo de anexionarse aquel poco de podredumbre rebozado con la saliva del organista. Acudían osadamente, en desorden, pero resueltas: grupitos de tres o cuatro deteníanse un momento a charlar y, ciertamente, exaltaban la gloria secular y la abundancia futura del hormiguero número dos bajo el alcornoque número cuatro de la cumbre de Monte Morco. Luego junto con las demás reemprendían la marcha hacia el próspero porvenir. Las brillantes espaldas de aquellas imperialistas parecían vibrar de entusiasmo y sin duda por encima de sus filas revoloteaban las notas de un himno.

Como consecuencia de algunas asociaciones de ideas que no sería oportuno precisar, el atarearse de aquellos insectos

---

[4] El jefe del ejército piamontés que había invadido el Estado Pontificio.

impidió el sueño al príncipe y le hizo recordar los días del plebiscito, como los había vivido poco tiempo antes en Donnafugata. Además de una impresión de extrañeza, aquellas jornadas le habían dejado muchos enigmas que solucionar. Ahora, ante esta naturaleza que, excepto las hormigas, evidentemente se lo tomaba a broma, era acaso posible buscar la solución de uno de ellos. Los perros dormían tendidos y aplastados como figurillas recortadas, el conejito, colgado cabeza abajo de una rama, pendía diagonalmente bajo el continuo impulso del viento, pero Tumeo, ayudado por su pipa, conseguía todavía tener los ojos abiertos.

—Usted, don Ciccio, ¿qué votó el día veintiuno?

El pobre hombre se sobresaltó. Pillado de improviso, en un momento en el cual hallábase fuera del recinto de los setos de precaución en el que se movía de costumbre como todos sus paisanos, vaciló, sin saber exactamente qué responder.

El príncipe consideró temor lo que sólo era sorpresa y se irritó.

—¿De qué tiene miedo? Aquí solamente estamos nosotros, el viento y los perros.

La lista de los testimonios tranquilizadores no era, a decir verdad, muy feliz: el viento es parlanchín por definición, y el príncipe era a medias siciliano. De absoluta confianza solamente eran los perros y sólo porque estaban desprovistos de lenguaje articulado. Pero don Ciccio se había recobrado y la astucia campesina le había sugerido la respuesta justa, es decir, nada.

—Perdón, excelencia. La suya es una pregunta inútil. Sabe que en Donnafugata todos han votado el «sí».

Esto lo sabía don Fabrizio, y precisamente por ello la respuesta no hizo más que transformar un pequeño enigma en un enigma histórico. Antes de la votación muchas personas habían acudido a él a pedirle consejo: todos sinceramente, habían sido exhortados a votar de modo afirmativo.

Efectivamente, don Fabrizio ni siquiera concebía que se pudiera hacer de otro modo: sea frente al hecho consumado, como con respecto a la teatral trivialidad del acto. Así frente a la necesidad histórica, como también en consideración a las desdichas en que aquellas humildes gentes se precipitarían cuando su actitud negativa hubiera sido descubierta. Pero habíase dado cuenta de que muchos no se dejaron convencer por sus palabras: había entrado en juego el maquiavelismo abstracto de los sicilianos, que tan a menudo inducía a esta gente, generosa por definición, a erigir complejos andamios apoyados sobre fragilísimas bases. Como clínicos habilísimos en las curas, pero que se basaran en análisis de sangre o de orina completamente equivocados y que para corregirlos fueran demasiado perezosos, los sicilianos (de entonces) acababan por matar al enfermo, es decir a sí mismos, precisamente a consecuencia de la refinadísima astucia que casi nunca se apoyaba en un real conocimiento de los problemas o, por lo menos, de los interlocutores. Algunos de los que habían efectuado el viaje *ad limina gattopardorum* consideraban imposible que un príncipe de Salina pudiese votar en favor de la Revolución (así eran designados en aquel remoto pueblo los recientes cambios) e interpretaban los razonamientos suyos como salidas irónicas, encaminadas a obtener un resultado práctico opuesto al sugerido por las palabras. Estos peregrinos —y eran los mejores— habían salido de su despacho parpadeando en la medida en que se lo permitía el respeto, orgullosos de haber penetrado en el sentido de las palabras principescas y frotándose las manos para congratularse de su propia perspicacia precisamente en el instante en que ésta se había eclipsado. Otros, en cambio, después de haberlo escuchado, se alejaban contristados, convencidos de que era un tránsfuga o un mentecato y más que nunca decididos a no hacerle caso y cumplir el milenario proverbio que exhorta a preferir un mal conocido que un bien no experimentado. Estos se resistían a ratificar la nueva realidad nacional incluso por razones personales, sea por fe religiosa, sea por haber recibido favores del anterior gobierno y no haber sabido luego con suficiente habilidad introducirse en el nuevo, sea, en fin, porque durante el barullo de la liberación les habían desaparecido un par de capones y algunas medidas de habas y, en cambio, había aparecido algún par de cuernos, ya libremente voluntarios como las tropas garibaldinas, ya de reclutamiento forzoso como los regimientos borbónicos. En resumen, sobre unas quince personas, había tenido la penosa·pero clara impresión de que votarían «no», minoría exigua ciertamente, pero que había que tener en cuenta en el pequeño distrito electoral de Donnafugata. Si además se considera que las personas que acudieron a él representaban solamente la flor y nata del país y que alguno no convencido debía también de hallarse entre aquellos centenares de electores que ni siquiera habían soñado en dejarse ver en el palacio, el príncipe había calculado que la unanimidad afirmativa de Donnafugata sería reducida por unos cuarenta votos negativos.

El día del plebiscito había sido un día ventoso y nublado, y por los caminos de la comarca se habían visto cansados grupitos de jovenzuelos con un cartelito con el «sí» atado a la cinta del sombrero. Entre los papeluchos y desechos levantados por remolinos de viento, cantaban algunas estrofas de la *Bella Gigugin*[5] transformada en nenia árabe, suerte a la que debe acostumbrarse cualquier pequeña melodía alegre que quiera ser cantada en Sicilia. También se habían visto dos o tres «caras forasteras» (es decir de Girgenti) sentadas en la taberna del tío Ménico, donde alababan el «magnífico destino y el progreso»[6] de una renovada Sicilia unida a la resucitada Italia. Algunos campesinos los escuchaban en silencio, embrutecidos como estaban, en partes iguales, por un uso inmoderado del *zappone* y por muchos días de ocio forzado y hambriento. Carraspeaban y escupían con frecuencia, pero callaban, callaban de tal manera que debió de ser entonces —como dijo luego don Fabrizio— cuando «las caras forasteras» decidieron anteponer, entre las artes del Cuadrivio, la Matemática a la Retórica.

Hacia las cuatro de la tarde el príncipe se había dirigido a votar, llevando a la derecha al padre Pirrone y a la iz-

---

[5] Canción popular piamontesa.

[6] La expresión tiene un sentido evidentemente irónico. La misma expresión, en un sentido igualmente irónico pero en un plano de significación universal, es usada por Leopardi en *La ginestra* («La retama»), v. 51, «le magnifiche sorti e progressive».

quierda a Onofrio Rotolo. Cabizbajo y peliclaro avanzaba lentamente hacia el Ayuntamiento y a menudo se protegía los ojos con la mano para impedir que aquel ventarrón, cargado con todas las porquerías recogidas a su paso, le reprodujera aquella conjuntivitis a que era propenso. Iba diciendo al padre Pirrone que sin viento el aire sería un estanque pútrido, pero que también el viento benefactor arrastraba consigo muchas basuras. Llevaba el mismo redingote negro con el cual dos años antes se había dirigido a saludar en Caserta a aquel pobre rey Fernando que, por fortuna para él, había muerto a tiempo para no estar presente en aquella jornada flagelada por un viento impuro, durante la cual se ponía el sello a su ineptitud. Pero ¿había ineptitud realmente? Entonces puede decirse también que quien sucumbe al tifus muere de ineptitud. Recordó aquel rey afanado en oponer diques a la inundación de papeleo inútil: y de pronto advirtió qué inconsciente llamamiento a la misericordia se había manifestado en aquella cara antipática. Estos pensamientos eran desagradables como todos los que nos hacen comprender las cosas demasiado tarde, y el aspecto del príncipe, su figura, se hicieron tan solemnes y negros que parecía ir detrás de un invisible coche de muertos. Sólo la violencia con la cual los guijarros del camino eran rechazados con violentos puntapiés revelaba los conflictos internos. Ni que decir tiene que la cinta de su chistera estaba virgen de todo cartel, pero a ojos de quien lo conociese un «sí» y un «no» alternados perseguíanse sobre el brillo del fieltro.

Llegado a la salita del Ayuntamiento donde tenía efecto la votación, se sorprendió al ver que todos los componentes de la mesa electoral se levantaban cuando su estatura llenó por completo la altura de la puerta. Fueron apartados algunos campesinos que llegaron antes a votar, y así, sin tener que esperar, don Fabrizio entregó su «sí» en manos de don Calogero Sedàra. En cambio, el padre Pirrone no votó porque había tenido el cuidado de no inscribirse como residente en el lugar. Don Onofrio, obedeciendo a los expresos deseos del príncipe, manifestó su monosilábica opinión con respecto a la complicada cuestión italiana:

obra de arte de concisión que se llevó a cabo con el mismo agrado con que un niño se toma el aceite de ricino. Luego fueron invitados todos a «tomar una copa» arriba, en el despacho del alcalde. Pero el padre Pirrone y don Onofrio expusieron buenas razones de abstinencia uno y de dolor de estómago el otro, y se quedaron abajo. Don Fabrizio tuvo que enfrentarse solo con el copeo.

Tras el despacho del alcalde flameaba un retrato de Garibaldi y (ya) uno de Vittorio Emmanuele, afortunadamente colocado a la derecha: magnífico hombre el primero y feísimo el segundo, pero ambos hermanados por la poderosa lozanía de su pelambrera que casi los enmascaraba. Sobre una mesita baja un plato con viejísimos bizcochos que las defecaciones de las moscas habían puesto de luto, y doce toscos vasitos llenos de rosoli: cuatro rojos, cuatro verdes, cuatro blancos: éstos en el centro, ingenuo simbolismo de la nueva bandera, que puso el bálsamo de una sonrisa en el remordimiento del príncipe. Eligió para sí el licor blanco porque presumiblemente era menos indigesto, y no, como se quiso insinuar, como tardío homenaje a la bandera borbónica. Las tres variedades de rosoli estaban, por lo demás, igualmente azucaradas, pegajosas y tenían mal sabor. Se tuvo el buen gusto de no brindar. Además, como dijo don Calogero, las grandes alegrías son mudas. Se mostró a don Fabrizio una carta de las autoridades de Girgenti que anunciaba a los laboriosos ciudadanos de Donnafugata la concesión de una contribución de dos mil liras para el servicio de cloacas, obra que sería terminada en 1961, como aseguró el alcalde, incurriendo en uno de esos lapsus cuyo mecanismo explicaría Freud muchos decenios después. Y la reunión se disolvió.

Antes de la puesta del sol las tres o cuatro putillas de Donnafugata —también las había allí, no agrupadas, sino actuantes en sus haciendas privadas— comparecieron en la plaza, el cabello adornado con cintitas tricolores, para protestar contra la exclusión de las mujeres en el voto. Las pobrecillas fueron expulsadas incluso por los más exaltados liberales y obligadas a meterse de nuevo en sus casas. Esto no impidió que el *Giornale di Tinacria*, cuatro días después, hiciera saber a los palermitanos que en Donnafugata «algunas gentiles representantes del bello sexo habían querido manifestar su fe inquebrantable en los nuevos y resplandecientes destinos de la patria amadísima, y desfilaron por la plaza entre la general aprobación de aquella población patriótica».

Después se cerró el colegio electoral y se procedió al escrutinio, y ya de anochecida se abrió el balcón del Municipio y don Calogero mostróse con faja tricolor y todo, teniendo a cada lado un funcionario con candelabros encendidos que, por lo demás, el viento apagó sin vacilar. Anunció a la multitud invisible en las tinieblas que en Donnafugata el plebiscito había dado estos resultados:

Inscritos, 515; votantes, 512; sí, 512; no, cero.

Desde el fondo oscuro de la plaza brotaron los aplausos y los vivas. Desde el balcón de su casa, Angélica, junto con la fúnebre doncella, aplaudía con sus bellas manos rapaces. Fueron pronunciados discursos: adjetivos cargados de superlativos y de consonantes sonoras saltaban y chocaban en la sombra desde una pared a otra de las casas. Con las explosiones de los cohetes se expidieron mensajes al rey —al nuevo— y al general. Algún cohete tricolor surgió de la sombra hacia el cielo sin estrellas. A las ocho todo había terminado, y no quedó más que la oscuridad, como otra noche cualquiera, desde siempre.

Sobre la cumbre de Monte Morco todo era nítido ahora, a plena luz. Pero la oscuridad de la noche subsistía aún en el fondo del alma de don Fabrizio. Su malestar adquiría formas tanto más penosas cuanto inciertas. En modo alguno tenía origen en las graves cuestiones cuya solución había iniciado el plebiscito: los grandes intereses del reino —de las Dos Sicilias—, los intereses de la propia clase, sus ventajas privadas surgían de todos aquellos acontecimientos, lesionados, pero todavía vivos. Dadas las circunstancias no era lícito pedir más: el malestar no era de naturaleza política y debía de tener raíces más profundas, radicadas en uno de esos motivos que llamamos irracionales porque se hallan sepultados bajo montones de ignorancia sobre nosotros mismos. Italia había nacido en aquella triste noche de Donnafugata, nacido justamente allí, en aquel lugar olvidado, tanto como en la pereza de Palermo y en la agitación de Nápoles; pero un hada mala de quien no se conocía el nombre, tuvo que estar presente. De todos modos había nacido y había que esperar a que pudiese vivir de esta forma: cualquier otra sería peor. De acuerdo. Sin embargo, esta persistente inquietud significaba algo. Advertía que durante aquellos demasiado enfáticos discursos, algo, alguien había muerto. Sólo Dios sabía en qué lugar del país, en qué repliegue de la conciencia popular.

El fresco había disipado la somnolencia de don Ciccio. La maciza gravedad del príncipe había alejado todos sus temores. Ahora, a la superficie de su propia conciencia, emergía sólo el despecho, inútil, es verdad, pero no innoble. De pie, hablaba en dialecto y accionaba, lamentable títere que tenía ridículamente razón.

—Yo, excelencia, voté que «no». «No», cien veces «no». Sé que me dijo: la necesidad, la unidad, la oportunidad. Tiene razón: yo de política no entiendo nada. Dejo estas cosas a los demás. Pero Ciccio Tumeo es un caballero, pobre y miserable, con los fondillos rotos —y sacudía sobre sus nalgas las minuciosas culeras de sus pantaloness de caza—, y no había olvidado los beneficios recibidos, y esos puercos del Municipio se han tragado mi opinión, la mastican y después la cagan convertida en lo que quieren. Dije negro y me hacen decir blanco. Por una vez que podía decir lo que pensaba, ese chupasangres de Sedàra me anula, haçe como si yo nunca hubiera existido, somo si fuera nada mezclado con nadie, yo que soy Francesco Tumeo La Manna hijo del difunto Leonardo, organista de la iglesia parroquial de Donnafugata, su amo mil veces que le dediqué también una mazurca compuesta por mí el día en que nació esa... —y se mordió el dedo para frenarse—, esa melindrosa de su hija.

Al llegar a este punto descendió la calma sobre don Fabrizio que finalmente había resuelto el enigma: ahora sabía a quien habían matado en Donnafugata, y en otros cien lugares, durante aquella noche de sucio viento: un recién nacido: la buena fe: justamente esa criatura que debieron haber cuidado más, cuyo fortalecimiento habría justificado otros estúpidos vandalismos. El voto negativo de don Ciccio, cincuenta votos semejantes en Donnafugata, cien mil «no» en todo el reino, no habrían cambiado en nada el resultado, lo habrían hecho, aún más significativo, y se habría evitado estropear las almas. Hacía seis meses que se oía la dura voz despótica que decía: «Haz lo que te digo, o habrá palos». Ahora se tenía ya la impresión de que la amenaza había sido sustituida por las palabras suaves del usurero: «Tú mismo firmaste, ¿no lo ves? Está claro. Debes hacer lo que digamos nosotros, porque mira el recibo: tu voluntad es igual que la mía.»

Don Ciccio despotricaba todavía:

—Para ustedes, los señores, es distinto. Se puede ser ingrato por un feudo de más, pero por un pedazo de pan el reconocimiento es una obligación. Harina de otro costal es para mangones como Sedàra, para quienes aprovecharse es ley. Para nosotros, gente de medio pelo, las cosas son como son. Ya lo sabe, excelencia, el buen hombre de mi padre era montero en el Casino real de San Onofrio ya en tiempos de Fernando IV, cuando estaban aquí los ingleses. Era una vida dura, pero el uniforme real verde y la placa de plata daban autoridad. Fue la reina Isabel, la española, la que era duquesa de Calabria entonces, quien me hizo estudiar y me permitió ser lo que soy, organista de la iglesia parroquial, honrado por la benevolencia de vuestra excelencia; y en los años de mayor necesidad, cuando mi madre enviaba una súplica a la corte, las cinco onzas de socorro llegaban tan seguras como la muerte, porque en Nápoles nos querían, sabían que éramos buena gente y súbditos leales. Cuando el rey venía, le daba palmadas en el hombro a mi padre: «Don Lionà[7], quisiera muchos como usted, fieles apoyos del trono y de mi persona.» El ayudante de campo distribuía luego las monedas de oro. Limosnas llaman ahora a estas generosidades de verdadero rey: lo dicen por no tener que darlas, pero eran justas recompensas a la lealtad.

[7] Don Lionà: forma napolitana de «Don Leonardo».

Y hoy si estos santos reyes y hermosas reinas miran desde el cielo, ¿qué dirán? «¡El hijo de don Leonardo Tumeo nos ha traicionado!» Menos mal que en el paraíso se sabe la verdad. Lo sé, excelencia, lo sé, personas como usted me lo han dicho: estas cosas por parte de los reyes no significan nada, forman parte de su oficio. Será verdad, mejor dicho es verdad. Pero las cinco onzas también lo eran, y con ellas se nos ayudaba a pasar el invierno. Y ahora que podía pagar mi deuda, nada, «tú no existes». Mi «no» se convierte en un «sí». Era un «súbdito fiel» y me he convertido en un «borbón asqueroso». Ahora todos son saboyardos. Pero a los saboyardos me los tomo con el café[8] —y sosteniendo entre el pulgar y el índice un imaginario bizcocho lo mojaba en una taza imaginaria.

Don Fabrizio había querido siempre a don Ciccio, pero era éste un sentimiento nacido de la compasión que inspira toda persona que desde joven se ha creído destinada al arte y que de viejo, dándose cuenta de que no posee talento, continúa ejerciendo esta misma actividad en más bajos peldaños, guardándose en el bolsillo sus marchitos sueños, y compadecía también su decorosa pobreza. Pero ahora experimentaba también una especie de admiración por él, y en el fondo, exactamente en el fondo de su altiva conciencia, una voz preguntaba si por casualidad don Ciccio no se había comportado más caballerosamente que el príncipe de Salina. Y los Sedàra, todos estos Sedàra, desde aquél minúsculo que alteraba la aritméticca en Donnafugata, a los mayores de Palermo, Turín, ¿acaso no habían cometido un delito destrozando esta consciencia? Don Fabrizio no podía saberlo entonces, pero una buena parte de la ociosidad, de la aquiescencia por las cuales durante los decenios siguientes se había de vituperar a la gente del Mediodía, tuvo su origen en la estúpida anulación de la primera expresión de libertad que a ellos se les había concedido.

Don Ciccio se había desahogado. Ahora a su auténtica pero rara personificación del «caballero austero» añadíase

---

[8] Saboyardo: además de indicar a los súbditos de la Casa de Saboya (los reyes de Cerdeña), la palabra indica un tipo de bizcocho.

otra, mucho más frecuente y no menos genuina, la del esnob. Porque Tumeo pertenecía a la especie zoológica de los «esnobs pasivos», especie hoy injustamente vilipendiada. Naturalmente, la palabra «esnob» era desconocida en Sicilia en 1860, pero del mismo modo que antes de Koch existían los tuberculosos, así en aquella remotísima edad existía la gente para quien obedecer, imitar y sobre todo no afligir a quienes consideran de categoría social superior a la suya, es ley suprema de vida. Efectivamente, el esnob es lo contrario del envidioso. Entonces se presentaba bajo diversos nombres: era llamado «devoto», «afecto», «fiel», y vivía una vida feliz porque la más fugitiva sonrisa de cualquier noble era suficiente para llenarle de sol toda una jornada, y puesto que se presentaba acompañado de esos apelativos afectuosos, los donativos restauradores eran más frecuentes que ahora. Por lo tanto, la cordial naturaleza esnob de con Ciccio temía haber disgustado a don Fabrizio, y su solicitud se apresuraba a buscar los medios de ahuyentar las sombras acumuladas por su culpa, según creía, bajo el ceño olímpico del príncipe, y el medio más inmediatamente idóneo era el de proponer continuar la caza; y así se hizo. Sorprendidas en su modorra del mediodía, algunas desventuradas becadas y otro conejo cayeron bajo los tiros de los cazadores, tiros aquel día particularmente precisos y despiadados porque tanto Salina como Tumeo se complacían en identificar con don Calogero Sedàra esos inocentes animales. Pero los tiros, los copos de pelo o plumas que los disparos hacían por un momento brillar al sol, no bastaban ese día para serenar al príncipe. A medida que pasaban las horas y se acercaba el momento del regreso a Donnafugata, la preocupación, el despecho y la humillación por la inminente conversación con el plebeyo alcalde lo oprimían, y el haber llamado en su corazón «don Calogero» a dos becadas y un conejo, no había servido de nada después de todo. Aunque estaba ya decidido a engullirse el repugnante sapo[9], sintió también la necesidad de poseer

---

[9] *Ingoiare un rospo* («tragar un sapo») equivale a nuestra frase «hacer de tripas corazón».

amplias informaciones sobre el adversario, o, mejor dicho, sondear la opinión pública con respecto al paso que estaba a punto de dar. Fue así cómo por segunda vez en aquel día don Ciccio se sorprendió ante una pregunta hecha a bocajarro.

—Don Ciccio, usted que conoce a tanta gente en el pueblo, ¿qué se dice realmente de don Calogero en Donnafugata?

A Tumeo, en verdad, le parecía haber expresado con claridad suficiente su opinión sobre el alcalde, y así se disponía a contestar, cuando resonaron en su mente los vagos rumores que había oído sobre la dulzura de los ojos con los cuales don Tancredi contemplaba a Angélica, de manera que se sintió disgustado por haberse dejado arrastrar a manifestaciones tribunicias que ciertamente apestarían ante las narices del príncipe si lo que se olía era verdad. Tales eran las cosas mientras en otro compartimiento de su mente se alegraba por no haber dicho nada concreto contra Angélica. Es más, el leve dolor que sentía aún en su índice diestro le producía el efecto de un bálsamo.

—Después de todo, excelencia, don Calogero Sedàra no es peor que tanta gente venida a más en estos últimos meses.

El homenaje era moderado, pero fue suficiente para permitir que don Fabrizio insistiera.

—Verá usted, don Ciccio, a mí me interesa mucho conocer la verdad sobre don Calogero y su familia.

—La verdad, excelencia, es que don Calogero es muy rico y también muy influyente. Que es avaro (cuando su hija estaba en el colegio, él y su mujer se comían entre los dos un huevo frito), pero que cuando es necesario sabe gastar, y como todo *tarí*[10] suele, en el mundo, acabar en el bolsillo de alguien, ocurre que mucha gente depende ahora de él. Además, cuando es amigo es amigo, hay que decirlo: su tierra la tiene arrendada a cinco campesinos y deben echar los hígados para pagarle, pero hace un mes prestó cincuenta onzas a Pasquale Tripi que lo ayudó en el periodo del

---

[10] Pequeña moneda del antiguo reino de las Dos Sicilias.

desembarco, y sin intereses, lo que es el mayor milagro que se ha visto desde que santa Rosalía acabó con la peste en Palermo. Inteligente como un demonio. Su excelencia tendría que haberlo visto en abril y mayo pasados: iba de un lado para otro por todo el territorio como un murciélago, en coche, en mulo, a pie, lloviera o no. Y por donde había pasado se formaban sociedades secretas, se preparaba el camino para los que habían de llegar. Un castigo de Dios, excelencia, un castigo de Dios. Y todavía no vemos más que el principio de la carrera de don Calogero: dentro de unos meses será diputado en el Parlamento de Turín. Dentro de unos años, cuando se pongan en venta los bienes eclesiásticos, pagando cuatro cuartos se quedará con los feudos de Marca y Fondachello y se convertirá en el mayor propietario de la provincia. Este es don Calogero, excelencia, el hombre nuevo como debe ser. Pero es una lástima que deba ser así.

Don Fabrizio recordó la conversación de meses atrás con el padre Pirrone en el observatorio bañado por el sol. Lo que había predicho el jesuita iba a tener efecto. Pero, ¿acaso no era una buena táctica la de incorporarse al nuevo movimiento, manejarlo, al menos en parte, de modo que resultara en provecho de algunos individuos de su clase? Disminuyó un poco la molestia de la inminente conversación con don Calogero.

—Y los otros de la casa, don Ciccio, los demás, ¿cómo son realmente?

—Excelencia, a la mujer de don Calogero no la ha visto nadie desde hace años, excepto yo. Sale sólo para ir a misa, a primera misa, la de las cinco, cuando no hay nadie. A esa hora no hay servicio de órgano. Pero yo una vez me di un madrugón adrede para verla. Doña Bastiana entró acompañada por la doncella, y yo, protegido por el confesonario detrás del cual me había escondido, no podía ver mucho, pero al terminar el servicio divino el calor fue más fuerte que la pobre mujer y se apartó de la cara el velo negro. Palabra de honor, excelencia, es hermosa como el sol, y no se puede censurar a don Calogero si cucaracha como es él, quiere tenerla lejos de los demás. Pero incluso de las casas

mejor custodiadas acaban por salir a relucir las noticias: las
criadas hablan, y parece que doña Bastiana es una especie
de animal: no sabe leer, no sabe escribir, no conoce el reloj, casi no sabe hablar: una bella mula, voluptuosa y tosca.
También es incapaz de querer a su hija. Buena para la cama
y basta.

Don Ciccio, que, habiendo sido pupilo de reinas y servidor de príncipes, estimaba mucho sus propios sencillos modales, que consideraba perfectos, sonreía complacido: había
encontrado la manera de desquitarse un poco sobre el ani-
quilador de su personalidad.

—Por lo demás —continuó—, no puede ser de otro
modo. ¿Sabe, excelencia, de quién es hija Bastiana?

Se volvió, se puso de puntillas y con el índice señaló un
lejano grupito de casuchas que parecían deslizarse por la
escarpa de un cerro y que apenas puede mantener en torno
suyo un campanario miserable: una aldehuela crucificada.

—Es hija de uno de los aparceros de vuestra excelencia
en Runci, de un tal Peppe Giunta que tan sucio y salvaje
era que todos lo llamaban «Peppe Mmerda», con perdón
sea dicho, excelencia.

Y, satisfecho, envolvía en torno de uno de sus dedos una
oreja de «Teresina».

—Dos años después de la fuga de don Calogero con Bastiana, lo encontraron muerto en el alcorce que va a Rampinzeri, con doce *lupare* [11] en la espalda. Don Calogero
siempre ha tenido suerte, porque ese hombre se estaba haciendo inoportuno y abusón.

Muchas de estas cosas las sabía don Fabrizio y ya habían
sido tenidas en consideración, pero el mote del abuelo de
Angélica era para él una información nueva: abría una pro-
funda perspectiva histórica, dejaba entrever otros abismos,
comparado con los cuales don Calogero parecía un parte-
rre en un jardín. Sintió realmente que la tierra se abría a
sus pies. ¿Cómo asimilaría esto Tancredi? Su cabeza se puso

---

[11] La *lupara* es una pequeña escopeta siciliana con que solían cumplir-
se las *vendettas*. Por extensión se llama también así a los orificios pro-
ducidos por los balazos.

a calcular qué vínculo de parentesco habría podido unir al príncipe de Salina, tío del esposo, con el abuelo de la esposa: no la encontró, no existía. Angélica era Angélica, una flor de chica, una rosa para quien el mote de su abuelo servía sólo de fertilizante. *Non olet* —repetía—, *non olet*; mejor dicho *optime foeminam ac contubernium olet.*

—De todo me habla, don diccio, de madres zafias y abuelos fecales, pero no de lo que me interesa: de la señorita Angélica.

El secreto sobre las intenciones matrimoniales de Tancredi, aunque embrionarias hasta pocas horas antes, habría sido ciertamente divulgado, si por casualidad no hubiera tenido la fortuna de mimetizarse. Sin duda habrían sido notadas las visitas del jovencito a la casa de don Calogero, como también sus sonrisas de éxtasis y los mil pequeños detalles que, habituales e insignificantes en la ciudad, se hacían síntomas de violentos anhelos a los ojos de los virtuosos donnafugascos. El mayor escándalo había sido el primero: los viejecillos que se tostaban al sol y los chiquillos que combatían en el polvo lo habían visto todo, comprendido todo y repetido todo, y sobre los significados celestinescos y afrodisiacos de aquella docena de melocotones habían sido consultadas brujas expertísimas y libros reveladores de arcanos, entre los cuales, en primer lugar, el de Rutilio Benincasa[12], el Aristóteles de la plebe campesina. Afortunadamente se había producido un fenómeno relativamente frecuente entre nosotros: el deseo de maliciar había enmascarado la verdad. Todos se habían confeccionado el títere de un Tancredi libertino cuya lascivia se había fijado en Angélica: que deseaba seducirla y nada más. La simple idea de proyectadas bodas entre un príncipe de Falconeri y una nieta de Peppe Mmerda ni siquiera cruzó por la imaginación de aquellos aldeanos que de este modo rendían a las casas feudales un homenaje equivalente al que los blasfemadores rinden a Dios. La partida de Tancredi

---

[12] Fue autor del *Almanacco Perpetuo* (1593), miscelánea de noticias curiosas pertenecientes a los más diversos argumentos, sin ningún valor científico.

acabó pronto con estas fantasías y no se habló más de ello. En este aspecto Tumeo había andado a la par con los demás y por esto acogió la pregunta del príncipe con el aire divertido que los hombres de edad asumen cuando hablan de las bribonadas de los jóvenes.

—De la señorita, excelencia, no hay nada que decir: ella habla por sí. Sus ojos, su piel, su belleza son evidentes y se hacen comprender por todos. Creo que el lenguaje que hablan ha sido comprendido por don Tancredi, ¿o soy acaso demasiado audaz pensando esto? En ella está toda la belleza de la madre, sin el olor a chivo del abuelo. Es inteligente, además. ¿Ha visto qué pocos años en Florencia han bastado para cambiarla? Se ha convertido en una verdadera señora —continuó don Ciccio, que era insensible a los matices—, una completa señora. Cuando vino del colegio me hizo ir a su casa y tocó para mí mi vieja mazurca: tocaba mal, pero daba gusto verla con sus trenzas negras, sus ojos, sus piernas, su pecho... ¡Uh! Nada de olor a chivo: sus sábanas deben de tener el perfume del paraíso.

El príncipe se molestó: tan celoso es el orgullo de clase, que aquellas alabanzas orgiásticas a los picantes atractivos de la futura sobrina lo ofendieron. ¿Cómo se atrevía don Ciccio a expresarse con este lascivo lirismo a propósito de una futura princesa de Falconeri? Pero la verdad es que el hombre no sabía nada. Había que decírselo todo: por lo demás dentro de tres horas la noticia sería pública. Se decidió en el acto y dirigió a Tumeo una sonrisa gatopardesca pero amistosa.

—Cálmese, mi querido don Ciccio, cálmese. Tengo en casa una carta de mi sobrino que me encarga haga una petición de matrimonio a la señorita Angélica. De ahora en adelante hable con su acostumbrada obsequiosidad. Es usted el primero en conocer la noticia, pero tiene que pagar por esta ventaja: cuando regresemos al palacio será usted encerrado bajo llave con «Teresina» en el cuarto de las escopetas. Tendrá tiempo de limpiarlas y aceitarlas todas, y será puesto en libertad únicamente después de la visita a don Calogero. No quiero que nadie descubra antes nada.

Pillado así de improviso, las cien precauciones y los cien

esnobismos de don Ciccio se vinieron todos abajo como un grupo de bolos dado de lleno. Subsistió solamente un antiquísimo sentimiento.

—Esto es una porquería, excelencia. Un sobrino suyo no debe casarse con la hija de quienes son sus enemigos y siempre le han tirado chinitas. Tratar de seducirla, como yo creía, era un acto de conquista. Así, resulta una rendición sin condiciones. Es el fin de los Falconeri y también de los Salina.

Dicho esto inclinó la cabeza y deseó, angustiado, que la tierra se abriese bajo sus pies. El príncipe había enrojecido hasta las orejas; hasta el blanco de sus ojos parecía de sangre. Apretó los mazos de sus puños y dio un paso hacia don Ciccio. Pero era un hombre de ciencia, habituado, después de todo, a ver a veces el pro y el contra. Además bajo su aspecto leonino era un escéptico. Había sufrido mucho hoy: el resultado del plebiscito, el mote del abuelo de Angélica, los *lupare*. Y Tumeo tenía razón: por él hablaba la tradición lisa y llana. Pero era un estúpido: ese matrimonio no era el fin de nada, sino el principio de todo. Hallábase en el ámbito de las mejores tradiciones.

Sus manos se abrieron: las señales de las uñas quedaron impresas en las palmas.

—Vamos a casa, don Ciccio. Hay ciertas cosas que usted no puede comprender. Tan amigos como antes, ¿entendido?

Y mientras descendían hasta el camino habría sido difícil decir cuál de los dos era don Quijote y quién Sancho.

Cuando a las cuatro y media exactas le fue anunciada la puntualísima llegada de don Calogero, el príncipe no había terminado aún de componerse. Hizo rogar al señor alcalde que esperase un momento en su despacho y continuó, plácidamente, embelleciéndose. Se untó los cabellos con *Lemo-liscio*, el *Lime-juice* de Atkinson, densa loción blancuzca que le llegaba en cajones desde Londres y que sufría en el nombre la misma deformación étnica de las cancioncillas. Rechazó el redingote negro y lo sustituyó por uno de finísimo tono lila que le parecía más apropiado para la ocasión presuntamente festiva. Dudó todavía un momento sobre si se quitaría o no con unas pinzas un desvergonzado pelo rubio que aquella mañana había conseguido librarse del apresurado afeitado. Hizo llamar al padre Pirrone. Antes de salir de la habitación tomó de la mesa un resumen del *Blätter der Himmelsforschung*, y con el fascículo enrollado se santiguó, ademán de devoción que tiene en Sicilia un significado no religioso mucho más frecuente de lo que se cree.

Atravesando las dos habitaciones que precedían a su despacho, se imaginó ser un gatopardo imponente de pelo liso y perfumado que se preparaba para destrozar a un pequeño chacal temeroso, pero por una de esas involuntarias asociaciones de ideas que son el azote de naturalezas como la suya, pasó ante su memoria la imagen de uno de esos cuadros históricos franceses en los cuales los mariscales y generales austriacos, cargados de condecoraciones y penachos, desfilan rendidos, ante un irónico Napoleón. Ellos son más elegantes, no hay duda, pero el victorioso es el hombrecillo del capotito gris. Y así, ultrajado por estos inoportunos recuerdos de Mantua y de Ulm, al entrar en el despacho era un gatopardo irritado.

Don Calogero estaba allí de pie, pequeñín, menudo e imperfectamente afeitado: hubiese parecido realmente un pequeño chacal, de no haber sido por sus ojillos resplandecientes de inteligencia, pero como este ingenio tenía una finalidad material opuesta a la abstracta a la que creía tender el del príncipe, esto fue considerado como un signo de malignidad. Desprovisto del sentido de adaptación del traje a las circunstancias que en el príncipe era innato, el alcalde había creído opotuno vestirse casi de luto; no tan negro como el padre Pirrone, pero mientras éste se sentaba en un rincón asumiendo el aire marmóreamente abstracto de los sacerdotes que no quieren influir en las decisiones de los demás, el rostro del alcalde expresaba un sentido de ávida expectación que era casi penoso de mirar. Iniciáronse inmediatamente las escaramuzas de palabras insignificantes que preceden a las grandes batallas verbales. Sin embargo, fue don Calogero el que diseñó el gran ataque:

—Excelencia —preguntó—, ¿ha recibido buenas noticias de don Tancredi?

En aquel tiempo en los pueblos pequeños el alcalde tenía la posibilidad de controlar el correo de un modo no oficioso y la desacostumbrada elegancia de la carta lo había puesto en guardia. El príncipe, cuando esto se le ocurrió, comenzó a irritarse.

—No, don Calogero, no. Mi sobrino se ha vuelto loco...

Pero existe un dios protector de los príncipes. Se llama Buena Crianza y a menudo interviene para salvar de un mal paso a los gatopardos. Mas hay que pagarle un fuerte tributo. Como Palas interviene para frenar las intemperancias de Ulises, así Buena Crianza se apareció a don Fabrizio para detenerlo al borde del abismo: el príncipe tuvo que pagar la salvación haciéndose explícito una vez más en su vida. Con perfecta naturalidad, sin un instante de vacilación, concluyó la frase:

—...loco de amor por su hija, don Calogero. Y me lo escribió ayer.

El alcalde conservó una sorprendente ecuanimidad. Sonrió apenas y se dedicó a mirar la cinta de su sombrero. El padre Pirrone miraba al techo como si fuese un maestro albañil encargado de comprobar su solidez. El príncipe se sintió incómodo: aquellas taciturnidades conjuntas le robaban incluso la mezquina satisfacción de haber sorprendido a sus oyentes. Con alivio advirtió que don Calogero se disponía a hablar.

—Lo sabía, excelencia, lo sabía ya. Fueron vistos besándose el martes día veinticinco de septiembre, la víspera de la marcha de Tancredi. En su jardín, cerca de la fuente. Los setos de laurel no siempre son tan espesos como se cree. Durante un mes he estado esperando que su sobrino diera algún paso, y ahora pensaba ya venir a ver a vuestra excelencia para preguntarle cúales eran exactamente sus intenciones.

Numerosas y punzants abejas asaltaron a don Fabrizio. En primer lugar, como corresponde a todo hombre no decrépito todavía, la de sus celos carnales. Tancredi había saboreado aquel gusto de fresa y de nata que a él le sería siempre desconocido. Después, un sentimiento de humillación social, el de encontrarse siendo el acusado en lugar de ser el mensajero de las buenas nuevas. Tercero, un despecho personal, el de quien se ha ilusionado con fiscalizarlo todo, y encuentra, en cambio, que muchas cosas se realizan sin su conocimiento.

—Don Calogero, no cambiemos los papeles. Recuerde que he sido yo quien le ha llamado. Quería ponerle en conocimiento de una carta de mi sobrino que llegó ayer. En ella declara su pasión por su hija, pasión que yo... —aquí el príncipe titubeó un poco porque las mentiras son a veces difíciles de decir ante ojos taladrantes como los del alcalde—, de la cual yo hasta ahora había ignorado su intensidad. Y como conclusión me ha encargdo que pida a usted para él la mano de la señorita Angélica.

Don Calogero continuaba impasible. El padre Pirrone, de perito de la construcción se había convertido en sabio musulmán y cruzando cuatro dedos de su mano derecha con cuatro de su mano izquierda giraba los pulgares uno en torno a otro, invirtiendo y cambiando la dirección del giro con una ostentación de fantasía coreográfica. El silencio duró largo rato y el príncipe se impacientó.

—Ahora, don Calogero, soy yo quien espero que me comunique usted sus intenciones.

El alcalde, que tenía los ojos fijos en el fleco anaranjado de la butaca del príncipe, se los tapó un momento con la derecha y luego los levantó. Ahora se mostraron cándidos, llenos de una estupefacta sorpresa. Como si realmente se los hubiese cambiado en aquel momento.

—Disculpe, príncipe —ante la fulminante supresión del «excelencia» don Fabrizio comprendió que todo se había consumado felizmente—. Pero la sorpresa me había dejado sin palabras. Soy un padre moderno y no puedo darle una respuesta definitiva sino después de haber interrogado al ángel que es el consuelo de nuestra casa. Pero también sé ejercer los sagrados derechos de un padre. Sé todo lo que sucede en el corazón y los pensamientos de Angélica, y creo poder decir que el afecto de don Tancredi, que tanto nos honra a todos, es sinceramente correspondido.

Don Fabrizio experimentó sincera emoción: el sapo había sido engullido: la cabeza y los intestinos masticados descendían ya garganta abajo. Sólo quedaban por morder las patas, pero esto era una pequeñez con respecto a lo demás: lo más gordo ya estaba hecho. Saboreado ese sentimiento de liberación, comenzó en él a abrirse camino el afecto por Tancredi: se imaginó sus ojos azules brillando al leer la favorable respuesta. Imaginó, mejor dicho recordó los primeros meses de un matrimonio de amor durante los cuales los frenesíes y las acrobacias de los sentidos son esmaltados y sostenidos por todas las jerarquías angélicas benévolas aunque sorprendidas. Todavía más lejos entrevió la vida segura, las posibilidades de desarrollo del talento de Tancredi a quien la falta de dinero le habría cortado las alas.

El noble se levantó, dio un paso hacia don Calogero atónito, lo levantó de la butaca y lo estrechó contra su pecho: las cortas piernas del alcalde quedaron suspendidas en el aire. En aquella habitación de remota provincia siciliana se representó una estampa japonesa en la que se veía un enorme iris violáceo de uno de cuyos pétalos colgaba un moscón peludo. Cuando don Calogero recobró el pavimento, don Fabrizio pensó:

«Debo regalarle un par de navajas de afeitar inglesas. Esto no puede seguir así.»

El padre Pirrone detuvo el remolino de sus pulgares, se levantó y estrechó la mano del príncipe:

—Excelencia, invoco la protección de Dios para estas bodas. Su alegría es la mía.

A don Calogero le tocó las puntas de los dedos sin decir ni una palabra. Luego con un nudillo recorrió un barómetro colgado de la pared: bajaba; mal tiempo en perspectiva. Volvió a sentarse y abrió el breviario.

—Don Calogero —dijo el príncipe—, el amor de estos dos jóvenes es la base de todo, el único fundamento sobre el cual puede surgir su felicidad futura. No hablemos más, que esto ya lo sabemos. Pero nosotros, hombres ya entrados en años, hombres que hemos vivido, nos vemos obligados a preocuparnos de otras cosas. Inútil es que le diga cuán ilustre es la familia Falconeri. Venida a Sicilia con Carlos de Anjou, esta Casa continuó floreciendo bajo los aragoneses, los españoles y los reyes borbones (si se me permite nombrarlos de este modo ante usted) y estoy seguro de que prosperará también bajo la nueva dinastía continental que Dios guarde —nunca era posible descubrir cuándo el príncipe ironizaba o cuándo tomaba el rábano por las hojas—. Fueron pares del reino, grandes de España, caballeros de Santiago, y cuando se les antoja ser caballeros de Malta no tienen más que levantar un dedo y Condotti les entrega sus diplomas sin rechistar, como si fueran pestiños, al menos hasta hoy —esta pérfida insinuación fue derrochada enteramente porque don Calogero ignoraba de un modo absoluto el Estatuto de la Orden Jerosolimitana de San Juan—. Estoy seguro de que su hija con su rara belleza adornará todavía más el viejo tronco de los Falconeri y con su virtud sabrá emular la de las santas princesas, la última de las cuales, mi difunta hermana, estoy seguro que desde el cielo bendecirá a los esposos.

Y don Fabrizio se conmovió de nuevo recordando a su querida Giulia, cuya menospreciada vida había sido un perpetuo sacrificio ante las frenéticas extravagancias del padre de Tancredi.

—En cuanto al muchacho, ya lo conoce usted, y si no lo conociera, puedo garantizarlo en todo y por todo. Hay en él toneladas de bondad, y no sólo lo digo yo, ¿verdad padre Pirrone?

El excelente jesuita, apartado de su lectura, se encontró de pronto ante un penoso dilema. Había sido confesor de Tancredi y conocía más de un pecadillo suyo: nada verdaderamente grave, se entiende, pero tales como para descontar muchos quintales de esa sólida bondad de que se hablaba. Además todos eran de un carácter como para garantizar (justamente tal era el caso) una férrea infidelidad conyugal. Esto, ni que decir tiene, no podía ser dicho tanto por razones de índole sacramental como por conveniencias mundanas. Por otra parte quería a Tancredi y aunque desaprobase el matrimonio en el fondo de su corazón, nunca hubiese dicho una palabra que hubiera podido no ya impedir, sino dificultar su realización.

Halló refugio en la Prudencia, la más dúctil y la de más fácil manejo de todas las virtudes cardinales.

—Es muy grande el fondo de bondad de nuestro querido Tancredi, don Calogero, y él, sostenido por la gracia divina y la virtud terrena de la señorita Angélica, podrá ser un día un excelente esposo cristiano.

La profecía, arriesgada, pero prudentemente condicionada, pasó sin más.

—Pero don Calogero —proseguía el príncipe, masticando los últimos cartílagos del sapo—, si es inútil que le hable de la antigüedad de la Casa Falconeri, es desgraciadamente también inútil, porque lo sabrá usted ya, que le manifieste que las actuales condiciones económicas de mi sobrino no corresponden a la grandeza de su apellido. El padre de don Tancredi, mi cuñado Fernando, no fue lo que se llama un padre previsor: sus magnificencias de gran señor ayudadas por las ligerezas de sus administradores, han menguado gravemente el patrimonio de mi querido sobrino y expupilo: los grandes feudos en torno a Mazzara, el alfoncigal de Ravanusa, las plantaciones de moreras en Oliveri, el palacio de Palermo, todo, todo ha desaparecido, usted ya lo sabe, don Calogero.

Efectivamente, don Calogero lo sabía: había sido la mayor emigración de golondrinas de que se conservaba memoria y su recuerdo todavía infundía terror, pero no prudencia, a toda la nobleza siciliana; mientras era fuente de delicia precisamente para todos los Sedàra.

—Durante el periodo de mi tutela, conseguí salvar una sola villa, la que está cerca de la mía, mediante muchos pleitos y también gracias a algunos sacrificios que, por lo demás, hice con verdadera satisfacción en memoria de mi santa hermana Giulia y por afecto a ese muchacho tan querido para mí. Es una villa muy hermosa. Su escalinata fue dibujada por Marvuglia, los salones fueron decorados por Serenario. Pero por el momento la habitación en mejor estado apenas puede servir para alojar cabras.

Los últimos huesecillos del sapo habían sido más desagradables de lo previsto. Pero, en fin, también fueron tragados. Ahora convenía enjuagarse la bocca con cualquier frase agradable, por lo demás sincera.

—Pero, don Calogero, el resultado de todas estas desdichas, de todas estas congojas, es Tancredi. Sabemos estas cosas: acaso no sea posible obtener la distinción, la delicadeza, la fascinación de un muchacho como él, sin que sus mayores hayan dilapidado una docena de grandes patrimonios. Al menos en Sicilia esto es lo que sucede. Es una especie de ley natural, como las que regulan los terremotos y las sequías.

Calló porque entró un criado llevando en una bandeja un par de candelabros encendidos. Mientras fueron colocados en su sitio el príncipe hizo reinar en su despacho un silencio cargado de una complacida aflicción. Después prosiguió:

—Tancredi no es un muchacho cualquiera, don Calogero, no es sólo distinguido y elegante. Ha aprendido poco, pero conoce todo lo que hay que conocer: los hombres, las mujeres, las circunstancias y el color del tiempo. Es ambicioso y tiene razón en serlo. Irá lejos. Y su Angélica, don Calogero, será afortunada si quiere seguir a su lado por el mismo camino. Además, cuando se está al lado de Tancredi, uno puede irritarse alguna vez, pero no se aburre nunca. Y esto es mucho.

Sería exagerado decir que el alcalde apreciaba los matices mundanos de esta parte del discurso del príncipe. En conjunto no hizo más que confirmarlo en su propia convicción sobre la astucia del oportunismo de Tancredi, y en su casa necesitaba un hombre astuto y sagaz, pero nada más. Se sentía y creía igual a cualquiera: hasta lamentaba notar en su hija cierto sentimiento afectuoso por el apuesto jovencito.

—Príncipe, sabía estas cosas, y otras más. Pero no me importa nada —se revistió de sentimentalismo—. El amor, excelencia, el amor lo es todo, y es cosa que yo puedo saber —y acaso era sincero el pobre hombre, si se admitía su probable definición del amor—. Pero yo soy un hombre de mundo y también quiero poner mis cartas sobre la mesa. Sería inútil hablar de la dote de mi hija: es la sangre de mi corazón, el hígado entre mis vísceras. No tengo otra persona a quien dejar lo que poseo, y lo que es mío es suyo. Pero es justo que los jóvenes sepan con qué pueden contar. En el contrato matrimonial, asignaré a mi hija el feudo de Settesoli, de seiscientas cuarenta y cuatro *salmas*, es decir mil diez hectáreas, como quieren llamarlas hoy, todo trigales, tierra de primera calidad, ventilada y fresca, y ciento ochenta *salmas* de viñedos y olivos en Gibildolce, y el día de la boda entregaré al marido veinte saquitos de tela con diez mil onzas cada uno. Yo me quedo con una mano detrás y otra delante —añadió convencido y deseoso de no ser creído—, pero una hija es una hija. Y con esto se pueden reconstruir todas las escalinatas de Marruggia y todos los techos de Sorcionario que existen en el mundo. Angélica ha de estar bien alojada.

La vulgaridad ignorante le rezumaba por todos los poros. Sin embargo, sus dos oyentes se quedaron aturdidos: don Fabrizio tuvo necesidad de todo el dominio de sí mismo para disimular su sorpresa: el golpe de Tancredi era más descomunal de cuanto hubiese podido suponerse. Una sensación de malestar estuvo a punto de dominarlo, pero la belleza de Angélica, la gracia del esposo conseguían aún velar de poesía la brutalidad del contrato. El padre Pirrone hizo chasquear la lengua contra el paladar. Luego, fastidiado por haber revelado su estupor, trató de encontrar una rima al inesperado sonido haciendo crujir la seda y los zapatos, hojeando ruidosamente el breviario. No lo consiguió, y subsistió la impresión.

Por fortuna una inoportunidad de don Calogero, la única de la conversación, los sacó de su embarazo:

—Príncipe —dijo—, sé que lo que voy a decir no le hará efecto ninguno a usted que desciende de los amores del emperador Titón y de la reina Berenice[13], pero también los

---

[13] Berenice fue hija de Agrippa I, rey de Judea. De ella se enamoró el emperador romano Tito (cuyo nombre es caricaturescamente deformado en *Titone*), que vivió con ella algún tiempo. En la boca de don Calogero, la alusión resulta sumamente cómica, sobre todo si se considera que en el idilio entre Tito y Berenice se inspiraron Corneille y Racine para una comedia heroica y una tragedia.

Sedàra son nobles: hasta mí fueron una raza infortunada, enterrada en provincias y sin brillo, pero yo tengo los papeles en regla en el cajón, y un día se sabrá que su sobrino se ha casado con la baronesa Sedàra del Biscotto, título concedido por Su Majestad Fernando IV en las secretas sobre el puerto de Mazzara. Tengo que hacer los trámites: me falta sólo una vinculación.

Esto de los vínculos que faltaban, las casi homonimias, fue hace cien años un elemento importante en la vida de muchos sicilianos y proporcionaba alternadas exaltaciones y depresiones a millares de personas, por buenas o menos buenas que fuesen. Pero éste es tema demasiado importante para ser tratado de paso y aquí nos contentaremos diciendo que la salida heráldica de don Calogero proporcionó al príncipe la incomparable satisfacción artística de ver un tipo manifestarse en todos sus pormenores y que su risa reprimida dulcificara su boca hasta la náusea.

A continuación la conversación se perdió en muchas revueltas inútiles. Don Fabrizio se acordó de Tumeo encerrado a oscuras en la habitación de las escopetas, y por enésima vez en su vida deploró la duración de las visitas de la gente del campo y acabó amurallándose en un silencio hostil. Don Calogero comprendió, prometió volver al día siguiente por la mañana llevando consigo el indudable asentimiento de Angélica, y se despidió. Fue acompañado a lo largo de dos salones, abrazado de nuevo y comenzó a descender la escalera, mientras el príncipe, arriba como una torre, veía empequeñecerse aquel montoncito de astucia, de trajes mal cortados, de oro y de ignorancia que ahora entraba casi a formar parte de la familia.

Con una vela en la mano se dirigió después a libertar a Tumeo que estaba a oscuras fumando resignadamente su pipa.

—Lo siento, don Ciccio, pero comprenda que tuve que hacerlo.

—Comprendo, excelencia, comprendo. Pero al menos todo habrá ido bien, ¿verdad?

—Magnífico. No pudo ir mejor.

Tumeo murmuró sus felicitaciones, ató la correa al collar de «Teresina» que dormía extenuada por la caza y recogió las piezas.

—Llévese también mis becadas, son pocas para nosotros. Hasta la vista, don Ciccio, déjese ver pronto. Y perdóneme por todo.

Una poderosa manaza sobre su espalda sirvió como reconciliación y señal de poder.

El último leal de la Casa de los Salina se fue a su humilde casa.

Cuando el príncipe volvió a su despacho vio que el padre Pirrone se había escabullido para evitar discusiones. Y se dirigió hacia las habitacciones de su mujer para darle cuenta de los hechos. El rumor de sus pasos vigorosos y rápidos lo anunciaba a diez metros de distancia. Atravesó el cuarto de estar de las chicas: Carolina y Caterina enrollaban un ovillo de lana, y al pasar él se levantaron sonrientes. Mademoiselle Dombreuil se quitó apresuradamente los lentes y respondió compungida a su saludo. Concetta estaba vuelta de espaldas: hacía encaje de bolillos y como no había oído pasar a su padre ni siquiera se volvió.

Capítulo IV

Don Fabrizio y don Calogero. — Primera visita de Angélica como novia. — Llegada de Tancredi y Cavriaghi. — Llegada de Angélica. — El ciclón amoroso. — Calma después del ciclón. — Un piamontés llega a Donnafugata. — Una vueltecita por el pueblo. —Chevalley y don Fabrizio. — Partida al alba.

Noviembre 1860

D E más frecuentes contactos derivados del acuerdo nupcial comenzó a nacer en don Fabrizio una curiosa admiración por los méritos de Sedàra. La costumbre lo habituó a las mejillas mal afeitadas, al acento plebeyo, a los trajes mal cortados y al persistente husmo de sudor rancio y comenzó a darse cuenta de que el hombre poseía una rara inteligencia. Muchos problemas que parecían insolubles al príncipe, don Calogero los resolvía en un santiamén. Despojado de los cien impedimentos que la honestidad, la decencia e incluso la buena educación imponen a las acciones de muchos otros hombres, comportábase en el bosque de la vida con la seguridad de un elefante que, arrancando árboles y aplastando madrigueras, avanza en línea recta sin advertir siquiera los arañazos de las espinas y los lamentos de las víctimas. Educado y habiendo vivido en pequeños y amenos valles recorridos por los céfiros corteses de los «por favor», «te agradecería», «ten la bondad» y «has sido muy amable», el príncipe ahora, cuando charlaba con don Calogero, se encontraba, en cambio, al descubierto en una landa azotada por secos vientos, y con todo y preferir en lo más hondo de su corazón las quebradas de los montes, no podía dejar de admirar el ímpetu de aquellas corrientes de aire que de los acebos y cedros de Donnafugata arrancaba arpegios nunca oídos.

Poco a poco, casi sin advertirlo, don Fabrizio contaba a don Calogero, sus propios asuntos, que eran numerosos, complejos y mal conocidos por él, y esto no ya por defecto de penetración, sino por una especie de despreciativa indiferencia con respecto a este género de cosas, consideradas ínfimas, y causada, en el fondo, por la indolencia y la siempre comprobada facilidad con la cual había salido de los malos pasos mediante la venta de unos centenares entre los miles de hectáreas que poseía.

Los actos que don Calogero aconsejaba después de haber escuchado al príncipe y ordenado, nuevamente, a su modo, la relación, eran muy oportunos y de efectos inmediatos, pero el resultado final de los consejos, concebidos con cruel eficacia y aplicados por el afable don Fabrizio con temerosa delicadez, fue que con el transcurso de los años la Casa de los Salina adquirió fama de cominería con respecto a quienes de ella dependían, fama en realidad tanto más inmerecida cuanto que destruyó su prestigio en Donnafugata y en Querceta, sin que, por otra parte, se opusieran diques al desmoronamiento del patrimonio.

No sería justo callar que una relación tan asidua con el príncipe había tenido cierto efecto también sobre Sedàra. Hasta aquel momento él había encontrado a los aristócratas sólo en reuniones de negocios —es decir de compraventa— o a consecuencia de excepcionalísimas y muy meditadas invitaciones a fiestas, dos clases de eventualidades durante las cuales esta singularísima clase social no muestra su mejor aspecto. En ocasión de tales encuentros se había formado la convicción de que la aristocracia consistía únicamente en hombres-oveja, existentes sólo para abandonar la lana a sus esquiladoras tijeras, y el nombre, iluminado por un inexplicable prestigio, a su hija. Pero ya con su conocimiento del Tancredi de la época posgaribaldina, habíase encontrado ante un ejemplar inesperado de joven noble tan duro como él, capaz de trocar muy ventajosamente sonrisas y títulos propios por encantos y sustancias ajenas, y sabiendo revestir también estas acciones «sedarescas» de una gracia y una fascinación que él lamentaba no poseer, a la cual se rendía sin darse cuenta y sin que en modo alguno pudiera discernir sus orígenes. Cuando, necesariamente, hubo aprendido a conocer mejor a don Fabrizio, volvió a encontrar, sí, la delicadeza e incapacidad de defenderse que eran las características de su imaginario noble-oveja, pero también una fuerza de atracción diferente en el tono, pero semejante en intensidad, a la del joven Falconeri. Además cierta energía tendente a la abstracción, una disposición a buscar la forma de vida en lo que de él mismo surgiera y no en lo que podía arrancar a los demás. Esta energía abstracta le impresionó mucho aunque lo sintiera de un modo intuitivo y no reducible a palabras, como aquí se ha intentado hacer. Advirtió que buena parte de esta fascinación emanaba de los buenos modales y se dio cuenta de lo agradable que es un hombre bien educado, porque en el fondo no es más que una persona que elimina las manifestaciones siempre desagradables de mucha parte de la condición humana y que ejerce una especie de aprovechable altruismo, fórmula en la cual la eficacia del adjetivo hace tolerar la inutilidad del sustantivo. Lentamente don Calogero comprendía que una comida en común no debe necesariamente ser un huracán de ruidos de masticaciones y de manchas de grasa; que una conversación puede muy bien no parecerse a una pelea de perros; que dar la precedencia a una mujer es señal de fuerza y no, como había creído, de debilidad; que de un interlocutor puede lograrse más si se le dice: «no he explicado bien», en lugar de «no ha entendido usted un cuerno», y que adoptando semejantes astucias, alimentos y argumentos, mujeres e interlocutores redundan en beneficio de quien los ha tratado bien.

Sería osado afirmar que don Calogero se aprovechara inmediatamente de cuanto había aprendido. De entonces en adelante supo afeitarse un poco mejor y asustarse menos de la cantidad de jabón empleada en la colada, y nada más. Pero desde ese momento se inició en él y los suyos ese constante refinamiento de una clase que en el curso de tres generaciones transforma inocentes palurdos en caballeros indefensos.

La primera visita de Angélica a la familia Salina, como novia, se había llevado a cabo bajo una dirección escénica impecable. La actitud de la joven había sido perfecta hasta el punto que parecía sugerida palabra por palabra por Tancredi; pero las lentas comunicaciones de la época hacían insostenible esta posibilidad y hubo que recurrir a una hipótesis: a la de sugerencias anteriores al noviazgo oficial: hipótesis arriesgada incluso para quien mejor conociese la previsión del principio, pero no del todo absurda. Angélica llegó a las seis de la tarde, vestida de blanco y rosa; las espesas trenzas negras sombreadas por una gran pamela todavía estival sobre la cual unos racimos de uvas artificiales y espigas doradas evocaban discretamente los viñedos de Gibildolce y los graneros de Settesoli. En el salón de entrada dejó al padre, con el revuelo de la amplia falda subió ligera los no pocos peldaños de la escalera interior y se lanzó en brazos de don Fabrizio: le dio, en las patillas, dos buenos besos que fueron canjeados con genuino afecto. Acaso el príncipe se demoró un instante más del necesario en aspirar el olor a gardenia de las mejillas adolescentes. Después de lo cual Angélica enrojeció y retrocedió medio paso:

—Soy tan, tan feliz...

Se acercó de nuevo y, levantándose sobre las puntas de sus zapatitos, le suspiró al oído:

—¡Tiazo!

Felicísimo *gag* escenográfico incluso comparable en eficacia con el cochecito para niños de Eisenstein, y que explícito y secreto como era, extasió el sencillo corazón del príncipe y lo unció definitivamente a la hermosa muchacha[1]. Don Calogero subía mientras tanto la escalera dicien-

---

[1] La comparación entre la coquetería de Angélica y la famosa secuencia del *El acorazado Potëmkin* ha suscitado perplejidad en algunos lectores (Sciascia, en el escrito citado, acusa a Lampedusa de leer como *gag* irónico

do cuánto lamentaba su mujer no poder estar allí, pero el día anterior por la tarde había resbalado en casa y se había ocasionado una torcedura en el pie izquierdo, muy dolorosa.

—Tiene el tobillo como una berenjena, príncipe.

Don Fabrizio regocijado por la caricia verbal, y a quien por otra parte las reivindicaciones de Tumeo habían tranquilizado sobre la inocuidad de su propia cortesía, quiso tener el placer de ir él mismo inmediatamente a ver a la señora Sedàra, propuesta que aterrorizó a don Calogero que se vio obligado, para rechazarla, a endosar otra enfermedad a su consorte, una jaqueca esta vez, que obligaba a la pobrecilla a estar a oscuras.

Mientras tanto el príncipe daba el brazo a Angélica. Se atravesaron muchos salones casi a oscuras, vagamente iluminados por lámparas de aceite que permitían encontrar con dificultad el camino. Sin embargo, al fondo de la perspectiva de las salas resplandecía el «salón de Leopoldo», donde se hallaba el resto de la familia, y este avance a través de la oscuridad desierta hacia el claro centro de la intimidad tenía el ritmo de una iniciación masónica.

La familia se apelotonaba a la puerta: la princesa había retirado sus propias reservas ante la ira marital, que las había no es suficiente decir rechazado, sino fulminado en la nada. Besó repetidamente a la bella futura sobrina y la abrazó con tal fuerza que en la piel de la joven quedó impreso el contorno del famoso collar de rubíes de los Salina que Maria Stella se había puesto, aunque era de día, como se-

lo que en Eisenstein es «trágica síntesis»). Sin embargo, aquí Lampedusa parece aludir no al significado que la secuencia tiene en la película, sino al artificio retórico del director. Lo «cómico» del cochecito consiste en que es «explícito y secreto» al mismo tiempo, explícito para el espectador, secreto para cualquier otro personaje de la secuencia en cuestión. La palabra que Angélica pronuncia al oído del Príncipe es explícita para él (y no sólo coincide con el «Tiazo» —*Zione*— con que suele apostrofarle Tancredi, sino que le recuerda también el «Principón» —*Principone*— de Mariannina), y secreta para cualquier otro personaje presente. Lo que, en suma, el autor quiere expresar es la malicia de Angélica, su consumada habilidad de farsante, hiperbólicamente comparada con la suprema habilidad retórica de un director como Eisenstein. Que indirectamente Lampedusa demuestre apreciar, de la película, más las figuras de lenguaje y estilo que el mensaje ideológico, esto no parece ningún crimen.

ñal de fiesta importante. Francesco Paolo, el muchacho de dieciséis años, se sintió contento de tener la posibilidad excepcional de besar también a Angélica bajo la mirada impotentemente celosa del padre. Concetta se mostró particularmente afectuosa: su alegría era tan intensa como para hacerle brotar lágrimas en los ojos. Las otras hermanas se apretujaban en torno a ella con ruidosa alegría precisamente porque no estaban conmovidas. El padre Pirrone, que santamente no era insensible a la fascinación femenina en la que se complacía en advertir una prueba innegable de la bondad divina, sintió que desaparecían todos sus peros ante la suavidad de la gracia —con g minúscula—, y le murmuró: *Veni, sponsa de Libano* [2]. (Luego hubo de contenerse un poco para que no acudieran a su memoria otros versículos más calurosos.) Mademoiselle Dombreuil, como correspondía a una institutriz, lloraba de emoción, apretaba entre sus manos desilusionadas los hombros florecientes de la joven, diciendo:

—*Angelicá, Angelicá, pensons à la joie de Tancrède.*

Únicamente «Bendicò», en contraste con su acostumbrada sociabilidad, refugiado bajo una consola, gruñía por lo bajo, hasta que fue enérgicamente obligado a ser correcto por un Francesco Paolo indignado a quien, todavía, le temblaban los labios.

Veinticuatro de los cuarenta y ocho brazos de la lámpara tenían una vela encendida, y cada una de éstas, cándida y ardiente a la vez, podía parecer una virgen que se fundiera de amor. Las flores bicolores de Murano sobre su tallo de curvado cristal miraban hacia abajo, admirando a la que entraba y le devolvían una sonrisa cambiante y frágil. La gran chimenea había sido encendida más en señal de júbilo que para calentar el ambiente todavía tibio, y la luz de las llamas palpitaba sobre el pavimento, liberando intermitentes resplandores de los dorados del mobiliario: ella representaba realmente el hogar doméstico, el símbolo de la casa, y en ella los tizones aludían a chispas de deseo y las brasas a contenidos ardores.

---

[2] Es un verso del «Cantar de los Cantares».

La princesa, que poseía en grado eminente la facultad de reducir las emociones al mínimo común denominador, contó sublimes episodios de la niñez de Tancredi, y tanto insistió sobre éstos, que realmente se hubiera podido creer que Angelica había de considerarse afortunada por casarse con un hombre que a los seis años había sido tan razonable como para someterse a las lavativas indispensables sin armar escándalos, y a los doce tan audaz como para haberse atrevido a robar un puñado de cerezas. Mientras se recordaba este episodio de bandidismo temerario, Concetta se echó a reír y:

—Éste es un vicio que Tancredi no se ha podido quitar todavía —dijo—. ¿Recuerdas, papá, que hace dos meses se te llevó los melocotones que tenías en tanta estima?

Y luego se ensombreció de repente como si hubiera sido presidenta de una sociedad de fruticultura damnificada.

Pronto la voz de don Fabrizio arrojó a las sombras estas tonterías. Habló del Tancredi actual, del joven despabilado y atento, siempre dispuesto a una de esas salidas que cautivaban a quienes lo querían y exasperaban a los demás. Contó que durante una estancia en Nápoles, presentado a la duquesa de Sanloquesea, ésta había sido presa de una pasión por él, y quería verlo en su casa mañana, tarde y noche, no importa si se encontraba en el salón o en la cama, porque, decía ella, nadie sabía contar los *petit riens* como él. Y aunque don Fabrizio se apresurase a concretar añadiendo que entonces Tancredi no tenía aún dieciséis años y la duquesa había cumplido más de cincuenta, los ojos de Angélica relampaguearon, porque ella poseía precisas informaciones sobre jovencitos palermitanos y fuertes intuiciones con respecto a las duquesas napolitanas.

Si por esa actitud de Angélica se dedujera que amaba a Tancredi, nos equivocaríamos: poseía demasiado orgullo y excesiva ambición para ser capaz de esta anulación, provisional, de su personalidad, sin la cual no hay amor. Además su juvenil experiencia no le permitía todavía apreciar las reales cualidades de él, compuestas todas de sutiles matices. Pero, con todo y no amándolo, ella estaba entonces enamorada de él, lo que es muy distinto: los ojos azules, la afectuosidad burlona, ciertos tonos repentinamente graves de su voz le causaban, incluso en el recuerdo, una turbación precisa, y en aquellos días no deseaba otra cosa que ser doblegada por aquellas manos, y una vez doblegada las olvidaría y sustituiría por otras, como en efecto sucedió, pero por el momento ser deseada por él le complacía. Por lo tanto la revelación de aquella posible relación galante —que era, por lo demás, inexistente— le causó un acceso del más absurdo de los azotes, los celos retrospectivos, acceso pronto disipado, no obstante, por un frío examen de las ventajas eróticas y no eróticas que le proporcionaba su matrimonio con Tancredi.

Don Fabrizio continuaba exaltando a Tancredi. Impulsado por el afecto hablaba de él como de un Mirabeau:

—Comenzó pronto y comenzó bien —decía—, llegará muy lejos.

La tersa frente de Angélica se inclinaba asintiendo. En realidad no pensaba en el porvenir político de Tancredi. Era una de esas numerosas jóvenes que consideran los acontecimientos públicos como si se desarrollaran en un universo aparte, y no imaginaba ni siquiera que un discurso de Cavour* pudiese, con el tiempo, a través de mil diminutos engranajes, influir sobre su vida y cambiarla. Pensaba en siciliano:

«Nosotros tenemos el trigo y esto nos basta, lo demás nos importa un rábano.»

Ingenuidad juvenil ésta, que luego debía ella descartar radicalmente cuando, en el transcurso de los años, se convirtió en una de las más viperinas Egerias de Montecitorio y de la Consulta[3].

—Y además, Angélica, no sabes aún lo divertido que es Tancredi. Lo sabe todo y de todo toma siempre un aspecto imprevisto. Cuando se está con él, cuando está en vena, el mundo parece mucho más divertido que nunca, y a veces hasta más serio.

---

* Primer ministro de Víctor Manuel II.

[3] Organismos gubernativos.

Que Tancredi fuese divertido, era cosa que Angélica ya sabía, que fuese capaz de revelar mundos nuevos, no sólo lo esperaba, sino que tenía motivos para sospecharlo desde el 25 de septiembre pasado, día del famoso pero no único beso oficialmente comprobado, al amparo del desleal seto de laureles, que había sido efectivamente mucho más sutil y sabroso, enteramente distinto de aquel que fue considerado su único otro ejemplar, el regalado por el chicuelo del jardinero de Poggio en Cajano, hacía más de un año. Pero a Angélica le importaban poco los rasgos de agudeza, la inteligencia, incluso, del novio, mucho menos de todos modos de cuanto le importaban estas cosas a aquel buen don Fabrizio, tan bueno realmente, pero también tan «intelectual». En Tancredi veía ella la posibilidad de ocupar un lugar elevado en el mundo noble de Sicilia, mundo que ella consideraba lleno de maravillas muy diferentes de las que en realidad contenía, y en él deseaba también un buen compañero de abrazos. Si por añadidura era espiritualmente superior, tanto mejor, pero no le importaba demasiado. Siempre podía divertirse. Además éstos eran pensamientos para el futuro. Por el momento, por espiritual o memo que fuera, hubiese querido tenerlo allí, acariciándole la nuca bajo las trenzas, como había hecho una vez.

—¡Dios mío, cómo me gustaría que estuviese entre nosotros! —exclamación que conmovió a todos, fuera por la evi-evidente sinceridad como por la ignorancia en que quedaron de sus motivos y que concluyó la felicísima primera visita. Efectivamente, poco después Angelica y su padre se despidieron. Precedidos por un mozo de cuadra con una linterna encendida que con el oro incierto de su luz incendiaba el rojo de las hojas caídas de los plátanos, padre e hija regresaron a su casa, cuya entrada había sido vedada a Peppe Mmerda por los *lupare* que le hicieron polvo los riñones.

Una costumbre que había reanudado don Fabrizio, ya serenado, era la de la lectura por la tarde. En otoño, después del rosario, como era demasiado oscuro para salir, la familia se reunía en torno a la chimenea esperando la hora de la cena y el príncipe, de pie, leía a los suyos las entregas de una novela moderna, y trascendía digna benevolencia por cada uno de sus poros.

Justamente aquellos eran los años durante los cuales, a través de las novelas, se iban formando esos mitos literarios que todavía hoy dominan las mentes europeas. Pero Sicilia, en parte por su tradicional impermeabilidad a lo nuevo, y en parte por su difuso desconocimiento de cualquier lengua, y en parte también, hay que decirlo, por la vejatoria censura borbónica que actuaba por medio de las aduanas, ignoraba la existencia de Dickens, de «George Eliot», de la «Sand» y de Flaubert, incluso la de Dumas. Bien es verdad que un par de volúmenes de Balzac habían llegado subrepticiamente a las manos de don Fabrizio, que tomó sobre sí la carga de censor familiar. Los había leído y prestado luego, disgustado, a un amigo a quien deseaba el mal, diciendo que eran el fruto de un ingenio sin duda vigoroso pero extravagante y «con una idea fija» —hoy lo habríamos llamado monomaniaco—: juicio apresurado, como puede verse, no privado, por otra parte, de cierta grandeza. El nivel de las lecturas era, por lo tanto, más bien bajo, condicionado como estaba por el respeto a los pudores virginales de las jovencitas, por los escrúpulos religiosos de la princesa, y por el mismo sentido de dignidad del príncipe, que se habría negado enérgicamente a dejar oír «porquerías» a sus familiares reunidos.

Era hacia el 10 de noviembre y también a fines de la estancia en Donnafugata. Llovía mucho y soplaba un mistral húmedo que lanzaba rabiosas ráfagas de lluvia sobre los cristales de las ventanas. Lejos se oía un retumbar de truenos. De vez en cuando algunas gotas lograban abrirse camino y penetrar en los ingenuos humeros sicilianos, chirriaban un instante sobre el fuego y salpicaban de negro los ardientes tizones de olivo. Leíase *Angiola Maria*[4] y

---

[4] Es el título de una novela de Giulio Carcano (1812-1884), publicada en 1839. Desarrolla el tema romántico de un amor obstaculizado, hasta el sacrificio final de la protagonista, por las diferencias sociales. El moralismo superficial del autor es mucho menos inquietante y, por lo tanto, mucho más aceptable para la familia del Príncipe, que el implacable de-

aquella noche habían llegado a las últimas páginas: la descripción del espantoso viaje de la jovencita a través de la helada Lombardía invernal hacía tiritar el corazón siciliano de las señoritas, incluso arrellanadas en sus tibios butacones. De pronto se oyó un gran ruido en la estancia vecina, y Mimí, el criado, entró sin resuello:

—¡Excelencia! —gritó, olvidando todo estilo—, ¡excelencia, ha llegado el señorito Tancredi! Está en el patio haciendo descargar del coche las maletas. ¡Santa Madre del cielo, con este tiempo!

Y salió.

La sorpresa arrebató a Concetta hacia un tiempo que no correspondía al real, y exclamó:

—¡Querido!

Pero el mismo sonido de su voz la devolvió al desconsolador presente y, como es fácil comprender, este brusco traspaso de una temporalidad segregada y calurosa a otra evidente pero helada, le hizo mucho daño. Por fortuna la exclamación, sumida en la emoción general, no fue oída.

Precedidos por las zancadas de don Fabrizio todos se precipitaron a la escalera. Atravesáronse apresuradamente los oscuros salones, se bajaron las escaleras. El portón estaba abierto sobre el peldaño exterior y abajo sobre el patio. El viento irrumpía y hacía estremecer los lienzos de los retratos lanzando por delante humedad y olor a tierra. En el fondo del cielo relampagueante los árboles del jardín se debatían y crujían como la seda al arrugarse. Don Fabrizio iba a dirigirse a la puerta cuando en el último escalón apareció una masa informe y pesada: era Tancredi envuelto en la enorme capa azul de la caballería piamontesa, tan empapada de agua, que debía de pesar cien kilos y parecía negra.

—¡Cuidado, tiazo! No me toques, estoy hecho una esponja.

La luz del fanal de la sala dejó entrever su rostro. Entró, soltó la cadenilla que sostenía la capa al cuello, dejó caer el indumento que dio en tierra con un rumor viscoso. Olía

senmascaramiento del corazón humano llevado a cabo por Balzac en sus novelas.

a perro mojado y hacía tres días que no se había quitado las botas, pero era él. Para don Fabrizio que lo abrazaba, el muchacho más querido que sus propios hijos, para Maria Stella el querido sobrino pérfidamente calumniado, para el padre Pirrone la oveja siempre perdida y recobrada, para Concetta un amado fantasma que se parecía a su amor perdido. También mademoiselle Dombreuil lo besó con boca desacostumbrada a las caricias y gritaba la pobrecilla:

—*Tancrède, Tancrède, pensons à la joie d'Angelicá* —tan pocas cuerdas tenía su arco, siempre obligada a imaginarse las alegrías de los demás.

También «Bendicò» volvía a hallar a su querido compañero de juegos, aquel que como nadie sabía soplarle en el hocico a través del puño, pero, caninamente, demostraba su entusiasno galopando frenético en torno a la sala y no preocupándose del amado.

Realmente fue un momento conmovedor el de reagruparse la familia en torno al joven que regresaba, tanto más querido cuanto que no era de la familia, tanto más alegre cuanto que venía a buscar el amor junto con un sentido de perenne seguridad. Momento conmovedor, pero también largo. Cuando las primeras impetuosidades se hubieron calmado, don Fabrizio se dio cuenta de que en el umbral de la puerta había otras dos figuras, también chorreantes y sonrientes. Tancredi lo advirtió asimismo y sonrió.

—Perdónenme todos, pero la emoción me ha hecho perder la cabeza. Tía —dijo, volviéndose a la princesa—, me he permitido traer conmigo a un amigo muy querido, el conde Carlo Cavriaghi. Además lo conoces, vino muchas veces a la villa cuando estaba de servicio con el general. Aquel otro es el lancero Moroni, mi asistente.

El soldado sonreía con una cara obtusamente honesta y permanecía en posición de «firme» mientras del grueso paño del capote el agua goteaba sobre el pavimento. El conde no estaba en actitud militar; habíase quitado el gorro empapado y deforme y besaba la mano de la princesa y deslumbraba a las chicas con el bigotillo rubio y la insuprimible erre suave.

—¡Y pensar que me habían dicho que aquí no llovía nunca! ¡Santo Dios, llevamos dos días como si estuviéramos metidos en el mar! —después se puso serio—. Pero, en resumen, Falconeri, ¿dónde está la señorita Angélica? Me has traído desde Nápoles hasta aquí para que la viese. Veo a muchas chicas guapas, pero no a ella —dirigióse a don Fabrizio—. Según él, príncipe, es la reina de Saba. Vayamos enseguida a reverenciar a la *formosissima et nigérrima*. ¡Muévete, cabezón!

Hablaba así y transportaba el lenguaje de las mesas de oficiales al austero salón con su doble hilera de antepasados armados y engalanados y todos se divertían con ello. Pero don Fabrizio y Tancredi no se chupaban el dedo: conocían a don Calogero, conocían a la Bella Bestia de su mujer, el increíble descuido de la casa de aquel ricachón, cosas éstas que la cándida Lombardía ignoraba.

Don Fabrizio intervino:

—Conde, creía usted que en Sicilia no llovía nunca y, en cambio, puede ver cómo diluvia. No quisiera que creyese que en Sicilia no hay pulmonías y luego se encontrara metido en la cama con cuarenta grados de fiebre. Mimí —dijo a su criado—, enciende la chimenea en la habitación del señorito Tancredi y en la verde destinada a los forasteros. Prepara una habitación para el asistente. Y usted, conde, vaya a secarse y a cambiarse de ropa. Haré que le sirvan un ponche y bizcochos. La cena es a las ocho, dentro de dos horas.

Hacía demasiados meses que Cavriaghi estaba habituado al servicio militar para no someterse inmediatamente a la voz autoritaria. Saludó y siguió mohíno al criado. Moroni arrastró detrás los equipajes militares y los corvos sables en sus fundas de franela verde.

Mientras tanto Tancredi escribía:

«Queridísima Angélica: he llegado, y he venido por ti. Estoy enamorado como un gato, pero también mojado como una rana, sucio como un perro perdido, y hambriento como un lobo. Apenas me haya limpiado y me considere digno de dejarme ver por la hermosa entre las hermosas, me precipitaré a tu encuentro: dentro de dos horas. Mis saludos a tus padres. A ti... nada, por ahora.»

El texto fue sometido a la aprobación del príncipe. Éste

que había sido siempre un admirador del estilo epistolar de Tancredi, rió, y lo aprobó plenamente. Donna Bastiana tendría tiempo para inventarse una nueva enfermedad, y el billete fue enviado a toda prisa.

Tal era la intensidad de la alegría general que bastó un cuarto de hora para que los jóvenes se secaran y arreglasen, cambiasen de uniforme y se encontraran en el «Leopoldo» en torno a la chimenea, bebiendo té y coñac y dejándose admirar. En aquellos tiempos no había nada menos militar que las familias aristocráticas sicilianas. Nunca se habían visto oficiales borbónicos en los salones palermitanos y los pocos garibaldinos que habían entrado en ellos daban más la sensación de pintorescos espantapájaros que de militares auténticos. Por eso aquellos dos jóvenes oficiales eran realmente los primeros que las chicas Salina veían de cerca. Los dos con guerrera cruzada; Tancredi con los botones de plata de los lanceros; Carlo con los dorados de los *bersaglieri,* con el alto cuello de terciopelo negro bordado en naranja el primero, y carmesí el otro, estiraban hacia las brasas las piernas vestidas de paño azul y paño negro. En las mangas las «flores» de plata o de oro deshacíanse en volutas y desanudábanse en ringorrangos. Un encanto para aquellas muchachas acostumbradas a severos redingotes y fúnebres fraques. La edificante novela yacía de cualquier modo detrás de una butaca.

Don Fabrizio no comprendía del todo: los recordaba a los dos rojos como cangrejos y descuidados.

—¿De modo que vosotros los garibaldinos no lleváis la camisa roja?

Los dos se volvieron como si les hubiese mordido una víbora.

—¡Déjate de garibaldinos, tiazo! Lo hemos sido y ya está bien. Cavriaghi y yo, a Dios gracias, somos oficiales del ejército regular de Su Majestad, el rey de Cerdeña por unos meses todavía, pero de Italia dentro de poco. Cuando se disolvió el ejército de Garibaldi se podía elegir entre irse a casa o quedarse en el ejército del rey. Él y yo, como tantos otros, ingresamos en el ejército *verdadero* . Con aquéllos ya no se podía estar, ¿verdad, Cavriaghi?

—¡Dios mío, qué gentuza! Hombres para golpes de mano, buenos para andar a tiros y basta. Ahora estamos entre gente digna, somos oficiales en serio.

Y levantaba el bigote en una mueca de adolescente disgusto.

—Nos han rebajado un grado, ¿sabes, tiazo? En tan poca estima tenían la seriedad de nuestras aptitudes militares. Yo, de capitán, he descendido a teniente, ya lo ves —y mostraba las dos estrellitas de las hombreras—. Él, de teniente ha pasado a subteniente. Pero estamos tan contentos como si hubiésemos ascendido. Ahora, con nuestros uniformes, somos respetados de otra manera.

—¡Ya lo creo! —interrumpió Cavriaghi—. Ahora la gente ya no tiene miedo de que le robemos las gallinas.

—Tenían que vernos desde Palermo aquí, cuando nos deteníamos en las paradas de posta para el cambio de caballos. Bastaba decir: «órdenes urgentes para el servicio de Su Majestad», y aparecían los caballos como por encanto. Y nosotros mostrábamos las órdenes que eran por cierto las cuentas de la posada de Nápoles, bien dobladas y selladas. Agotada la conversación sobre cambios militares, se pasó a más gratos temas. Concetta y Cavriaghi se habían sentado juntos un poco apartados y el condesito le mostraba el regalo que le había traído de Nápoles: los *Cantos* de Aleardo Aleardi que había hecho encuadernar magníficamente. Sobre el azul oscuro de la piel una corona de príncipe profundamente grabada y debajo las iniciales de ella *C. C. S.* Más abajo aún, caracteres grandes y vagamente góticos decían *Siempre sorda*. Concetta, divertida, reía.

—¿Por qué sorda, conde? C. C. S. oye muy bien.

El rostro del condesito se inflamó de juvenil pasión.

—Sorda, sí, sorda, señorita, sorda a mis suspiros, sorda a mis gemidos, y ciega también, ciega a las súplicas que le dirigen mis ojos. ¡Si supiera usted cuánto he sufrido en Palermo cuando ustedes vinieron aquí: ni siquiera un saludo, ni siquiera un ademán mientras el coche desaparecía en el camino. ¿Y quiere que no la llame sorda? Debiera haberle escrito cruel.

Su excitación literaria se heló ante la reserva de la joven.

—Usted está todavía cansado por el largo viaje, y tiene los nervios desquiciados. Cálmese. Es mejor que me lea alguna poesía.

Mientras el *bersagliere* leía los delicados versos con voz emocionada y pausas llenas de desconsuelo, Tancredi, ante la chimenea, se sacaba del bolsillo un estuchito de color azul celeste.

—Éste es el anillo, tiazo, el anillo que regalo a Angélica, o mejor dicho el que tú, por mi mano, le regalas.

Hizo saltar el cierre y apareció un zafiro oscurísimo, tallado en forma de octógono aplastado, ceñido por una multitud de pequeños y purísimos brillantes. Una joya un poco tétrica, pero de acuerdo con el gusto cementerial de la época, y que valía evidentemente las doscientas onzas enviadas por don Fabrizio. En realidad había costado bastante menos: en aquellos meses de semisaqueo y de fugas, se encontraban en Nápoles hermosas joyas de ocasión. De la diferencia de precio había surgido un alfiler, un recuerdo para la Schwarzwald. También Concetta y Cavriaghi fueron llamados para admirarlo, pero no se movieron porque el condesito lo había ya visto y porque Concetta se reservó aquel placer para más tarde. El anillo pasó de mano en mano, fue admirado y elogiado, y se exaltó el previsto buen gusto de Tancredi. Don Fabrizio preguntó:

—¿Cómo te las arreglarás para la medida? Habrá que mandar el anillo a Girgenti para que lo ajusten.

Los ojos de Tancredi brillaron maliciosos.

—No es necesario, tío. La medida es exacta. Se la tomé antes.

Y don Fabrizio calló. Reconocía un maestro.

El estuchito había dado ya la vuelta en torno a la chimenea y vuelto a las manos de Tancredi, cuando tras la puerta se oyó un suave:

—¿Se puede?

Era Angélica. En la prisa y la emoción no había encontrado nada mejor para protegerse de la lluvia que un *scappolare,* uno de esos inmensos capotes de campesino, de paño tosco. Envuelto en los rígidos pliegues azul oscuro su cuerpo parecía esbeltísimo. Bajo el capuchón empapado los ojos verdes estaban ansiosos y extraviados. Hablaban de voluptuosidad.

Ante aquel espectáculo, ante aquel contraste entre la belleza de la persona y la tosquedad del hábito, Tancredi experimentó como un latigazo. Se levantó, corrió hacia ella sin decir palabra y la besó en la boca. El estuche que tenía en la mano derecha cosquilleaba su nuca inclinada hacia atrás. Hizo saltar el muelle, tomó el anillo y se lo puso en el dedo anular. El estuche cayó al suelo.

—Toma, guapa, es para ti de tu Tancredi —se despertó su ironía—. Y dale también al tío las gracias por esto. Luego volvió a besarla. El ansia sensual le hacía temblar: el salón, los reunidos les parecían muy lejanos, y a él le pareció realmente que con aquellos besos tomaba posesión de Sicilia, de la tierra hermosa e infiel que los Falconeri habían poseído durante siglos y que ahora, después de una inútil revuelta, se rendía de nuevo a él, como siempre a los suyos, hecha de delicias carnales y de doradas cosechas.

Como consecuencia de la llegada de los bien venidos huéspedes el regreso a Palermo había sido aplazado y se sucedieron dos semanas llenas de encanto. El temporal que había acompañado el viaje de los dos oficiales fue el último de una serie y después de él resplandeció el veranillo de San Martín que es la verdadera estación de voluptuosidad en Sicilia: días luminosos y azules, oasis de apacibilidad en el paso áspero de las estaciones, que con la pereza persuade y descarría los sentidos, mientras la tibieza invita a la desnudez secreta. Ni hablar de desnudeces eróticas en el palacio de Donnafugata, pero había en él mucha exaltada sensualidad tanto más acre cuanto más retenida. El palacio de los Salina había sido ochenta años antes un refugio para aquellos oscuros placeres en los que se había complacido el agonizante siglo XVIII, pero la severa regencia de la princesa Carolina, la neorreligiosidad de la Restauración, el carácter sólo ligeramente inquieto del actual don Fabrizio habían hecho incluso olvidar sus pasadas extravagancias. Los diablillos empolvados habían sido puestos en fuga. Bien es verdad que existían aún, pero en estado de larvas, e hibernaban bajo montones de polvo quién sabe en qué desván del desmesurado edificio. La entrada de la bella Angélica en el palacio había hecho revivir un poco aquellas larvas, como quizá se recuerde. Pero la llegada de los jovencitos enamorados fue la que despertó realmente los instintos escondidos en la casa. Mostrábanse ahora por todas partes como hormigas a las que ha despertado el sol, no tan malévolos, pero llenos de vitalidad. La arquitectura, la misma decoración rococó, con sus curvas imprevistas evocaban caderas recostadas y senos erectos. Cada puerta, cuando se abría, crujía como una cortina de alcoba.

Cavriaghi estaba enamorado de Concetta, pero como era un chiquillo, y no sólo en el aspecto como Tancredi, sino en su misma intimidad, su amor se desahogaba en los fáciles ritmos de Prati y de Aleardi, en soñar raptos al claro de la luna, de los cuales no se arriesgaba a meditar las lógicas consecuencias y que, por lo demás, la sordera de Concetta aplastaba en embrión. No se sabe si en la reclusión de su cuarto verde no se entregaba él a un más concreto anhelo. Cierto es que en la escenografía galante de aquel otoño donnafugasco él contribuía sólo como el bocetador de nubes y horizontes evanescentes y no como ideador de masas arquitectónicas. En cambio, las dos jóvenes, Carolina y Caterina, tenían también su buena parte en la sinfonía de los deseos que en aquel noviembre recorría todo el palacio y se mezclaba con el murmullo de las fuentes, con el patear de los caballos en celo en las cuadras y el tenaz excavar de nidos nupciales por parte de las carcomas en los viejos muebles. Ambas eran jovencísimas y bellas y, aunque sin enamorados particulares, se encontraban envueltas en la corriente de estímulos que emanaba de los demás, y a menudo el beso que Concetta negaba a Cavriaghi, el abrazo de Angélica que no había saciado a Tancredi, reverberaba en ellas, rozaba sus cuerpos intactos, y se soñaba con ellas, y ellas mismas soñaban cabellos húmedos de ardientes sudores, gemidos breves. Hasta la infeliz medemoiselle Dombreuil a fuerza de tener que funcionar como pararrayos, lo mismo que los psiquiatras se contagian y sucumben al frenesí de sus enfermos, fue atraída por aquel vórtice turbio y risueño. Cuando después de un día de persecuciones y acechos moralísticos, se tendía sobre el lecho solitario, palpaba sus pechos marchitos y murmuraba confusas invocaciones a Tancredi, a Carlo, a Fabrizio...

Centro y motor de esta exaltación sensual era, naturalmente, la pareja Tancredi-Angélica. Las bodas seguras, aunque no cercanas, extendían anticipadamente su sombra tranquilizadora sobre la tierra ardiente de sus mutuos deseos. La diferencia de linajes hacía creer a don Calogero normales en la nobleza los largos coloquios celebrados aparte, y a la princesa Maria Stella habituales en el ambiente de los Sedàra la frecuencia de las visitas de Angélica y cierta libertad de actitudes que ella no habría encontrado lícita en sus propias hijas. Y así las visitas de Angélica al palacio se hicieron cada vez más frecuentes, si no casi perpetuas, y acabó por ser acompañada sólo aparentemente por el padre, que se dirigía inmediatamente al despacho para descubrir o tejer ocultas tramas, o por la doncella que desaparecía en la despensa para tomar café y entristecer a los domésticos desventurados.

Tancredi quería que Angélica conociera todo el palacio en su complejo inextricable de habitaciones, salones de respeto, cocinas, capillas, teatros, galería de pinturas, cocheras que olían a cuero, establos, bochornosos invernaderos, pasajes, escalerillas, pequeñas terrazas y pórticos y, sobre todo, de una serie de apartamentos abandonados y deshabitados desde hacía muchos años y que formaban un misterioso e intrincado laberinto. Tancredi no se daba cuenta —o acaso se la daba muy bien— que arrastraba a la muchacha hacia el centro escondido del ciclón sensual, y Angélica en aquel tiempo quería lo que Tancredi decidía. Las correrías a través del casi ilimitado edificio eran interminables. Se partía como hacia una tierra incógnita, e incógnita era realmente porque en muchos de aquellos apartamentos o recovecos ni siquiera don Fabrizio había puesto nunca los pies, lo que por lo demás era para él un motivo de gran satisfacción, porque solía decir que un palacio del que se conocían todas las habitaciones no era digno de ser habitado. Los dos enamorados se embarcaban hacia Citeres [5] en una nave hecha de habitaciones oscuras y cámaras soleadas, de ambientes lujosos o miserables, vacíos o llenos de desechos de mobiliario heterogéneo. Partían acompañados por Cavriaghi o mademoiselle Dombreuil —el padre Pirrone, con la sagacidad de su orden, se negó siempre a hacerlo— y a veces por los dos: las apariencias quedaban a salvo. Pero en el palacio de Donnafugata no era difícil desviar a quien quisiera seguirles: bastaba enfilar un corredor —los había larguísimos, estrechos y tortuosos, con ventanucos enrejados, que no podían recorrerse sin angustia—, volver por un pasillo, subir una escalerilla cómplice, y los dos jóvenes quedaban lejos, invisibles, solos como en una isla desierta. Los contemplaba únicamente un descolorido retrato al pastel que la inexperiencia del pintor había creado ciego, o sobre un techo casi borrado una pastorcilla inmediatamente consentidora. Por lo demás, Cavriaghi se cansaba enseguida y apenas encontraba en su camino un lugar conocido o una escalera que descendía al jardín, se escabullía, tanto para complacer a su amigo, como para ir a suspirar contemplando las heladas manos de Concetta. La señorita de compañía se resistía más, pero no siempre. Durante algún tiempo se oían cada vez más lejanas sus llamadas nunca respondidas:

—*Tancrède, Angelicá, où êtes-vous?*

Luego todo se quedaba en silencio, punteado solamente por el galope de las ratas sobre los techos, por el crujido de una carta centenaria olvidada que el viento arrastraba por el suelo: pretextos para deseados miedos, para la unión tranquilizadora de un abrazo. Y el deseo estaba siempre con ellos, malicioso y tenaz; el juego en que arrastraba a los novios estaba lleno de hechizos y azares. Los dos muy cerca aún de la infancia gustaban del placer del juego, gozaban persiguiéndose, perdiéndose y encontrándose. Pero cuando se habían alcanzado, sus sentidos aguzados adquirían el dominio y los cinco dedos de él se incrustaban entre

---

[5] Isla consagrada a Venus. Aquí es metáfora de la pasión amorosa. Nótese, sin embargo, la nueva alusión al poema de Baudelaire *Un voyage à Cythère.*

los cinco dedos de ella, en el ademán tan amado por los sensuales indecisos, el suave roce de los pulgares sobre las venas pálidas del dorso trastornaba todo su ser, preludiaba más insinuantes caricias.

Una vez ella se había escondido detrás de un enorme cuadro apoyado en el suelo. Por un momento *Arturo Corbera en el asedio de Antioquía* protegió el miedo esperanzado de la joven, pero cuando fue descubierta, con la sonrisa llena de telarañas y las manos de polvo fue abrazada y estrechada, y tardó una eternidad en decir:

—No, Tancredi, no —negativa que era una invitación porque de hecho él no hacía otra cosa que fijar en los verdes ojos de ella los suyos azules.

Una vez en una mañana luminosa y fría, ella estaba temblando bajo el vestido todavía veraniego. Sobre un diván cubierto de tela hecho jirones, la abrazó para calentarla. El aliento perfumado de la joven agitaba los cabellos de su frente. Fueron momentos extáticos y penosos, durante los cuales el deseo se hacía tormento y el freno, a su vez, delicia.

En los apartamentos abandonados las habitaciones no tenían ni fisonomía precisa ni nombre, y como los descubridores del Nuevo Mundo ellos bautizaban los lugares atravesados, celebrándolos con los nombres de los descubrimientos recíprocos. Un vasto dormitorio en cuya alcoba estaba el espectro de un lecho con baldaquino adornado de esqueletos de plumas de avestruz fue recordado luego como la «cámara de los tormentos»; una escalera de resquebrajados peldaños de pizarra fue llamada por Tancredi la «escalera del resbalón feliz». Más de una vez no supieron realmente dónde estaban: a fuerza de dar vueltas, de regresos, de persecuciones, de largas detenciones llenas de murmullos y de contactos perdían la orientación y debían asomarse a una ventana sin cristales para comprender por el aspecto de un patio, por la perspectiva del jardín en qué ala del palacio se encontraban. Pero a veces no tenían este recurso, porque la ventana daba no sobre uno de los grandes patios, sino sobre un pasaje interior, anónimo también y nunca visto, con la indicación solamente del esqueleto de un gato o la acostumbrada porción de pasta con tomate no se sabe si vomitado o echado allí, y por otra ventana los descubrían los ojos de una criada jubilada. Una tarde descubrieron dentro de un armario cuatro *carillons*, esas cajas de música con las que se deleitaba la afectada ingenuidad del siglo XVIII. Tres de ellas, sumergidas en el polvo y las telarañas, permanecieron mudas. Pero la última, más moderna, mejor encerrada en el estuche de madera oscura, puso en movimiento su cilindro de cobre erizado de puntas, y las lengüetas de acero dejaron de pronto oír una musiquilla grácil, en tonos agudos, argentinos: el famoso *Carnaval de Venecia,* y ellos ritmaron sus besos de acuerdo con esos sonidos de alegría desilusionada, y cuando su abrazo se aflojó se sorprendieron al darse cuenta de que los sones habían cesado hacía rato y que sus expansiones no habían seguido otra huella que la del recuerdo de aquel fantasma de música. Otra vez la sorpresa fue de distinto color. En una estancia de la parte vieja advirtieron una puerta oculta por un armario. La cerradura centenaria cedió pronto a aquellos dedos que gozaban al cruzarse y rozarse para forzarla. Detrás una larga escalera secreta se desarrollaba en suaves curvas con su escalones de mármol rosa. En lo alto una puerta abierta y con un espeso acolchado ya deshecho; y luego un apartamento ajado y extraño, seis pequeñas cámaras en torno a un saloncito de mediano tamaño, todas y el salón mismo, de pavimento de mármol blanquísimo, un poco inclinado hacia un canalillo lateral. Sobre los techos bajos caprichosos estucos coloreados que la humedad afortunadamente había hecho irreconocibles. En las paredes grandes espejos atónitos, colgados demasiado bajos, uno roto de un golpe casi en el centro, todos con los retorcidos candeleros del siglo XVIII. Las ventanas daban sobre el patio recoleto, una especie de pozo ciego y sordo que dejaba entrar una luz gris y en el cual no aparecía ningún otro hueco. En cada habitación y también en el saloncito, amplios, demasiado amplios divanes que mostraban entre el claveteado huellas de una seda arrancada; respaldos manchados; sobre chimeneas, delicadas y complicadas tallas en mármol, desnudos paroxísticos, pero atormentados, mutilados por un martillo rabioso. La humedad había manchado las paredes en lo alto y también acaso abajo, a la altura del hombre, donde había adquirido configuraciones extrañas, insólitos espesores y tintes sombríos. Tancredi, inquieto, no quiso que Angelica tocase un armario de pared del saloncito: lo abrió él mismo. Era muy profundo, pero estaba vacío, a excepción de un rollo de tela sucia, que había en un rincón. Dentro había un manojo de pequeños látigos, de azotes de nervio de buey, algunos con mango de plata, otros forrados hasta la mitad de una graciosa seda muy vieja, blanca y a rayas azules, sobre la cual se descubrían tres hileras de manchas negruzcas: y utensilios metálicos inexplicables. Tancredi tuvo miedo, incluso de sí mismo.

—Vámonos de aquí, querida. No hay nada interesante.

Volvieron a dejar como estaba el armario, cerró bien la puerta y bajaron en silencio la escalera. Durante todo el día los besos de Tancredi fueron muy leves, como dados en sueño y expiación.

A decir verdad, después del Gatopardo, el látigo parecía ser el objeto más frecuente en Donnafugata. Al día siguiente del descubrimiento de aquel apartamento enigmático, los dos enamorados encontraron otro látigo. Éste, en verdad, no estaba en los departamentos ignorados, sino en el venerado, llamado del Santo Duque, donde a mediados del siglo XVI se había retirado un Salina como a un convento privado y había hecho penitencia y dispuesto su itinerario hacia el cielo. Eran habitaciones pequeñas, bajas de techo, con ladrillos de humilde barro y paredes enjalbegadas, semejantes a las de los campesinos más humildes. La última daba sobre un balconcillo desde el que se dominaba la extensión amarilla de feudos y más feudos, todos sumergidos en una luz triste. Sobre una de las paredes un enorme crucifijo, de mayor tamaño que el natural: la cabeza del Dios martirizado tocaba el techo y los sangrantes pies rozaban el suelo, la llaga del costado parecía una boca a la que la brutalidad había impedido pronunciar la palabra de la salvación última. Junto al cadáver divino pendía de un clavo un látigo de mango corto del cual partían seis tiras de cuero ya endurecido, terminadas en seis bolas de plomo gruesas como avellanas. Eran las disciplinas del Santo Duque.

En aquella estancia Giuseppe Corbera, duque de Salina, se fustigaba a solas en presencia de Dios y de su feudo y debía de parecerle que las gotas de su sangre iban a llover sobre las tierras para redimirlas. En su pía exaltación debía de parecerle que sólo mediante este bautismo expiatorio ellas serían realmente suyas, sangre de su sangre, carne de su carne, como suele decirse. Pero los terrones habían desaparecido y muchos de los que desde allí se veían pertenecían a otros, incluso a don Calogero: a don Calogero, es decir a Angélica y, por lo tanto, a su futuro hijo. La evidencia del rescate a través de la belleza, paralelo al otro rescate a través de la sangre, dio a Tancredi una especie de vértigo. Angélica, arrodillada, besaba los pies heridos de Cristo.

—Mira, eres como ese chisme, sirves para lo mismo.

Y mostraba la disciplina, y como Angélica no comprendiera y levantada la cabeza sonríese, bella, pero vacía, se inclinó y tal como estaba, arrodillada, le dio un beso violento que la hizo gemir porque le hirió el labio por dentro.

Los dos pasaban de este modo aquellas jornadas en vagabundeos desvariados, en descubrimientos de infiernos que el amor luego redimía, en descubrimientos de paraísos olvidados que el mismo amor profanaba. El peligro de hacer cesar el juego para cobrar enseguida la apuesta se agudizaba, les urgía a los dos. Por último no buscaban más, pero se iban absortos a las más remotas habitaciones, aquellas desde las cuales ningún grito hubiese podido llegar a nadie, pero allí no hubiera habido gritos, sino súplicas y sollozos ahogados. En cambio ambos permanecían abrazados e inocentes compadeciéndose mutuamente. Las más peligrosas para ellos eran las habitaciones para invitados de la parte vieja: apartadas, mejor cuidadas, cada una con su hermoso lecho y el colchón enrollado al que un manotazo bastaría para dejar extendido... Un día, no el cerebro de Tancredi que en esto no tenía intervención, sino toda su sangre decidió acabar de una vez: aquella mañana Angélica, aquella hermosa canalla que era, le había dicho:

—Soy tu novicia —recordando en la mente de él, con la claridad de una invitación el primer encuentro de deseos que se produjo entre ellos, y ya la mujer despeinada se ofrecía, ya el macho estaba a punto de apartar de sí al hombre cuando el tañido de la gran campana de la iglesia cayó casi a plomo sobre sus cuerpos yacentes, añadiendo su estremecimiento a los demás. Las bocas unidas tuvieron que separarse con una sonrisa. Se recobraron; y al día siguiente Tancredi tenía que marcharse.

Aquéllos fueron los días mejores de la vida de Tancredi y de la de Angélica, vidas que serían luego tan variadas y tan pecaminosas sobre el inevitable fondo de dolor. Pero ellos entonces no lo sabían y perseguían un porvenir que consideraban más concreto, aunque luego resultase estar formado solamente de humo y viento. Cuando se hubieron hecho viejos e inútilmente sabios, sus pensamientos volvían a aquellos días con añoranza insistente: habían sido los días del deseo siempre presente porque siempre vencido, de muchos lechos que se les habían ofrecido y que habían sido rechazados, por el estímulo sensual que precisamente por ser inhibido, por un instante se había sublimado en renuncia, es decir en verdadero amor. Aquellos días fueron la preparación a su matrimonio que, incluso eróticamente, fue malogrado, una preparación, sin embargo, que se configuró como un conjunto en sí mismo, exquisito y breve: como aquellas sinfonías que sobreviven a las óperas olvidadas a que pertenecen y que contienen abocetadas, con su alegría velada de pudor, todas aquellas arias que luego, en la ópera, debían ser desarrolladas sin habilidad y fracasar.

Cuando Angélica y Tancredi regresaban al mundo de los vivos desde su exilio en el universo de los vicios extinguidos, de las virtudes olvidadas y sobre todo del deseo perenne, eran acogidos con afable ironía:

—Estáis locos, muchachos: mira que llenaros de polvo de esa manera. Mira cómo vienes, Tancredi... —sonreía don Fabrizio, y el sobrino iba a hacerse cepillar el traje.

Cavriaghi, sentado a horcajadas en una silla, fumaba compungido un Virginia y miraba al amigo que se lavaba la cara y el cuello y que resoplaba al ver que el agua se ponía negra como el carbón.

—La verdad, Falconeri, la señorita Angélica es la más bella chiquilla que vi jamás, pero esto no te justifica. Santo Dios, os hace falta un poco de freno. Hoy habéis estado solos tres horas. Si estáis tan enamorados casaos enseguida y no hagáis reír a la gente. Debieras haber visto la cara que puso su padre hoy cuando, al salir de la administración, supo que todavía estabais navegando por ese océano de habitaciones. ¡Freno, amigo mío, freno necesitáis, y vosotros los sicilianos tenéis muy pocos!

Pontificaba satisfecho de poder infligir su propia sabiduría al camarada de más edad, al primo de la «sorda» Concetta. Pero Tancredi, mientras se secaba los cabellos estaba furioso: ¡ser acusado de no tener freno, él que había tenido tantos como para poder parar un tren! Por otra parte el buen *bersagliere* tenía su razón: también había que pensar en las apariencias. Pero se había hecho tan moralista por envidia, porque ya se veía claro que su cortejo a Concetta era inútil. Además Angélica: ¡ese suavísimo sabor de sangre despertado hoy cuando le mordió la parte interior del labio! ¡Y ese ceder blandamente bajo el beso! Pero era verdad, no tenía sentido.

—Mañana iremos a visitar la iglesia llevando como escolta al padre Pirrone y a mademoiselle Dombreuil.

Mientras tanto Angélica había ido a cambiarse de ropa en la habitación de las muchachas.

—*Mais Angelicá, est-il Dieu possible de se mettre dans un tel état?* —se indignaba la Dombreuil, mientras la hermosa, en chambra y enaguas, se lavaba los brazos y el cuello. El agua fría le calmaba la excitación, y convenía para sí en que mademoiselle tenía razón: ¿valía la pena de cansarse tanto, de llenarse de polvo de aquella manera, de hacer sonreír a la gente y, además, para qué? Para hacerse mirar a los ojos, para dejarse recorrer por aquellos dedos sutiles, por poco más... Y el labio le dolía todavía.

—Ya basta. Mañana nos quedaremos en el salón con los demás.

Pero al día siguiente aquellos mismos ojos, aquellos mismos dedos readquirían su sortilegio, y los dos reanudaban su insensato juego escondiéndose y mostrándose.

El resultado paradójico de estos propósitos, separados, pero convergentes, era que por la noche a la hora de cenar los dos enamorados estaban más serenos, apoyados sobre ilusorias buenas intenciones para el día siguiente, y se divertían ironizando sobre las manifestaciones amorosas, más pequeñas, de los demás. Concetta había desilusionado a Tancredi: en Nápoles sufrió un cierto remordimiento con respecto a ella y por esto había recurrido a Cavriaghi que esperaba le reemplazase con su prima. También la compasión formaba parte de su previsión. Sutilmente, pero también con afabilidad, astuto como era, llegó casi a aparentar condolerse con ella por su propio abandono, y lanzaba por delante al amigo. Nada: Concetta seguía con sus charlas de colegiala, miraba al sentimental condesito con fríos ojos tras los cuales podía hasta notarse un poco de desprecio. Aquella muchacha era una estúpida: no se lograría nada bueno de ella. En fin, ¿que quería? Cavriaghi era un guapo muchacho, un hombre de buena pasta, poseía un apellido honorable y grandes queserías en Brianza. Era, en suma, lo que con términos expresivos se llama «un buen partido».

Concetta le quería a él, ¿verdad? También él la había querido en otro tiempo: era menos hermosa y también mucho menos rica que Angélica, pero poseía algo que la donnafuguesca no poseería jamás. Pero la vida es una cosa seria ¡qué diablo! Concetta tenía que comprenderlo. Además, ¿por qué había comenzado a tratarlo tan mal? Aquella reconvención en Espíritu Santo y tantas cosas más. El Gatopardo, seguro que la culpa era del Gatopardo, pero también debía de haber límites para este animal soberbio.

—Freno te hace falta, querida prima, freno. Y vosotras las sicilianas tenéis muy pocos.

En cambio, Angélica, en lo más profundo de su ser, le daba la razón a Concetta: a Cavriaghi le faltaba mucha pimienta. Después de haber estado enamorada de Tancredi, casarse con él sería tanto como beber agua después de haber saboreado ese marsala que tenía delante. Bien, Concetta. La comprendía a causa de los precedentes. Pero las otras dos estúpidas, Carolina y Caterina, miraban a Cavriaghi con ojos de besugo y se hacían pura jalea cuando él se acercaba. ¡Vaya! Con la falta de escrúpulos familiares, ella no podía comprender por qué una de las dos no lograba apartar de Concetta al condesito en beneficio propio.

«A esta edad los jóvenes son como perritos: basta sisearlos para que echen a correr detrás de una. Son estúpidas. A fuerza de consideraciones, prohibiciones y soberbias acabarán ya se sabe cómo.»

En el salón, donde después de la cena los hombres se retiraban a fumar, también las conversaciones entre Tancredi y Cavriaghi, los dos únicos fumadores de la casa y por lo tanto los dos únicos exiliados, asumían un tono particular. El subteniente acabó por confesar a su amigo el fracaso de sus esperanzas amorosas.

—Es demasiado bella, demasiado pura para mía, no me quiere. Es una temeridad esperarlo. Me iré de aquí con el puñal de la desesperación clavado en mi pecho. Tampoco me he atrevido a hacerle una proposición concreta. Me doy cuenta de que para ella soy como una lombriz, y es justo que sea así. Tendré que buscar una gusanera que se contente conmigo.

Y sus diecinueve años le hacían reírse de su propia desventura.

Tancredi, desde lo alto de su felicidad aseguraba, trataba de consolarlo:

—Conozco a Concetta desde que nació: es la mejor criatura que existe: un espejo de todas las virtudes. Pero es poco comunicativa, tiene demasiada reserva. Temo que se estime demasiado a sí misma. Además, es siciliana hasta la médula. Jamás ha salido de aquí. No sé si se encontraría a su gusto en Milán, un poblón donde para comerse un plato de macarrones hay que pensarlo una semana antes.

La salida de Tancredi, una de las primeras manifestaciones de la unidad nacional, logró hacer sonreír de nuevo a Cavriaghi. Ni penas ni dolores conseguían detenerse en él.

—¡Pero yo le hubiese proporcionado cajas de macarrones de los vuestros! De todos modos lo hecho hecho está: confío solamente en que tus tíos, que han sido tan buenos para conmigo, no me odien luego por haberme metido entre vosotros por las buenas.

Fue tranquilizado sinceramente porque Cavriaghi había gustado a todos, excepto a Concetta (y, por lo demás, acaso también a Concetta), por el ruidoso buen humor que en él se unía al sentimentalismo más delicado. Y se habló de otra cosa, es decir se habló de Angélica.

—Tú, Falconeri, sí que eres afortunado. Ir a desenterrar una joya como la señorita Angélica en esta porqueriza (perdona, querido). ¡Qué bella es, Dios mío, qué bella! Granuja, que te la llevas y desapareces con ella horas enteras en los rincones más escondidos de esta casa que es tan grande como nuestra catedral. Además, no sólo es bella, sino también inteligente y culta. Y buena por añadidura: se le ve en los ojos su bondad, su ingenuidad inocente.

Cavriaghi continuaba extasiándose ante la bondad de Angélica, bajo la mirada divertida de Tancredi.

—En todo esto el verdaderamente bueno eres tú, Cavriaghi.

—Nos iremos dentro de pocos días —dijo el subteniente—, ¿no te parece que es hora de ser presentado a la madre de la baronesita?

Era la primera vez que, así, con expresión lombarda, Tancredi oía aplicar un título a su amada. Por un momento no comprendió a quién se refería. Luego se rebeló en él el príncipe:

—¿Qué significa esto de baronesita, Cavriaghi? Es una buena y amable muchacha a quien yo quiero y basta.

Que fuera precisamente «basta» no era verdad, pero Tancredi era sincero: con la atávica costumbre familiar de disponer de amplias posesiones le parecía que Gibildolce, Settesoli y los saquitos de tela habían sido suyos desde los tiempos de Carlos de Anjou, desde siempre.

—Lo siento, pero creo que no podrás ver a la madre de Angélica. Mañana se va a Sciacca para una cura termal. Está muy enferma, la pobre.

Aplastó en el cenicero lo que quedaba del Virginia.

—Vamos al salón. Ya hemos hecho bastante el oso.

Uno de aquellos días don Fabrizio había recibido una carta del prefecto de Girgenti, redactada en estilo de extrema cortesía, que le anunciaba la llegada a Donnafugata del caballero Aimone Chevalley de Monterzuolo, secretario de la prefectura, que le expondría algo que interesaba mucho al Gobierno. Don Fabrizio, sorprendido, mandó al día siguiente a su hijo Francesco Paolo a la estación de postas para recibir al *missus dominicus* e invitarlo a que se alojara en el palacio, acto tanto de hospitalidad como de verdadera misericordia, porque consistía en no abandonar el cuerpo del noble piamontés a las mil fierecillas que lo habrían torturado en la posada cueva de tío Ménico.

La diligencia llegó al anochecer con su guardia armada en el pescante y con la escasa carga de caras obtusas. De ella descendió también Chevalley de Monterzuolo, reconocible inmediatamente por su aspecto aterrorizado y la sonrisa de circunstancias. Encontrábase desde hacía un mes en Sicilia, en la parte más bravamente indígena de la isla, adonde había sido llevado directamente desde su propio terruño de Monferrato. De naturaleza tímida y congénitamente burocrática, encontrábase allí muy a disgusto. Tenía la cabeza llena de relatos de bandidismo, mediante los cuales a los sicilianos les gusta poner a prueba la resistencia nerviosa de los recién llegados, y desde hacía un mes había puesto a un policía en cada una de las salidas de su despacho y sustituido por un puñal cada plegadera de madera sobre su escritorio. Por si fuera poco, la cocina a base de aceite hacía un mes que tenía alborotadas sus tripas. Ahora estaba allí, en el crepúsculo, con su maletita de tela gris oscura y contemplaba el aspecto desprovisto de toda coquetería de la carretera en medio de la cual había sido descargado. La inscripción «Paseo de Vittorio Emmanuele», que con sus caracteres azules sobre fondo blanco adornaba la casa en ruinas que tenía ante sí, no bastaba para convencerlo de que se encontraba en un lugar que después de todo era su misma nación, y no se atrevía a dirigirse a ninguno de los campesinos adosados a las casas como si fueran cariátides, seguro como estaba de no ser comprendido y temiendo recibir una gratuita cuchillada en los intestinos, por los que sentía cierto interés, a pesar de que se hallasen tan trastornados.

Cuando Francesco Paolo se acercó a él presentándose, cerró los ojos porque se creyó perdido, pero el aspecto de compostura y honestidad del joven rubio lo tranquilizó un poco, y cuando luego comprendió que lo invitaban a hospedarse en la casa de los Salina se sintió sorprendido y aliviado.

El recorrido en la oscuridad hasta el palacio fue amenizado por una continua esgrima entre la cortesía piamontesa y la siciliana (las dos más puntillosas de Italia), a propósito de la maletita que acabó siendo llevada, aunque era ligerísima, por ambos caballerescos contendientes.

Cuando llegaron a palacio, los rostros barbudos de los *campieri* que estaban armados en el primer patio turbaron de nuevo los ánimos de Chevalley de Monterzuolo, mientras la amabilidad distante del príncipe, junto con el evidente fausto de las habitaciones que veía, lo precipitaron en opuestas meditaciones. Retoño de una de esas familias de la pequeña nobleza piamontesa que vivía en digna estrechez en su propia tierra, era la primera vez que se encontraba convertido en huésped de una gran casa y esto redoblaba su timidez, mientras las anécdotas sanguinarias oídas contar en Girgenti, el aspecto desmedidamente protervo del lugar al que había llegado y los «bandidos» —como él creía— acampados en el patio, lo llenaban de espanto, de manera que se sentó a cenar torturado por los encontrados temores de quien ha caído de cabeza en un lugar que se halla por encima de sus propias costumbres, y también por los del inocente que ha caído en una emboscada tendida por bandoleros.

En la cena comió bien por primera vez desde que había desembarcado en las orillas sículas, y el encanto de las muchachas, la austeridad del padre Pirrone y los modales de don Fabrizio lo convencieron de que el palacio de Donnafugata no era el antro del bandido Capraro y que de él saldría vivo probablemente. Lo que más le consoló fue la presencia de Cavriaghi, que, como se sabe, vivía allí desde hacía diez días y tenía un excelente aspecto, y también parecía ser gran amigo del jovencito Falconeri, amistad que entre un siciliano y un lombardo le parecía milagrosa. Terminada la cena se acercó a don Fabrizio y le rogó que le concediera una conversación privada porque quería marcharse al día siguiente por la mañana, pero el príncipe le dio con su manaza una palmada en el hombro y le dijo con sonrisa gatopardesca:

—Nada de eso, mi querido caballero. Ahora usted se halla en mi casa y lo guardaré como rehén mientras me plazca. Mañana no se irá usted, y para estar seguro de ello me privaré del placer de hablar a solas con usted hasta mañana por la tarde.

Esta frase, que tres horas antes hubiese aterrorizado al excelente secretario, lo alegró ahora. Angélica no había ido aquella tarde y por lo tanto se jugó al *whist*. En una mesa junto a don Fabrizio, Tancredi y el padre Pirrone, ganó dos *rubbers,* lo que le valió una ganancia de tres liras y treinta y cinco céntimos. Después de esto se retiró a su habitación, apreció la frescura de las sábanas y se durmió con el sueño confiado de los justos.

A la mañana siguiente Tancredi y Cavriaghi lo llevaron a dar una vuelta por el jardín, le hicieron admirar la galería de cuadros y la colección de tapices. También le hicieron dar un paseo por el pueblo: bajo el sol color de miel de aquel noviembre parecía menos siniestro que la noche anterior, hasta salió a relucir alguna sonrisita, y Chevalley de Monterzuolo comenzaba a tranquilizarse también con respecto a la Sicilia rústica. Esto fue advertido por Tancredi que inmediatamente se sintió asaltado por el singular prurito isleño de contar a los forasteros historias espeluznantes, desgraciadamente siempre auténticas. Pasaban ante un gracioso y pequeño palacio con la fachada adornada de tosco almohadillado.

—Ésta, mi querido amigo, es la casa del barón Mutolo. Ahora está vacía y cerrada porque la familia vive en Girgenti desde que el hijo varón, hace diez años, fue secuestrado por los bandidos.

El piamontés comenzó a estremecerse.

—¡Pobres! ¡Quién sabe cuánto tendrían que pagar para rescatarlo!

—No, no pagaron nada. Pasaban ya grandes dificultades económicas. Carecían de dinero como todos los de aquí. Pero no por ello los bandidos dejaron de devolver al joven, pero a trozos.

—¿Cómo, príncipe? ¿Qué quiere usted decir?

—A trozos, digo, a trozos: pedazo a pedazo. Primero enviaron el índice de la mano derecha. Al cabo de una semana el pie izquierdo, y luego, en una hermosa cesta bajo una capa de higos (era el mes de agosto), la cabeza. Tenía los ojos desorbitados y sangre en las comisuras de los labios. Yo no lo vi: era un niño entonces, pero me dijeron que el espectáculo no tenía nada de agradable. Dejaron la cesta en ese escalón, el segundo ante la puerta. La dejó una vieja con un pañuelo negro en la cabeza. No pudo reconocerla nadie.

Los ojos de Chevalley se hicieron vidriosos por el espanto. Ya había oído contar este hecho, pero ahora, al ver bajo aquel hermoso sol la escalera sobre la cual se había depositado el extraño regalo, la cosa cambiaba bastante. Su alma de funcionario acudió en su socorro.

—¡Qué policía más inepta tenían los borbones! Dentro de poco, cuando vean por aquí a nuestros carabineros, cesarán todas estas cosas.

—Sin duda, Chevalley, sin duda.

Pasaron luego ante el Casino Civil, que a la sombra de los plátanos de la plaza exponía su muestra cotidiana de sillas de hierro y hombres enlutados. Saludos, sonrisas.

—Fíjese, Chevalley. Imprima esta escena en su memoria: un par de veces al año, uno de estos señores se queda tieso en su butaquita: un tiro disparado a la luz incierta del crepúsculo, y nadie sabe quién ha sido el que disparó.

Chevalley experimentó la necesidad de apoyarse en el brazo de Cavriaghi para sentir cerca un poco de sangre septentrional.

Poco después, en lo alto de una callejuela empinada, a través de festones multicolores de calzoncillos puestos a secar, entreveíase una pequeña iglesia ingenuamente barroca.

—Es Santa Ninfa. Hace cinco años mataron al párroco en el momento en que celebraba misa.

—¡Qué horror! ¡Un tiro en una iglesia!

—No, Chevalley, no fue un tiro. Somos demasiado buenos católicos para cometer semejante falta de educación. Simplemente, pusieron veneno en el vino de la comunión. Es más discreto, quiero decir más litúrgico. Nunca se supo quién lo hizo: el párroco era una excelente persona y no tenía enemigos.

Como un hombre que, al despertarse en la noche, ve un espectro sentado a los pies de la cama, en sus propios calcetines, y se salva del terror esforzándose en creer que es una broma que le hacen sus burlones amigos, así Chevalley se refugió en la creencia de que le tomaban el pelo.

—Muy divertido, príncipe, es realmente gracioso. Debería usted escribir novelas. ¡Cuenta tan bien estas patrañas!

Pero la voz le temblaba. Tancredi tuvo compasión de él, y mucho antes de volver al palacio pasaron ante tres o cuatro lugares tan evocadores por lo menos como los anteriores aunque se abstuvo de hacer de cronista. Habló de Bellini y de Verdi, los sempiternos ungüentos curativos de las llagas nacionales.

A las cuatro de la tarde el príncipe hizo decir a Chevalley que lo esperaba en su despacho. Era éste una pequeña habitación en cuyas paredes, y en cajas de cristal, había algunas perdices grises de patitas rojas, consideradas raras, trofeos disecados de cacerías pasadas. Una pared estaba ennoblecida por una librería alta y estrecha, colmada de números atrasados de revistas de matemáticas. Por encima del butacón destinado a los visitantes, una constelación de miniaturas de la familia: el padre de don Fabrizio, el príncipe Paolo, de tez morena y labios sensuales como los de un sarraceno, con el negro uniforme de la Corte cruzado por el cordón de San Genaro; la princesa Carolina, ya viuda, con sus rubios cabellos reunidos en un alto moño en forma de torre, y los severos ojos azules; la hermana del príncipe, la princesa de Falconeri, sentada en un banco del jardín, a su derecha la mancha amaranto de una pequeña sombrilla apoyada abierta en el suelo, y a su izquierda la mancha amarilla de un Tancredi de tres años que le entregaba flores del campo (don Fabrizio, a escondidas, se había metido en el bolsillo esta miniatura, mientras los alguaciles inventariaban los muebles de Villa Falconeri). Luego, más abajo, Paolo, el primogénito, con ceñidos pantalones de piel blanca en el momento de disponerse a montar un brioso caballo de cuello arqueado y ojos resplandecientes; tíos y tías diversos no mejor identificados, lucían grandes alhajas o señalaban, dolientes, el busto de un amado muerto. En el centro de la constelación, pero en funciones de estrella polar, destacábase una miniatura mayor: era la de don Fabrizio con algo más de veinte años, con su jovencísima esposa que apoyaba la cabeza sobre su hombro en un acto de completo abandono amoroso; ella morena, él rubio con su uniforme azul y plata de la Guardia de Corps del rey, sonreía complacido, con el rostro enmarcado por patillas de rubio y primerizo pelo.

Apenas se hubo sentado, Chevalley expuso la misión de que había sido encargado.

—Después de la feliz anexión, quiero decir de la fausta unión de Sicilia al reino de Cerdeña, la intención del Gobierno de Turín es proceder al nombramiento de senadores del reino en la persona de algunos ilustres sicilianos. Las autoridades provinciales han sido encargadas de redactar una lista de personalidades para proponerla al examen del Gobierno central y eventualmente al nombramiento real y, no hay que decirlo, en Girgenti se ha pensado en su nombre, príncipe: un hombre ilustre por su antigüedad, por el prestigio personal de quien lo lleva, por sus méritos científicos, incluso por la digna y liberal actitud asumida durante los recientes acontecimientos.

El discursito había sido preparado hacía tiempo. Es más, había sido objeto de sucintas notas a lápiz en el cuadernillo que ahora reposaba en el bolsillo posterior de los pantalones de Chevalley. Sin embargo, don Fabrizio no daba señales de vida: sus pesados párpados dejaban entrever apenas su mirada. Inmóvil, la mano de pelos rubios cubría enteramente una cúpula de San Pedro en alabastro que estaba sobre la mesa.

Acostumbrado ya a la cazurrería de los locuaces sicilianos cuando se les propone algo, Chevalley no se dejó amilanar.

—Antes de enviar la lista a Turín mis superiores han creído oportuno informarse de ello por usted mismo, y preguntarle si esta propuesta sería de su agrado. Requerir su asentimiento, del que tanto espera el Gobierno, ha sido el objeto de mi misión aquí; misión que, por otra parte, me ha valido el honor y el placer de conocer a usted y a los suyos, este magnífico palacio y esta Donnafugata tan pintoresca.

Las alabanzas resbalaron sobre la personalidad del príncipe como el agua sobre las hojas de los nenúfares. Esta es una de las ventajas de que gozan los hombres que al mismo tiempo son orgullosos y están habituados a serlo.

«Ahora se imagina éste que ha venido a hacerme un gran honor —pensaba—, a mí, que soy quien soy, entre otras cosas, también par del reino de Sicilia, lo que debe ser considerado más o menos como senador. Cierto es que los dones hay que valorarlos en relación con quien los ofrece: un campesino que me da un pequeño cordero suyo me hace un regalo mayor que el príncipe de Làscari cuando me invita a comer. Está claro. Lo malo es que el cordero me da asco. Y así no queda más que la gratitud del corazón que no se ve, y la nariz fruncida por la repugnancia, que se ve incluso demasiado.»

Las ideas de don Fabrizio con respecto al Senado eran muy vagas: a pesar de todos sus esfuerzos por evitarlo lo conducían siempre al Senado romano: al senador Papirio, que rompía una varita sobre la cabeza de un galo mal educado, a un caballo «Incitatus», al que Calígula había hecho senador, honor éste que también le hubiese parecido excesivo a su hijo Paolo. Le fastidiaba que le resonase insistentemente una frase dicha acaso por el padre Pirrone: *Senatores boni viri, senatus autem mala bestia.* También estaba el Senado del Imperio de París, pero no era más que una asamblea de aprovechados provistos de grandes prebendas.

Había o hubo un Senado también en Palermo, pero se trató solamente de un comité de administradores civiles, ¡y qué administradores! Pijotería, para un Salina. Quiso sincerarse:

—En fin, caballero, dígame qué cosa es exactamente ser senador: la prensa de la pasada monarquía no dejaba pasar noticias sobre el sistema constitucional de los otros estados italianos, y una estancia de una semana en Turín, hace dos años, no fue suficiente para aclararme estas cosas. ¿Qué es? ¿Un simple apelativo honorífico? ¿Una especie de condecoración, o hay que llevar a cabo funciones legislativas, deliberativas?

El piamontés, el representante del único estado liberal en Italia, se molestó:

—Pero, príncipe, ¡el Senado es la Alta Cámara del reino! En ella la flor y nata de los políticos italianos, elegidos por la sabiduría del soberano, examinan, discuten, aprueban o rechazan las leyes que el Gobierno propone para el progreso del país. Funciona con su doble misión de espuela y rienda: incita a obrar bien e impide lo contrario. Cuando haya aceptado ocupar en él un puesto, usted representará a Sicilia junto a los diputados elegidos, dejará oír la voz de esta hermosa tierra suya que se asoma ahora al panorama del mundo moderno, con tantas heridas que curar, con tan justos deseos que realizar.

Acaso Chevalley hubiese continuado largo rato en este tono, si «Bendicò», detrás de la puerta, no hubiese pedido a la «sabiduría del soberano» que lo dejasen entrar. Don Fabrizio hizo ademán de levantarse para abrir, pero con tal pereza como para dar tiempo al piamontés para que lo hiciese él. «Bendicò», minucioso, olfateó largo rato los pantalones de Chevalley. Después, convencido de que se trataba de un buen hombre, se tendió bajo la ventana y se durmió.

—Escuche, Chevalley. Si se tratara de un nombramiento honorífico, de un simple título para usarlo en una tarjeta de visita y nada más, me sentiría muy contento aceptándolo: considero que en este momento decisivo para el futuro del Estado italiano es un deber de todos adherirse, evitar la impresión de disensiones frente a esos estados extranjeros que nos miran con un temor o con una esperanza que se revelarán injustificadas, pero que ahora existen.

—Entonces, príncipe, ¿por qué no acepta?

—Tenga paciencia, Chevalley. Ahora me explicaré. Nosotros los sicilianos estamos acostumbrados a través de una larga, larguísima hegemonía de gobernantes que no eran de nuestra religión, que no hablaban nuestra lengua, a andar con pies de plomo. Si no se hacía así, no nos librábamos de los exactores bizantinos, de los emires berberiscos ni de los virreyes españoles. Ahora ya nos hemos habituado: estamos hechos así. He dicho «adhesión», no «participación». En estos seis últimos meses, desde que vuestro Garibaldi puso el pie en Marsala, se han hecho demasiadas cosas sin consultarnos para que ahora se pueda pedir a un miembro de la vieja clase dirigente que las desarrolle y las lleve a ejecución. Ahora no quiero discutir si lo que se hizo se ha hecho bien o mal. Por mi parte creo que mucho se hizo mal, pero le diré ahora lo que usted comprenderá perfectamente cuando lleve un año entre nosotros. En Sicilia no importa hacer mal o bien: el pecado que nosotros los sicilianos no perdonamos nunca es simplemente el de «hacer». Somos viejos, Chevalley, muy viejos. Hace por lo menos veinticinco siglos que llevamos sobre los hombros el peso de magníficas civilizaciones heterogéneas, todas venidas de fuera, ninguna germinada entre nosotros, ninguna con la que nosotros hayamos entonado. Somos blancos como lo es usted, Chevalley, y como la reina de Inglaterra; sin embargo, desde hace dos mil quinientos años somos colonia. No lo digo lamentándome: la culpa es nuestra. Pero estamos cansados y también vacíos.

Ahora Chevalley estaba turbado.

—Pero, de todos modos, esto ya se ha terminado. Ahora Sicilia no es ya tierra de conquista, sino libre parte de un libre Estado.

—La intención es buena, Chevalley, pero tardía. Por lo demás, ya le he dicho que la mayor parte de la culpa es nuestra. Usted me hablaba hace poco de una joven Sicilia que se asoma a las maravillas del mundo moderno. Por mi parte, veo más bien a una centenaria arrastrada en coche a la Exposición Universal de Londres, que no comprende nada, que se cisca en todo, en las acerías de Sheffield como en las hilaturas de Manchester, y que desea solamente encontrar su propio duermevela entre sus almohadas baboseadas y con el orinal bajo la cama.

Hablaba todavía, pero la mano en torno a San Pedro se crispaba; más tarde la minúscula cruz de la cúpula fue encontrada hecha pedazos.

—El sueño, querido Chevalley, el sueño es lo que los sicilianos quieren, ellos odiarán siempre a quien los quiera despertar, aunque sea para ofrecerles los más hermosos regalos. Y, dicho sea entre nosotros, tengo mis dudas con respecto a que el nuevo reino tenga en la maleta muchos regalos para nosotros. Todas las manifestaciones sicilianas son manifestaciones oníricas, hasta las más violentas: nuestra sensualidad es deseo de olvido, los tiros y las cuchilladas, deseo de muerte; deseo de inmovilidad voluptuosa, es decir, también la muerte, nuestra pereza, nuestros sorbetes de escorzonera y de canela. Nuestro aspecto pensativo es el de la nada que quiere escrutar los enigmas del nirvana. De esto proviene el poder que tienen entre nosotros ciertas personas, los que están semidespiertos; de ahí el famoso retraso de un siglo de las manifestaciones artísticas e intelectuales sicilianas: las novedades nos atraen sólo cuando están muertas, incapaces de dar lugar a corrientes vitales; de ello el increíble fenómeno de la formación actual de mitos que serían venerables si fueran antiguos de verdad, pero que no son otra cosa que siniestras tentativas de encerrarse en un pasado que nos atrae solamente porque está muerto.

No todo esto lo comprendió el bueno de Chevalley; sobre todo le resultaba oscura la última frase: había visto los carritos multicolores arrastrados por caballos empenachados, había oído hablar del teatro de títeres heroico, pero también creía él que se trataba de viejas tradiciones. Dijo:

—Pero ¿no le parece que exagera un poco, príncipe? Yo he conocido en Turín sicilianos emigrados, Crispi, por citar un hombre, que no me han parecido precisamente dormilones.

El príncipe se molestó.

—Somos demasiados para que no haya excepciones. Por lo demás, ya le he hablado de nuestros semidormidos. En cuanto a ese joven Crispi, yo no por cierto, sino usted, acaso vea si cuando llega a viejo no se sume en nuestro voluptuoso sopor: lo hacen todos. Veo, además, que me he explicado mal; dije los sicilianos, y hubiese debido añadir Sicilia, el ambiente, el clima, el paisaje siciliano. Estas son las fuerzas, y acaso más que las dominaciones extranjeras y los incongruentes estupros, que formaron nuestro ánimo: este paisaje que ignora el camino de en medio entre la blandura lasciva y la maldita fogosidad; que no es nunca mezquino, como debería ser una tierra hecha para morada de seres racionales, esta tierra que a pocas millas de distancia tiene el infierno en torno a Randazzo y la belleza de la bahía de Taormina; este clima que nos inflige seis meses de fiebre de cuarenta grados. Cuente, Chevalley: mayo, junio, julio, agosto, septiembre y octubre; seis veces treinta días de un sol de justicia sobre nuestras cabezas; este verano nuestro largo y tétrico como el invierno ruso y contra el cual se lucha con menor éxito; usted no lo sabe todavía, pero puede decirse que aquí nieva fuego como sobre las ciudades malditas de la Biblia; en cada uno de esos seis meses si un siciliano trabajase en serio malgastaría la energía suficiente para tres; y luego el agua, que no existe o que hay que llevar tan lejos que cada gota suya se paga con una gota de sudor; y por si fuera poco las lluvias, siempre tempestuosas, que hacen enloquecer los torrentes secos, que ahogan animales y hombres justamente allí donde dos semanas antes unos y otros se morían de sed. Esta violencia del paisaje, esta crueldad del clima, esta tensión continua en todos los aspectos, estos monumentos, incluso, del pasado, magníficos pero incomprensibles porque no han sido edificados por nosotros y que se hallan en torno como bellísimos fantasmas mudos; todos estos gobiernos que han desembarcado armados viniendo de quién sabe dónde, inmediatamente servidos, al punto detestados y siempre incomprendidos, que se han expresado sólo con obras de arte enigmáticas para nosotros y concretísimos recaudadores de impuestos, gastados luego en otro sitio: todas estas cosas han formado nuestro carácter, que así ha quedado condicionado por fatalidades exteriores además de por una terrible insularidad de ánimo.

El infierno ideológico evocado en el pequeño despacho asustó a Chevalley más que la sangrienta información de por la mañana. Quiso decir algo, pero don Fabrizio estaba ahora demasiado excitado para escucharlo.

—No niego que algunos sicilianos transportados fuera de la isla logren librarse de esto, pero hay que hacerles marchar cuando son muy jóvenes; a los veinte años ya es tarde: se ha formado la corteza: se convencerán de que su país es como todos los demás, despiadadamente calumniado, que la normalidad civilizada está aquí y la extravagancia afuera. Pero perdóneme, Chevalley, si me he dejado llevar por estas cosas y le he aburrido probablemente. Usted no ha venido aquí para oír a Ezequiel implorando cesen las desventuras de Israel. Volvamos a nuestro tema: agradezco mucho al Gobierno haber pensado en mí para el Senado y le ruego que le exprese mi sincera gratitud, pero no puedo aceptar. Soy un representante de la vieja clase, inevitablemente comprometido con el régimen borbónico, y ligado a él por vínculos de decencia a falta de los del afecto. Pertenezco a una generación desgraciada, a caballo entre los viejos y los nuevos tiempos, y que se encuentra a disgusto con unos y con otros. Por si fuera poco, como usted no ha podido dejar de darse cuenta, no tengo ilusiones, y ¿qué haría el Senado de mí, de un legislador inexperto que carece de la facultad de engañarse a sí mismo, este requisito esencial en quien quiere guiar a los demás? Los de nuestra generación debemos retirarnos a un rincón y contemplar los brincos y cabriolas de los jóvenes en torno, a este adornadísimo catafalco. Ustedes tienen ahora precisamente necesidad de jóvenes, de jóvenes despejados con la mente abierta al cómo más que al por qué y que sean hábiles en enmascarar, quiero decir en acomodar sus concretos intereses particulares a las vagas idealidades públicas.

Calló, dejó en paz a San Pedro y continuo:

—¿Puedo permitirme darle un consejo para que lo transmita a sus superiores?

—Naturalmente, príncipe. Ciertamente será escuchado con toda consideración, pero todavía me atrevo a esperar que en lugar de un consejo me dé usted su conformidad.

—Hay un nombre que yo quisiera sugerir para el Senado: el de Calogero Sedàra. Él tiene más méritos que yo para estar allí: me han dicho que su apellido es antiguo o acabará siéndolo; más que lo que usted llama prestigio, él tiene poder; a falta de los méritos científicos tiene los prácticos, excepcionales: su actitud durante la crisis de mayo, más que irreprensible ha sido utilísima: no creo que tenga más ilusiones que yo, pero es bastante listo para saber creárselas cuando sea necesario. Es el individuo pintiparado para ustedes. Pero deben ustedes obrar rápidamente, porque he oído decir que quiere presentar su candidatura a la Cámara de diputados.

De Sedàra se había hablado mucho en la prefectura: sus actividades como alcalde y como particular eran conocidas. Chevalley se sobresaltó: era un hombre honrado y su propia estimación de las cámaras legislativas podía compararse a la pureza de sus mismas intenciones. Por esto creyó oportuno no decir nada, e hizo bien en no comprometerse, porque, efectivamente, diez años más tarde el excelente don Calogero había de obtener la laticlave[6]. Pero aunque honrado, Chevalley no era estúpido: le faltaba, esto sí, esa rapidez mental que en Sicilia usurpa el nombre de inteligencia, pero se daba cuenta de las cosas con lenta solidez y además no tenía la impenetrabilidad meridional ante los afanes ajenos. Comprendió la amargura y el desconsuelo de don Fabrizio, volvió a ver por un instante el espectáculo de miseria, de abyección y de negra indiferencia del cual era testigo desde hacía un mes. En horas pasadas había envidiado la opulencia y el señorío de Salina, ahora recordaba con ternura su pequeño viñedo, su Monterzuolo cerca de Casale, sucio, mediocre, pero sereno y vivo. Y tuvo piedad

---

[6] Traje de púrpura de los senadores romanos. Por extensión: dignidad de senador.

tanto del príncipe sin esperanza como de los niños descalzos, de las mujeres enfermas de malaria, de las no inocentes víctimas cuya relación llegaba cada mañana a su despacho: todos iguales, en el fondo, compañeros de desventuras abandonados en el mismo pozo.

Quiso hacer un último esfuerzo. Se levantó y la emoción confería *pathos* a su voz:

—Príncipe, ¿realmente en serio se niega a hacer lo posible para aliviar, para intentar remediar el estado de pobreza material, de ciega miseria moral en los que yace este pueblo que es el suyo? El clima se vence, el recuerdo de los malos gobiernos se disipa. Los sicilianos quieren mejorar. Si los hombres honrados se retiran, el camino quedará libre para la gente sin escrúpulos y sin perspectivas, para los Sedàra, y todo será de nuevo como antes durante otros siglos. Escuche su conciencia, príncipe, y no las orgullosas verdades que ha dicho. Colabore.

Don Fabrizio sonrió, le cogió de la mano y lo hizo sentar cerca de él en el diván.

—Usted es un caballero, Chevalley, y considero una suerte haberlo conocido. Tiene usted razón en todo. Se ha equivocado solamente cuando ha dicho «los sicilianos quieren mejorar». Quiero contarle una anécdota personal. Dos o tres días antes de que Garibaldi entrase en Palermo me fueron presentados algunos oficiales de la marina inglesa que se hallaban de servicio en esos buques anclados en la rada para observar los acontecimientos. Habían sabido, no sé cómo, que yo poseía una casa junto al mar con un terrado desde el cual se veía todo el círculo de montes que rodea la ciudad. Me pidieron permiso para visitar la casa, contemplar aquel panorama en el que se decía que actuaban los garibaldinos y del cual, desde sus barcos, no habían podido tener una clara idea. De hecho Garibaldi estaba ya en Gibilrossa. Vinieron a casa, los acompañé al terrado; eran ingenuos jovenzuelos a pesar de sus patillas rojizas. Quedáronse extasiados ante el panorama y la irrupción de la luz. Pero confesaron que se habían quedado petrificados al observar el abandono, la vejez y la suciedad de los caminos de acceso. No les expliqué que una cosa se derivaba de la otra, como he intentado hacer con usted. Uno de ellos me preguntó luego qué venían a hacer en Sicilia aquellos voluntarios italianos. «*They are comming to teach us good manners* (le respondí). *But they won't succeed, because we are gods.*» Vienen para enseñarnos la buena crianza, pero no podrán hacerlo, porque somos dioses. Creo que no comprendieron, pero se echaron a reír y se fueron. Así le respondo también a usted, querido Chevalley: los sicilianos no querrán nunca mejorar por la sencilla razón de que creen que son perfectos. Su vanidad es más fuerte que su miseria. Cada intromisión, si es de extranjeros por su origen, si es de sicilianos por independencia de espíritu, trastorna su delirio de perfección lograda, corre el peligro de turbar su complacida espera de la nada. Atropellados por una docena de pueblos diferentes, creen tener un pasado imperial que les da derecho a suntuosos funerales. ¿Cree usted realmente, Chevalley, ser el primero en querer encauzar a Sicilia en el flujo de la historia universal? ¡Quién sabe cuántos imanes musulmanes, cuántos caballeros del rey Ruggero, cuántos escribas de los suevos, cuántos barones de Anjou, cuántos legistas del Rey Católico han concebido la misma bella locura, y cuántos virreyes españoles, cuántos funcionarios reformadores de Carlos III! Y ahora, ¿quién sabe quiénes fueron? Sicilia ha querido dormir, a pesar de sus llamamientos. ¿Por qué tenía que escucharlos si es rica, si es sabia, si es civilizada, si es honesta, si es por todos admirada y envidiada, si es perfecta, en una palabra?[7]. Tam-

---

[7] El tono de este pasaje, del cual hay que percibir el violento sarcasmo, recuerda un famoso lugar dantesco del canto VI del *Purgatorio* (vv. 136 y ss.). Se trata de la invectiva contra Florencia, de cuyos ciudadanos el poeta acusa el ciego orgullo:

> Dichosa de ti, ya que tienes motivos para hacerlo:
> ¡tú tan rica, tú tan pacífica, tú tan sabia!
> Los mismos hechos lo demuestran.
> Atenas y Esparta, que hicieron
> las antiguas leyes y fueron tan civiles,
> se quedaron cortas, en materia de ordenamientos políticos,
> en comparación contigo, que haces normas
> tan sutiles que a mediados de noviembre
> no llega lo que has decretado en octubre.

bién ahora se dice de nosotros en obsequio a cuanto han escrito Prudhon y un hebreo alemán cuyo nombre no recuerdo, que la culpa del mal estado de cosas, aquí y en todas partes, es el feudalismo; o sea, mía, por decirlo así. Lo será. Pero el feudalismo ha existido en todas partes y también las inversiones extranjeras. No creo que sus antepasados, Chevalley, o los *squires* ingleses o señores franceses gobernasen mejor que los Salina. Los resultados han sido distintos. La razón de la diversidad debe hallarse en ese sentido de superioridad que brilla en cada ojo siciliano, que nosotros mismos llamamos orgullo, y que en realidad es ceguera. Por ahora, durante mucho tiempo, no hay nada que hacer. Lo siento, pero en la vida política no puedo mostrar un dedo: me lo morderían. Estos son discursos que no se pueden hacer a los sicilianos. Y yo mismo, por lo demás, si estas cosas me las hubiese dicho usted, me las habría tomado a mal. Es tarde ya, Chevalley: tenemos que vestirnos para la cena. Durante unas horas debo representar el papel de hombre civilizado.

Al día siguiente por la mañana temprano se fue Chevalley, y a don Fabrizio, que se había propuesto ir de caza, le fue fácil acompañarlo a la estación de posta. Don Ciccio Tumeo iba con ellos y llevaba sobre los hombros el doble peso de las dos escopetas, la suya y la de don Fabrizio, y dentro de sí la bilis de las propias virtudes conculcadas.

Vista a la lívida claridad de las cinco y media de la mañana, Donnafugata estaba desierta y parecía desesperada. Delante de cada vivienda los restos de las mesas miserables se acumulaban a lo largo de las paredes sucias, perros espantosos husmeaban en ella con avidez siempre desilu-

_____

¿Cuántas veces, en el tiempo que puedes recordar,
ley, moneda, magistraturas y costumbres
has cambiado, y renovado la composición ciudadana?
Y si tienes memoria y te queda algo de luz,
te verás a ti misma parecida a aquella enferma
que no consigue encontrar alivio descansando,
y dándose vueltas trata de paliar el sufrimiento.

sionada. Alguna puerta se había abierto ya y la hediondez de los durmientes acumulados trascendía a la calle; al resplandor de los pabilos las madres examinaban los párpados tracomatosos de los niños: casi todas vestían de luto y muchas habían sido las mujeres de aquellos fantoches con quienes se tropieza en los recodos de los atajos. Los hombres, agarrando el azadón, salían para buscar a quien, Dios mediante, les diera trabajo. Silencio átono o chillidos desesperados de voces histéricas. Por la parte de Espíritu Santo el alba de estaño comenzaba a babear sobre las nubes plomizas.

Chevalley pensaba:

«Este estado de cosas no durará. Nuestra administración nueva, ágil y moderna lo cambiará todo.»

El príncipe estaba deprimido:

«Todo esto no tendría que durar, pero durará siempre. El siempre de los hombres, naturalmente, un siglo, dos siglos... Y luego será distinto, pero peor. Nosotros fuimos los Gatopardos, los Leones. Quienes nos sustituyan serán chacalitos y hienas, y todos, gatopardos, chacales y ovejas, continuaremos creyéndonos la sal de la tierra.»

Se dieron mutuamente las gracias y se despidieron. Chevalley se encaramó a la diligencia, izada sobre cuatro ruedas de color de vómito. El caballo, todo hambre y llagas, comenzó el largo viaje.

Apenas era de día: esa poca luz que conseguía traspasar la manta de nubes no podía penetrar la suciedad inmemorial de los ventanucos. Chevalley iba solo. Entre golpes y sacudidas mojó con saliva la punta del índice, limpió un cristal en la amplitud de un ojo. Miró: ante él, bajo la luz ceniza, el paisaje se estremecía irredimible.

CAPÍTULO V

Llegada del padre Pirrone a San Cono. — Conversación
con los amigos y el herbolario. — Las desdichas familiares
de un jesuita. — Solución de las desdichas. — Conversación con el «hombre de honor». — Regreso a Palermo.

Febrero 1861[1]

E
L padre Pirrone era de origen pueblerino. Efectivamente, había nacido en Sao Cono, un lugerejo que
ahora, gracias al autobús, es casi una de las barria-
das de Palermo, pero que hace un siglo pertenecía, por así
decirlo, a un sistema planetario propio, distante como estaba cuatro o cinco horas de carro del sol palermitano.

El padre de nuestro jesuita había sido «intendente» de
dos feudos que la abadía de San Eleuterio se vanagloriaba
de poseer en el territorio de San Cono. Oficio este de «intendente» muy peligroso entonces para la salud del alma y
del cuerpo, porque obligaba a mantener relaciones extrañas y al conocimiento de varias anécdotas cuya acumulación provocaba una enfermedad que «de golpe y porrazo»
—es la expresión exacta— hacía caer al enfermo tieso a
los pies de cualquier paredón, con todas sus historietas se-

---

[1] El día 16 de este mes capitularon definitivamente las fuerzas fieles a
los Borbones encerradas en la plaza fuerte de Gaeta. El 17 de marzo el
Parlamento de Turín proclamaba a Vittorio Emmanuele rey de Italia.

lladas en la barriga, irrecuperables ya para la curiosidad de los ociosos. Pero don Gaetano, el padre del padre Pirrone, había conseguido librarse de esta enfermedad profesional gracias a una rigurosa higiene basada en la discreción y en un perspicaz empleo de remedios preventivos, y había muerto pacíficamente de pulmonía un soleado domingo de febrero sonoro de vientos que arrancaban los pétalos de las flores de los almendros. Dejó la viuda y los tres hijos —dos hembras y el sacerdote— en condiciones económicas relativamente buenas. Como hombre sagaz que siempre fue, supo hacer economías sobre el estipendio increíblemente exiguo de la abadía, en el momento de su muerte poseía algunos almendros al fondo del valle, algunas vides en las vertientes y un poco de terreno pedregoso de pastos, más arriba; bienes de pobre, ya se sabe, pero suficientes para conferir cierto peso en la deprimida economía sanconetana. Era también propietario de una casita completamente cuadrada, azul por fuera y blanca por dentro, con cuatro habitaciones abajo y cuatro arriba, justamente a la entrada del pueblo por la parte de Palermo.

El padre Pirrone se había alejado de aquella casa a los dieciséis años cuando sus éxitos en la escuela parroquial y la benevolencia del abad mitrado de San Eleuterio lo habían encaminado hacia el seminario arzobispal, pero, a lo largo de los años, había vuelto muchas veces, para bendecir las bodas de las hermanas o para dar una —mundanamente, se entiende— superflua absolución a don Gaetano moribundo, y allí volvía ahora, a fines de febrero de 1861, decimoquinto aniversario de la muerte de su padre; y era un día ventoso y límpido, precisamente como aquél.

Habían sido cinco horas de sacudidas, con los pies colgando tras la cola del caballo, pero, una vez superada la náusea causada por las pinturas patrióticas, recientemente hechas sobre los paneles del carro y que culminaban con la retórica representación de un Garibaldi color de llama, dando el brazo a una santa Rosalía de color de mar, habían sido cinco horas agradables. El valle que sube desde Palermo a San Cono reúne en sí el paisaje fastuoso de la zona costera y el inexorable del interior, y es recorrido por ráfagas de viento repentinas que hacen salubre su aire, famosas por ser capaces de desviar la trayectoria de las balas mejor dirigidas, de tal manera que los tiradores colocados ante problemas balísticos demasiado arduos preferían ejercitarse en otra parte. Además el carretero, que había conocido muy bien al difunto, se había extendido en amplios recuerdos sobre sus méritos; recuerdos que, aunque no siempre apropiados a los oídos filiales y eclesiásticos, habían halagado a su habituado oyente.

Al llegar fue acogido con lacrimosa alegría. Besó y bendijo a su madre que tenía ya los cabellos blancos y la cara rosada de las viudas, surgiendo de las lanas de un luto inacabable, saludó a sus hermanas y sobrinos, y entre estos últimos miró de soslayo a Carmelo que había tenido el pésimo gusto de ostentar en su gorra, como señal de fiesta, una escarapela tricolor. Apenas hubo entrado en la casa se vio asaltado, como siempre, por la dulcísima fuerza de los recuerdos juveniles: todo estaba lo mismo que antes, el pavimento de ladrillo rojo y el sencillo mobiliario, la misma luz entraba por las exiguas ventanas; «Romeo», el perro que ladraba bajo en un rincón, era el bisnieto, parecidísimo, de otro perro lobo, que fue su compañero en sus violentos juegos. De la cocina salía el secular aroma del *ragoût* que hervía lentamente, del extracto de tomate, cebollas y carne de carnero, para los *anelletti* de los días señalados. Todo expresaba la serenidad lograda mediante los esfuerzos del Finado.

No tardaron en dirigirse a la iglesia para oír la misa conmemorativa. Aquel día San Cono mostraba su mejor aspecto y se engalanaba en una casi orgullosa exhibición de excrementos diversos. Graciosas cabritas de negras ubres colgantes, y muchos de esos cerditos sicilianos oscuros y delgados como potros minúsculos, pasaban por entre la gente subiendo las calles empinadas; y como el padre Pirrone se había convertido en una especie de gloria local, muchas eran las mujeres, los niños y también los jóvenes que se apiñaban a su paso para pedirle una bendición o recordar los tiempos pasados.

En la sacristía se charló del pueblo con el párroco y, después de oída la misa se dirigieron a la lápida sepulcral en una capilla lateral: las mujeres, llorando, besaron el mármol; el hijo rogó en alta voz en su misterioso latín; y cuando regresó a su casa los *anelletti* estaban a punto y le gustaron mucho al padre Pirrone a quien los refinamientos culinarios de Villa Salina no le habían echado a perder el paladar.

Al atardecer los amigos fueron a saludarlo y se reunieron en su habitación. Un candil de cobre de tres brazos pendía del techo y lanzaba la luz modesta de sus mechas empapadas en aceite. En un ángulo el lecho ostentaba el colchón multicolor y la angustiosa colcha roja y amarilla; otro rincón de la habitación estaba circundado por una alta y rígida estera, el *zimmile* conservaba el trigo de color de miel que cada semana se enviaba al molino para las necesidades de la familia. En las paredes, en grabados a punzón, San Antonio mostraba al Divino Infante, Santa Lucía los ojos arrancados y San Francisco Javier predicaba a turbas de emplumados y desnudos pieles rojas. Afuera, en el crepúsculo estrellado, el viento soplaba y a su manera era el único en conmemorar. En el centro de la habitación, bajo la lámpara, aplastábase en el suelo el gran brasero encerrado en un pie de madera brillante en el cual se ponían los pies. Alrededor sillas de cuerda ocupadas por los visitantes. Allí estaba el párroco, los dos hermanos Schiro, propietarios del lugar, y don Pietrino, el viejo herbolario: habían acudido sombríos y sombríos continuaban porque, mientras las mujeres se atareaban abajo, ellos hablaban de política y esperaban obtener noticias del padre Pirrone que llegaba de Palermo y que debía de saber mucho puesto que vivía entre los «señores». El deseo de noticias se había calmado ya, pero el del consuelo se vio desilusionado porque su amigo jesuita, un poco por sinceridad y un poco también por táctica, les mostraba negrísimo el porvenir. Sobre Gaeta revoleaba todavía la bandera tricolor borbónica, pero el bloqueo era férreo y los polvorines de la plaza fuerte saltaban por los aires uno tras otro, y allí, ya no se salvaba nada fuera del honor, es decir no mucho. Rusia era amiga, pero lejana, Napoleón III traidor y cercano, y de los sublevados de

Basilicata y de Terra di Lavoro el jesuita hablaba poco porque íntimamente le avergonzaba. Decía que era necesario sufrir la realidad de este Estado italiano que se formaba, ateo y rapaz, de estas leyes de expropiación y reclutamiento que desde el Piamonte hasta allí lo inundarían todo, como el cólera.

—Ya veréis —fue su nada original conclusión—, ya veréis que ni siquiera nos dejarán los ojos para llorar.

A estas palabras se mezcló el coro tradicional de las jeremiadas rústicas. Los hermanos Schiro y el herbolario sentían ya el mordisco de las fiscalizaciones. Para los primeros hubo contribuciones extraordinarias y el uno por ciento sobre los impuestos; para el otro una perturbadora sorpresa: había sido llamado por el Municipio donde le dijeron que, si no pagaba veinte liras cada año, no le permitirían vender sus hierbas medicinales.

—Y este sen, este estramonio, estas hierbas santas hechas por el Señor voy a recogerlas con mis propias manos a la montaña, llueva o no llueva, en los días y noches prescritos. Yo las seco al sol, que es de todos, y las pulverizo, con un almirez que era ya de mi abuelo. ¿Qué tiene que ver con esto el Municipio? ¿Por qué tengo que pagar veinte liras? ¿Así, por vuestra cara bonita?

Las palabras le salieron a trompicones de su boca sin dientes, pero sus ojos se ensombrecieron de auténtico furor.

—¿Tengo o no razón, padre? Dímelo tú.

El jesuita lo apreciaba mucho: lo recordaba ya un hombre maduro, más bien encorvado por su tarea de recoger hierbas cuando él era todavía un chico que cazaba pájaros a pedradas, y le estaba agradecido también porque cuando vendía un cocimiento a las mujerucas decía siempre que sin tantos o cuantos avemarías o *gloriapatris,* aquello no tendría efecto. Además su prudente cerebro quería ignorar qué hacían realmente con aquellos mejunjes y para qué cosa habían sido pedidos.

—Tiene razón, don Pietrino, cien veces razón. ¿Por qué no había de tenerla? Pero si no le quitan a usted el dinero y a los otros pobrecillos como usted, ¿dónde lo encontrarán para hacerle la guerra al Papa y robarle lo que le pertenece?

La conversación se dilataba bajo la suave luz vacilante por el viento que conseguía atravesar las macizas ventanas. El padre Pirrone se extendía en las futuras confiscaciones eclesiásticas: adiós entonces al suave dominio de la Abadía allí mismo; adiós a las sopas de pan distribuidas durante los duros inviernos. Y cuando el más joven de los Schiro cometió la imprudencia de decir que acaso así algunos campesinos pobres tendrían alguna finquita, su voz se hizo dura con el más decidido desprecio.

—Ya lo verá, don Antonio, ya lo verá. El alcalde lo comprará todo, pagará la primera cuota y si te he visto no me acuerdo. Ya ha ocurrido así en el Piamonte.

Acabaron yéndose más ensombrecidos que cuando habían llegado y provistos de chismes para dos meses. Solamente se quedó el herbolario que aquella noche no se iría a acostar porque era luna nueva y tenía que ir a recoger romero en el pedregal de los Pietrazzi. Se había llevado consigo la linterna e iría a recolectarlo cuando se fuera.

—Pero, padre, tú que vives en medio de la nobleza, ¿qué dicen los señores de todo este desbarajuste? ¿Qué dice el príncipe de Salina con lo importante, rabioso y orgulloso que es?

Ya más de una vez el padre Pirrone se había hecho a sí mismo esta pregunta, y no le había sido fácil respondérsela, sobre todo porque había olvidado o interpretado como exageraciones cuanto don Fabrizio le había dicho una mañana en el observatorio hacía casi un año. Ahora lo sabía, pero no encontraba la manera de traducirlo de forma comprensible para don Pietrino, que estaba lejos de ser un tonto, pero que entendía más de las propiedades anticatarrales, carminativas y más bien afrodisíacas de sus hierbas que de semejantes abstracciones.

—Verá, don Pietrino, los «señores», como dice usted, no es gente fácil de entender. Viven en un universo particular que ha sido creado no directamente por Dios, sino por ellos mismos durante siglos de experiencias especialísimas, de afanes y alegrías suyas. Poseen una memoria colectiva muy poderosa, y por lo tanto se turban o se alegran por cosas que a usted y a mí nos importan un rábano, pero que para ellos son vitales porque están en relación con su patrimonio de recuerdos, de esperanzas y de temores de clase. La Divina Providencia ha querido que yo me convirtiese en una humilde partícula de la Orden más gloriosa de una Iglesia sempiterna a la cual ha sido asegurada la victoria definitiva. Usted está en el extremo de la escala, y no lo digo por bajo sino por diferente. Cuando descubre una mata de orégano o un nido bien provisto de cantáridas (que también las busca, don Pietrino, que lo sé bien), está en comunicación directa con la naturaleza que el Señor ha creado con posibilidades indiferenciales de mal y bien a fin de que el hombre pueda ejercer su libre elección, y cuando es consultado por las viejas malignas o las jovencitas anhelantes, desciende usted en el abismo de los siglos hasta las épocas oscuras que precedieron las luces del Gólgota.

El viejo lo miraba asombrado: él quería saber si el príncipe de Salina sentíase o no satisfecho ante el nuevo estado de cosas, y el otro le hablaba de cantáridas y de luces del Gólgota.

«A fuerza de leer se ha vuelto loco, el pobre.»

—Los «señores» no son así. Viven de cosas ya manipuladas. Nosotros los eclesiásticos les servimos para tranquilizarlos sobre la vida eterna, como ustedes los herbolarios para procurarles emolientes o excitantes. Y con esto no quiero decir que sean malos; todo lo contrario. Son diferentes. Acaso nos parezcan tan extraños porque han llegado a una etapa hacia la cual caminan todos aquellos que no son santos, la del desinterés por los bienes terrenos mediante la habituación. Acaso por eso no piensan en ciertas cosas que a nosotros nos importan mucho. Al que está en la montaña le tienen sin cuidado los mosquitos de las llanuras, y el que vive en Egipto olvida los paraguas. Pero el primero teme los aludes y el segundo los cocodrilos, cosas que, en cambio, nos preocupan muy poco a nosotros. He visto a don Fabrizio ponerse furioso, él, hombre serio y prudente, por el cuello mal planchado de una camisa. Y sé positivamente que el príncipe de Lascari no pudo dormir de furor toda una noche porque en un banquete en la Lugartenencia le dieron un puesto equivocado. ¿No le parece que el tipo de humanidad que se preocupa sólo por las camisas y el protocolo es un tipo feliz, y por lo tanto superior?

Don Pietrino no comprendía nada: las extravagancias se multiplicaban, y ahora salían a relucir los cuellos de las camisas y los cocodrilos. Pero un fondo de buen sentido rústico lo sostenía aún.

—Si es así, padre Pirrone, se irán todos al infierno.

—¿Por qué? Algunos se perderán y otros se habrán salvado, según como hayan vivido en este mundo condicionado. Seguramente Salina, por ejemplo, saldrá con bien. Su juego lo juega como es debido, sigue las reglas, no hace trampas. Dios castiga a quien contraviene voluntariamente las leyes divinas que conoce, quien a sabiendas se mete por el mal camino, pero quien sigue su propia vida, mientras en ella no cometa porquerías, está siempre donde debe. Si usted, don Pietrino, vende cicuta en vez de poleo, a sabiendas, va dado. Pero si creyó que estaba en lo cierto en lo que hacía, la tía Mangana tendrá la nobilísima muerte de Sócrates y usted se irá derechamente al cielo con una túnica y unas alitas, todo blanco.

La muerte de Sócrates fue demasiado para el herbolario: se había rendido y estaba durmiendo. El padre Pirrone lo advirtió y se alegró porque ahora podía hablar con plena libertad, sin temor de no ser bien entendido. Y quería hablar, fijar en las concretas volutas de las frases las ideas que oscuramente se agitaban en su interior.

—Y hacen muy bien. ¡Si supiera usted, por ejemplo, a cuántas familias que se hallan en la miseria dan cobijo sus palacios! Y no pretenden nada por esto, ni siquiera que los ladrones se abstengan de robarles. Y esto no se hace por ostentación, sino por una especie de oscuro instinto atávico que les impulsa a no poder obrar de otro modo. Aunque pueda no parecerlo son menos egoístas que muchos otros: el esplendor de sus casas, la pompa de sus fiestas contienen en sí algo de impersonal, algo así como la magnificencia de las iglesias y la liturgia, un algo hecho *ad maiorem gentis gloriam,* que los redime no poco. Por cada copa de champaña que beben ofrecen cincuenta a los demás, y cuando tratan mal a alguien, como suele ocurrir, no es tanto su personalidad la que peca, como su rango que se afirma. *Fata crescunt*. Don Fabrizio ha protegido y educado a su sobrino Tancredi, por ejemplo. En resumen, ha salvado a un pobre huérfano que de otro modo se habría perdido. Usted dirá que lo ha hecho porque el joven es también un señor, puesto que no movería un dedo por nadie. Es cierto, pero ¿por qué había de hacerlo si, sinceramente, en todas las raíces de su corazón los «otros» le parecen todos ejemplares mal logrados, figurillas que se han dejado de lado porque las deformó la mano de quien las hizo y que no vale la pena de exponer a la prueba del fuego? Usted, don Pietrino, si en este momento no estuviese dormido, saltaría para decirme que los señores hacen mal en sentir este desprecio por los demás, y que todos nosotros igualmente sometidos a la doble servidumbre del amor y de la muerte somos iguales ante el Creador. Y yo no podría hacer otra cosa que darle la razón. Pero añadiré que no es justo culpar de desprecio sólo a los «señores», puesto que éste es un vicio universal. Quien enseña en la Universidad desprecia al maestrillo de las escuelas parroquiales, aunque no lo demuestre, y como está usted durmiendo puedo decirle sin reticencia que nosotros los eclesiásticos nos consideramos superiores a los laicos, y nosotros los jesuitas superiores al resto del clero, como ustedes los herbolarios desprecian a los sacamuelas quienes a su vez se ríen de ustedes. Los médicos, por su parte, se toman a guasa a los sacamuelas y a los herbolarios, y ellos son tratados, por su parte, de asnos por los enfermos que pretenden continuar viviendo con el corazón o el hígado hecho puré. Para los magistrados los abogados no son más que incordios que tratan de demorar el funcionamiento de las leyes, y por otra parte, la literatura está llena de sátiras contra la pomposidad y, peor aún, la ignorancia de esos mismos jueces. Solamente los labradores se desprecian a sí mismos. Cuando hayan aprendido a burlarse de los otros, el ciclo se habrá cerrado y entonces será necesario volver a empezar.

¿Pensó alguna vez, don Pietrino, en cuántos nombres de oficio se han convertido en injurias? ¿Desde los de mozo de cuerda, remendón[2] y pastelero, a los de *reître* y de *pompier* en francés? La gente no piensa en los méritos del mozo de cuerda o de los bomberos, mira sólo sus defectos marginales y los llama a todos villanos y jactanciosos. Y como no puede oírme puedo decirle que conozco muy bien el significado corriente de la palabra «jesuita»[3]. Estos nobles tienen además el pudor de sus propias calamidades: he visto a un desdichado que decidió matarse al día siguiente y que parecía sonriente y vivaz como un niño en vísperas de su Primera Comunión. Sin embargo, usted, don Pietrino, lo sé, si se viera obligado a beber uno de sus mejunjes de sen ensordecería el pueblo con sus lamentos. La ira y la befa son señoriales; la elegía, la jeremiada, no. Le voy a dar una receta: si encuentra a un "señor" que se lamenta y se queja, mire su árbol genealógico: enseguida encontrará en él una rama seca. Un linaje difícil de suprimir porque en el fondo se renueva continuamente y porque cuando es necesario sabe morir bien, es decir sabe arrojar una semilla en el momento del fin. Mire Francia: se hicieron matar con elegancia y ahora están allí como antes, digo como antes porque no son los latifundios ni los derechos feudales los que hacen al noble, sino las diferencias. Ahora me dicen que en París hay condes polacos a quienes la insurrección y el despotismo han obligado al exilio y la miseria. Hacen de cocheros, pero miran a sus clientes burgueses con tal ceño que los pobrecillos suben al coche, sin saber por qué, con el aire de un perro en una iglesia. Y también le diré, don Pietrino, que, si como tantas veces ha sucedido, tuviera que desaparecer esta clase, se constituiría enseguida otra equivalente, con los mismos méritos y los mismos defectos. Acaso no se basara ya en la sangre, sino, ¡qué sé yo!, en la antigüedad en cuanto a la presencia en un lugar, o su pretendido mejor conocimiento de cualquier presunto texto sagrado.

En este momento se oyeron los pasos de la madre en la escalerilla de madera. Entró riendo.

---

[2] Significan «grosero» y «chapucero», respectivamente. La palabra «pastelero» tiene también el significado de «chapucero».

[3] «Persona hipócrita y astuta.»

—¿Con quién estabas hablando, hijo mío? ¿No ves que tu amigo se ha quedado dormido?

El padre Pirrone se avergonzó un poco. No respondió a la pregunta, pero dijo:

—Lo acompañaré afuera. El pobre estará expuesto al frío toda la noche.

Sacó la mecha de la linterna y, poniéndose de puntillas, la encendió en la llamita de un candil, manchándose de aceite el hábito, la puso en su sitio y cerró la linterna con el cristal. Don Pietrino navegaba en los sueños. Un hilillo de baba le caía del labio y se extendía por su solapa. Tardaron en despertarlo.

—Perdóname, padre, pero decías unas cosas tan extrañas y embrolladas...

Sonrieron, bajaron por la escalera y salieron. La noche envolvía la casita, el pueblo, el valle. Apenas distinguíanse los montes cercanos y como siempre de aspecto huraño y hostil. El viento se había calmado, pero hacía mucho frío. Las estrellas brillaban intensamente, producían millares de grados de calor, pero no conseguían calentar a un pobre viejo.

—¡Pobre don Pietrino! ¿Quiere que vaya a buscarle otro abrigo?

—Gracias, ya estoy acostumbrado. Mañana nos veremos y entonces me contarás cómo el príncipe de Salina ha soportado la revolución.

—Se lo diré ahora con cuatro palabras: dice que no ha sido ninguna revolución y que todo seguirá como antes.

—¡Viva el tonto! ¿Y a ti no te parece una revolución que el alcalde quiera hacerme pagar por las hierbas creadas por Dios y que yo mismo recojo? ¿O tú también andas mal de la cabeza?

La luz de la linterna se alejaba a saltos y acabó por desaparecer en las tinieblas densas como un fieltro.

El padre Pirrone pensaba que el mundo debía de parecer un enorme rompecabezas a quien no supiera nada de matemáticas ni teología.

—¡Dios mío, sólo tu omnisciencia podía meditar tantas complicaciones!

Otro modelo de estas complicaciones le cayó en las manos al día siguiente por la mañana. Cuando bajó para irse a decir misa en la parroquia, encontró a Sarina, su hermana, picando cebolla en la cocina. Las lágrimas que ella tenía en los ojos le parecieron mayores de lo que aquella actividad implicaba.

—¿Qué te pasa, Sarina? ¿Alguna desgracia? No te preocupes: el Señor aflige y consuela.

La voz afectuosa disipó la poca reserva que la pobre mujer poseía aún. Se echó a llorar clamorosamente, con la cara apoyada sobre el pringue de la mesa. Entre sus sollozos podían oírse constantemente las mismas palabras:

—Angelina, Angelina... Si Vicenzino lo sabe los mata a los dos... Angelina... ¡los mata!

Las manos hundidas en el ancho cinturón negro, con los pulgares fuera, el padre Pirrone, de pie, la miraba. No era difícil comprender: Angelina era la hija soltera de Sarina; Vicenzino, cuya furia se temía, era el padre, su cuñado. La única incógnita de la ecuación era el nombre del otro, del posible amante de Angelina.

A ésta el jesuita la había vuelto a ver el día anterior, ya una muchacha, después de haberla dejado, siete años antes, una niña mocosa. Debía de tener dieciocho años y era muy fea, con la boca prominente como tantas campesinas del pueblo y los ojos despavoridos como los de perro sin amo. Se había fijado en ella al llegar, y dentro de su corazón había hecho comparaciones poco caritativas entre ella, mezquina como el plebeyo diminutivo de su nombre y aquella Angélica, suntuosa como su nombre de personaje de Ariosto, que recientemente había turbado la paz de la Casa de los Salina.

La desgracia era grande y él se había metido en ella de lleno. Recordó en esta circunstancia lo que decía don Fabrizio: cada vez que uno se encuentra con un pariente, tropieza con una espina. Y luego se arrepintió de haberlo recordado. Extrajo del cinturón solamente la mano derecha, se quitó la teja y golpeó en el hombro estremecido de la hermana.

—Vamos, Sarina, cálmate. Por fortuna estoy yo aquí y llorar no sirve para nada. ¿Dónde está Vicenzino?

Vicenzino había salido para ir a Rimato para buscar al *campiere* de los Schiro. Menos mal, se podía hablar sin temor a sorpresas. Entre sollozos, sorberse las lágrimas y sonarse las narices, salió a luz la mísera historia: Angelina (mejor dicho, 'Ncilina) se había dejado seducir. El desastre sucedió durante el veranillo de San Martín. Citábase con su amado en el pajar de Nunziata. Ahora estaba encinta de tres meses. Loca de terror se había confesado con su madre. Dentro de poco comenzaría a notársele el vientre y Vicenzino cometería un asesinato.

—También me matará a mí porque no he dicho nada. Él es un «hombre de honor».

Efectivamente, con su frente baja, sus *cacciolani,* los mechones de pelo dejados crecer sobre las sienes, con el contoneo de su paso, con la perpetua hinchazón del bolsillo derecho de sus pantalones, comprendíase enseguida que Vicenzino era «hombre de honor», uno de esos imbéciles violentos capaz de cualquier estrago.

Sarina tuvo una nueva crisis de llanto, más fuerte aún que la primera porque en ella apuntaba también un insensato remordimiento por haber desmerecido ante el marido, ese espejo de caballería.

—¡Sarina, Sarina, basta ya! ¡No te pongas así! El jovencito éste debe casarse con ella y se casará. Iré a su casa, hablaré con él y sus padres y todo se arreglará. Vicenzino solamente se enterará del noviazgo y su precioso honor permanecerá intacto. Pero tengo que saber quién ha sido. Si lo sabes, dímelo.

La hermana levantó la cabeza. En sus ojos negros leíase ahora otro terror, y no el pánico animal de la cuchillada, sino otro más mezquino, más acerbo, que el hermano no pudo por el momento descifrar.

—¡Ha sido Santino Pirrone! ¡El hijo de Turi! Y lo ha hecho como ultraje, por ultrajarme a mí, a nuestra madre, a la santa memoria de nuestro padre. Yo no le he hablado nunca. Todos dicen que es un buen chico, pero es un infame, un digno hijo del canalla de su padre, un «deshonrao». Me recordé después: en aquellos días de noviembre lo veía pasar siempre por aquí con dos amigos y un geranio rojo detrás de la oreja. ¡Fuego del infierno, fuego del infierno!

El jesuita tomó una silla y se sentó cerca de la mujer. Era evidente que tendría que retrasar la misa. El asunto era grave. Turi, el padre de Santino, del seductor, era tío suyo; hermano, es más, el hermano mayor del Finado. Veinte años atrás había estado asociado con el difunto en la guardianía, justamente en el momento de la mayor y más provechosa actividad. Luego una discusión había separado a los hermanos, una de esas disputas familiares de inextricables raíces, que es imposible sanar porque ninguna de ambas partes habla claramente, por tener cada una mucho que esconder. El hecho era que cuando el Que en Gloria esté se halló en posesión del pequeño almendral, Turi había dicho que en realidad la mitad le pertenecía a él porque la mitad del dinero, o la mitad del trabajo, la había puesto él. Pero el acta de compra estaba solamente a nombre de Gaetano, el Finado. Turi se enfureció y recorrió los caminos de San Cono con espuma en la boca: el prestigio del Que en Gloria esté estaba en juego; intervinieron los amigos y se evitó lo peor. El almendral quedó en poder de Gaetano, pero el abismo entre las dos ramas Pirrone se hizo infranqueable. Más tarde Turi no asistió siquiera a los funerales de su hermano y en casa de su hermana se le llamaba «el canalla» y nada más. El jesuita había sido informado de todo mediante cartas dictadas al párroco, y con respecto a la canallada se había formado ideas personalísimas que no expresaba por filial reverencia. El almendral, ahora, pertenecía a Sarina.

Todo estaba claro: el amor, la pasión, no figuraba en estas cosas. Era solamente una porcada que vengaba otra porcada. Pero remediable. El jesuita dio gracias a la Providencia que lo había conducido a San Cono justamente en aquellos días.

—Esta desgracia te la soluciono yo en dos horas, Sarina. Pero tú tienes que ayudarme: la mitad de Chibbaro —era el almendral— debes entregárselo como dote a 'Ncilina. No hay más remedio: esa estúpida os la ha jugado.

Y pensaba de qué modo el Señor se sirve a veces de las perrillas salidas para poner en ejecución su justicia.

Sarina se enfureció:

—¡La mitad de Chibbaro! ¡A esa pandilla de estafadores! ¡Nunca! ¡Antes muerta!

—Bueno. Entonces después de misa iré a hablar con Vincenzino. No tengas miedo. Intentaré calmarlo.

Se puso la teja y metió las manos en el cinturón. Esperaba paciente, seguro de sí.

Una edición de las furias de Vicenzino, aunque estuviese revisada y expurgada por un padre jesuita, presentábase siempre como ilegible para la infeliz Sarina que, por tercera vez, se puso a llorar. Pero poco a poco fueron decreciendo los sollozos hasta cesar. La mujer se levantó.

—Hágase la voluntad de Dios: arregla tú las cosas, que esto no es vida. ¡Pero Chibbaro! ¡Todo el sudor de nuestro padre!

Las lágrimas estaban a punto de comenzar de nuevo. Pero el padre Pirrone ya se había ido.

Una vez celebrado el Divino Sacrificio, aceptada la taza de café ofrecida por el párroco, el jesuita se encaminó directamente a la casa del tío Turi. No había estado nunca allí pero sabía que era una pobrísima casucha, cerca de la forja del maestro Ciccu. La encontró enseguida y como allí no había ventanas y la puerta estaba abierta para dejar entrar un poco de sol, se detuvo en el umbral. En la oscuridad, dentro, se veían amontonados albardas para mulos, alforjas y sacos. Don Turi hacía de mulero, ayudado ahora por su hijo.

—*Doràzio!* —gritó el padre Pirrone. Era una abreviatura de la fórmula *Deo gratias (agamus)* que servía a los eclesiásticos para pedir permiso para entrar.

La voz de un viejo gritó:

—¿Quién es? —y un hombre se levantó del fondo de la estancia y se acercó a la puerta.

—Soy un sobrino, el padre Severino Pirrone. Quisiera hablarle, si me lo permite.

La sorpresa no fue grande. Hacía por lo menos dos meses que era esperada su visita o la de un sustituto. El tío

Turi era un viejo vigoroso y erguido, quemado y requemado por el sol y el granizo, y en el rostro los surcos siniestros que las calamidades trazan sobre las personas no buenas.

—Entra —dijo sin sonreír.

Hizo de mala gana el ademán de besarle la mano. El padre Pirrone se sentó en una de las grandes sillas de madera. El ambiente era muy pobre: dos gallinas picoteaban en una esquina y todo olía a estiércol, a ropa mojada y a mala miseria.

—Tío, hacía muchísimos años que no nos veíamos. Pero no toda la culpa ha sido mía. Yo no estoy en el pueblo, como sabe, y usted tampoco se deja ver por casa de mi madre, su cuñada. Esto nos duele.

—Yo no pondré nunca los pies en esa casa. Se me revuelven las tripas cuando paso por delante. Turri Pirrone no olvida los agravios recibidos, ni al cabo de veinte años.

—Claro, se comprende. Pero hoy vengo como paloma del arca de Noé, para asegurarle que el diluvio ha terminado. Estoy muy contento de encontrarme aquí y me sentí ayer muy feliz cuando en casa me dijeron que Santino, su hijo, se ha prometido con mi sobrina Angelina. Son dos buenos chicos, según me han dicho, y su unión acabará con las diferencias que existían entre nuestras familias y que a mí, permítame que lo diga, siempre me disgustaron.

El rostro de Turi expresó una sorpresa demasiado manifiesta para no ser fingida.

—Si no fuera por el sagrado hábito que llevas, padre, te diría que estás mintiendo. A saber qué historias te habrán contado las mujercitas de tu casa. Santino no ha hablado en su vida con Angelina. Es un hijo demasiado respetuoso para obrar contra los deseos de su padre.

El jesuita admiraba la sequedad del viejo, la imperturbabilidad de sus mentiras.

—Por lo visto, tío, me han informado mal. Imagínese que me han dicho también que os habíais puesto de acuerdo en cuanto a la dote y que hoy ibais a ir a casa para el «reconocimiento». ¡Qué paparruchas cuentan estas mujeres que no tienen nada que hacer! Pero aunque no sean verdad, estas murmuraciones demuestran el deseo de su buen corazón. Ahora, tío, es inútil que me quede aquí: me voy a casa a regañar a mi hermana. Y perdóneme. Me he alegrado mucho de haberle encontrado con buena salud.

El rostro del viejo comenzaba a mostrar cierto ávido interés.

—Espera, padre. Continúa haciéndome reír con los chismes de tu casa. ¿De qué dote hablan esas cotillas?

—¡Yo qué sé, tío! Me parece haber oído hablar de la mitad de Chibbaro. Dicen que 'Ncilina es la niña de sus ojos y que ningún sacrificio es exagerado cuando se trata de asegurar la paz en la familia.

Don Turi ya no se reía. Se levantó.

—¡Santino! —comenzó a chillar con la misma fuerza con que la emprendía con los mulos testarudos. Y como nadie acudiera, gritó aún más fuerte—: ¡Santino! Por la sangre de la Virgen Santísima, ¿qué estás haciendo?

Cuando vio estremecerse al padre Pirrone se tapó la boca con un ademán inesperado servil.

Santino estaba instalando a los animales en el pequeño patio contiguo. Entró atemorizado, con la almohaza en la mano. Era un muchachote de veintidós años, alto y enjuto como su padre, con los ojos no todavía ariscos. El día anterior, como todo el mundo, había visto pasar al padre jesuita por las calles del pueblo y lo reconoció al punto.

—Este es Santino. Y este es tu primo, el padre Severino Pirrone. Da gracias a Dios de que esté aquí el reverendísimo, porque si no te hubiese cortado las orejas. ¿Qué diantre significa este enamoramiento sin que yo, que soy tu padre, sepa nada? Los hijos nacen para los padres y no para correr detrás de las faldas.

El jovenzuelo estaba avergonzado quizá no por su desobediencia, sino más bien por lo pasado y no sabía qué decir. Para salir del apuro, dejó la almohaza en el suelo y fue a besar la mano del sacerdote. Este mostró los dientes con una sonrisa y esbozó una bendición.

—Dios te bendiga, hijo mío, aunque creo que no lo mereces.

El viejo proseguía:

—Aquí, tu primo me ha rogado y rogado tanto que he acabado por dar mi consentimiento. ¿Por qué no me lo dijiste antes? Ahora ve a arreglarte que nos vamos enseguida a casa de 'Ncilina.

—Un momento, tío, un momento —el padre Pirrone pensaba que tenía que hablar todavía con el «hombre de honor», que no sabía nada—. Evidentemente querrán hacer en casa los preparativos convenientes. Además me dijeron que os esperaban por la noche. Id entonces que será una alegría veros.

Y se fue después de abrazar al padre y al hijo.

De regreso a la casita cuadrada, el padre Pirrone supo que Vicenzino había regresado ya y así, para tranquilizar a su hermana, no pudo hacer otra cosa que hacerle señas por detrás de los hombros del fiero marido, lo que por lo demás, tratándose de dos sicilianos, era más que suficiente. Después dijo a su cuñado que tenía que hablarle y los dos se dirigieron a la pequeña pérgola que había detrás de la casa. El borde inferior ondeante del hábito trazaba en torno al jesuita una especie de móvil frontera infranqueable; las gruesas nalgas del «hombre de honor» se contoneaban, símbolo perenne de orgullosa amenaza. La conversación fue, por lo demás, completamente distinta de lo previsto. Una vez asegurado de la inminencia de la boda de 'Ncilina, la indiferencia del «hombre de honor» con respecto a la conducta de su hija fue marmórea. En cambio, a la primera alusión a la dote consignada sus ojos comenzaron a moverse, las venas de las sienes se hincharon y el balanceo de su andadura se hizo frenético: una regurgitación de consideraciones obscenas le salió de la boca, soez, exaltado aún por las más homicidas resoluciones. Su mano, que no había tenido un solo ademán en defensa del honor de la hija, corrió a palpar nerviosa el bolsillo derecho de su pantalón para señalar que en la defensa del almendral estaba dispuesto a verter hasta la última gota de sangre de los demás.

El padre Pirrone dejó que se agotaran sus obscenidades, contentándose con santiguarse rápidamente cuando éstas, con frecuencia, lindaban la blasfemia. Al ademán anunciador de una carnicería no vaciló. Durante una pausa dijo:

—Se comprende, Vicenzino, que yo también quiero contribuir a que todo se arregle lo mejor posible. El documento privado que me asegura la propiedad de cuanto me corresponde por herencia del Finado te lo enviaré desde Palermo, roto.

El efecto de este bálsamo fue inmediato. Vicenzino, entregado a calcular el valor de la heredad anticipada, calló. Y por el aire soleado y frío pasaron las desentonadas notas de una canción que 'Ncilina sintió la tentación de cantar mientras barría la habitación de su tío.

Por la tarde el tío Turi y Santino fueron a visitarlos, un poco limpios y con camisas blanquísimas. Los dos novios, sentados en dos sillas contiguas, prorrumpían de vez en cuando en fragorosas risas, sin decir palabra, uno frente a otro. Estaban contentos de verdad, ella de «establecerse» y de tener a su disposición aquel hermoso macho, él de haber seguido los consejos paternos y tener ahora una sierva y medio almendral. El geranio rojo que llevaba de nuevo detrás de la oreja a nadie le parecía ya un reflejo infernal.

Dos días después el padre Pirrone regresó a Palermo. De camino ponía en orden sus impresiones, que nada tenían de agradables: aquel brutal amor que fecundó durante el veranillo de San Martín, aquel mísero medio almendral rescatado por medio de un premeditado cortejo, le mostraban el aspecto rústico y miserable de otros acontecimientos a los cuales había asistido recientemente. Los grandes señores eran reservados e incomprensibles, los campesinos explícitos y claros. Pero el demonio pisaba los talones a unos y otros.

En Villa Salina encontró al príncipe de excelente humor. Don Fabrizio le preguntó si había pasado bien aquellos cuatro días y si se acordó de saludar a su madre en su nombre. La conocía efectivamente. Seis años antes había sido huésped de la villa y su serenidad de viuda había agradado a los dueños de la casa. El jesuita había olvidado por completo estos saludos y se calló. Pero dijo luego que su madre y su hermana le habían encargado que obsequiara a su excelencia, lo que era sólo una fábula, menos gruesa, por tanto, que una mentira.

—Excelencia —añadió luego—, quisiera preguntarle si puedo dar órdenes para que mañana me preparen un coche: he de ir al arzobispado a pedir una dispensa matrimonial: mi sobrina se casa con un primo.

—Claro está, padre Pirrone, si usted quiere. Pero pasado mañana he de ir a Palermo. Puede usted ir conmigo. ¿Ha de ser tan rápido?[4].

---

[4] Es posible que aquí se aluda a una nueva visita del Príncipe a Mariannina. La historia de los sobrinos de Padre Pirrone es semejante a la de Tancredi y Angélica. En los dos casos el matrimonio sirve para conjugar el impulso sexual con la codicia. La indirecta evocación de los amores mercenarios del Príncipe reduce a un igual contenido de prostitución las relaciones entre hombre y mujer, aparentemente tan diferenciadas según las clases sociales.

Capítulo VI

Yendo al baile. — El baile: entrada de Pallavicino y los Sedàra. — Descontento de don Fabrizio. — El salón de
baile. — En la biblioteca. — Don Fabrizio baila con Angélica. — La cena: conversación con Pallavicino. — El baile de-
cae, regreso a casa.

Noviembre 1862

L A princesa Maria Stella subió al coche, se sentó sobre el raso azul de los cojines y recogió de la mejor
manera en torno suyo los crujientes pliegues de su
traje. Mientras tanto Concetta y Carolina subieron también:
se sentaron de frente y sus idénticos vestidos de color rosa
trascendieron un tenue aroma de violetas. Después el peso
desproporcionado de un pie que se apoyó en el estribo hizo
vacilar la calesa sobre sus altos muelles: también don Fabrizio subía al coche. La calesa quedó llena como un huevo:
las ondas de seda de las armaduras de los tres miriñaques
subían y chocaban, se confundían hasta casi la altura de las
cabezas. Abajo había una espesa mezcolanza de zapatos, zapatitos de seda de las chicas, escarpines *mordoré* de la princesa, zapatillas de charol del príncipe. Cada uno sentíase in-
comodado por los pies del otro y no sabía dónde tenía los
suyos.

Se levantaron los dos estribos y el criado recibió la orden:

—Al palacio Ponteleone.

Volvió a subir al pescante, el palafrenero que sostenía las

bridas de los caballos se apartó, el cochero hizo chasquear imperceptiblemente la lengua y la calesa se puso en marcha.

Iban al baile.

En aquel momento Palermo atravesaba uno de sus intermitentes periodos de mundanidad, los bailes estaban en su apogeo. Después de la venida de los piamonteses, después de los sucesos de Aspromonte, desaparecidos los espectros de expropiación y violencia, las doscientas personas que componían «el mundo» no se cansaban de encontrarse, siempre los mismos, para congratularse de que existían todavía.

Tan frecuentes eran las diversas y, no obstante, idénticas fiestas, que los príncipes de Salina se habían instalado durante tres semanas en su palacio de la ciudad para no tener que hacer casi cada noche el largo recorrido desde San Lorenzo. Los trajes de las señoras llegaban desde Nápoles en grandes cajas negras parecidas a ataúdes y hubo un histérico ir y venir de modistas, peinadoras y zapateros; criados desesperados llevaban a las modistas afanosos billetes. El baile de los Ponteleone iba a ser el más importante de aquella breve estación: importante por todo, por el esplendor del linaje y del palacio y por el número de invitados, y más importante aún para los Salina que iban a presentar en «sociedad» a Angélica, la bella prometida de su sobrino. Eran sólo las diez y media, tal vez demasiado temprano para presentarse en un baile cuando se es el príncipe de Salina, que es justo que llegue siempre cuando la fiesta haya desprendido todo su calor. Pero esta vez no se podía hacer de otra manera si se quería estar allí cuando entrasen los Sedàra que —«no lo saben todavía, los pobres»— eran gente que se tomaban al pie de la letra la indicación de hora escrita en la brillante tarjeta de invitación. Había costado un poco de trabajo hacer que les fuese enviada una de estas invitaciones: nadie los conocía, y la princesa Maria Stella, diez días antes, había tenido que molestarse en hacer una visita a Margherita Ponteleone. Todo había ido bien, naturalmente, pero aquélla había sido una espinita que el noviazgo de Tancredi había clavado en las delicadas garras del Gatopardo.

El breve recorrido hasta el palacio de Ponteleone se desarrollaba por una intrincada red de callejuelas oscuras y había que ir al paso: vía Salina, vía Valverde, la bajada de los Bambinai, tan alegre de día con sus tenduchas de figurillas de cera y tan tétrica durante la noche. Las herraduras de los caballos resonaban prudentes entre las negras casas que dormían o aparentaban dormir.

Las muchachas, estos seres incomprensibles para quienes un baile es una fiesta y no un aburrido deber mundano, charlaban alegremente a media voz. La princesa Maria Stella tanteaba su bolso para asegurarse de la presencia del frasquito de «sal volátil», don Fabrizio saboreaba de antemano el efecto que la belleza de Angélica produciría sobre toda aquella gente que no la conocía y el que la suerte de Tancredi produciría sobre aquella misma gente que lo conocía muy bien. Pero una sombra oscurecía su satisfacción: ¿cómo sería el frac de don Calogero? Ciertamente no como el que había sido llevado en Donnafugata: él había confiado a Tancredi, que lo había arrastrado al mejor sastre e incluso había asistido a las pruebas. Oficialmente había parecido días atrás satisfecho de los resultados, pero en confianza había dicho:

—El frac es como debe ser, pero al padre de Angélica le falta *chic*.

Era innegable, pero Tancredi había garantizado un afeitado perfecto y la decencia del calzado. Esto era algo.

Allí donde la bajada de los Bambinai desemboca junto al ábside de San Domenico, se detuvo el coche. Se oía un grácil campanilleo y tras una esquina apareció un sacerdote llevando el cáliz con el Santísimo. Detrás un monaguillo mantenía por encima de su cabeza una sombrilla blanca recamada de oro. Delante, otro sostenía con la mano izquierda un grueso cirio encendido, y con la derecha agitaba, divirtiéndose mucho, una campanilla de plata. Señal de que en una de aquellas casas abiertas había un agonizante: era el Santo Viático. Don Fabrizio se apeó y arrodillóse sobre la acera, las señoras hicieron la señal de la cruz, el campanilleo se alejó por las calles que se precipitan hacia San Giacomo, y la calesa, con sus ocupantes cargados con una saludable admonición, se encaminó de nuevo hacia la meta ya cercana.

Llegaron y se apearon en el zaguán. El coche desapareció en la inmensidad del patio en el que resonaba el pateo de los caballos y parpadeaban las sombras de los coches llegados antes.

La escalera era de material modesto pero de muy nobles proporciones. A los lados de cada escalón flores silvestres derramaban su tosco perfume, en el rellano que dividía en dos la escalera, las libreas de color de amaranto de dos criados, inmóviles bajo las pelucas, ponían una nota de vivo color en el gris perla del ambiente. Desde dos altas y enrejadas ventanas surgían risas y murmullos infantiles: los hijos pequeños y los sobrinos de los Ponteleone, excluidos de la fiesta, se desquitaban burlándose de los huéspedes. Las señoras arreglaban los pliegues de las sedas; don Fabrizio, con el *gibus* bajo el brazo, hacía destacar su cabeza por encima de ellas, a pesar de que se hallaba sobre un escalón más bajo. A la puerta del primer salón se encontraron con los dueños de la casa. Él, don Diego, canoso y barrigón, a quien sólo sus ojos sombríos salvaban de la apariencia plebeya; ella, doña Margherita, que entre el brillo de su diadema y del triple collar de esmeraldas mostraba el rostro torcido de viejo canónigo.

—¡Han venido ustedes muy pronto! ¡Tanto mejor! Pero estén tranquilos porque *sus* invitados no han llegado todavía.

Una nueva pajita molestó las sensibles uñas del Gatopardo.

—También Tancredi está aquí.

Efectivamente, en el ángulo opuesto del salón, el sobrino negro y sutil como una culebra, estaba rodeado por tres o cuatro jovencitos y les hacía mondarse de risa contándoles ciertas historietas ciertamente subidas de tono, pero tenía los ojos inquietos como siempre, fijos en la puerta de entrada. El baile había comenzado ya y a través de tres, cuatro, cinco salones, llegaban desde el salón de baile las notas de la orquesta.

—Esperamos también al coronel Pallavicino, el que se comportó tan bien en Aspromonte[1].

Esta frase del príncipe de Ponteleone parecía sencilla, pero no lo era. Superficialmente era una comprobación carente de sentido político, que tendía sólo a elogiar el tacto, la delicadeza, la emoción, la ternura casi, con que una bala había sido metida en el pie del general, y también los sombrerazos, genuflexiones y besamanos que la habían acompañado, dedicados al herido héroe yacente bajo un castaño del monte calabrés, y que sonreía también él con emoción y no con ironía como hubiese sido lícito; porque Garibaldi, ¡ay!, estaba desprovisto del sentido del humor.

En un estado intermedio de la psique principesca la frase tuvo un significado técnico y pretendía elogiar al coronel por haber tomado bien sus propias disposiciones, alineado oportunamente sus batallones y haber podido llevar a cabo, contra el mismo adversario, lo que en Calatafimi había fallado tan incomprensiblemente a Landi. Además, en el fondo del corazón del príncipe el coronel se «había comportado bien» porque había conseguido detener, derrotar, herir y capturar a Garibaldi, y haciendo esto había salvado trabajosamente el compromiso conseguido entre el nuevo y el viejo estado de cosas.

---

[1] Se alude a la batalla que se produjo en Aspromonte (Calabria) el 29 de agosto de 1862 entre las tropas regulares y Garibaldi con sus «camisas rojas». La unificación de Italia había dejado fuera dos ciudades tan importantes como Roma y Venecia. Mientras Venecia quedaba dentro del imperio austriaco, y para conquistarla era inevitable un conflicto (que se produciría en 1866), Roma gozaba de la protección de Napoleón III, y fuerzas francesas garantizaban la independencia del Estado Pontificio. El primer ministro italiano, Urbano Rattazzi, creyó poder repetir la táctica usada por Cavour en ocasión de la anexión del Reino de las Dos Sicilias: dejó libre a Garibaldi de ir a Sicilia y formar allí un ejército de voluntarios, con el cual el general llegaría hasta Roma, conquistándola y entregándola después a Vittorio Emmanuele. El gobierno se mostraba ajeno a la iniciativa y formalmente hostil. Sin embargo, cuando Garibaldi ya había pasado el estrecho al mando de sus tropas, las protestas francesas fueron tan violentas y amenazadoras que el gobierno tuvo que cambiar de actitud: un ejército, al mando del coronel Pallavicino, fue enviado para detener al general. Hubo un intercambio de disparos, y el mismo Garibaldi fue herido en un pie.

Evocado, creado casi por las lisonjeras palabras y por las meditaciones más lisonjeras aún, el coronel compareció en lo alto de la escalera. Avanzaba entre un tintineo de colgantes, cadenillas y espuelas, en bien ceñido uniforme cruzado, con el sombrero plumado bajo el brazo, y el sable curvado en cuya empuñadura apoyaba la mano izquierda. Era hombre de mundo y de rotundos ademanes, especializado, como ya sabía toda Europa, en besamanos cargados de significado. Cada señora sobre cuyos dedos se posaron aquella noche los bigotes perfumados del coronel, fue puesta en condiciones de reevocar con conocimiento de causa el instante histórico que las estampas populares habían ya exaltado.

Después de haber soportado el chorro de alabanzas derramado sobre él por los Ponteleone, después de haber estrechado los dos dedos que don Fabrizio le tendió, Pallavicino fue envuelto por el perfumado espumear de un grupo de señoras. Sus rasgos conscientemente viriles emergían por encima de sus blancos hombros y dejábanse oír frases aisladas suyas:

—Yo lloraba, condesa, lloraba como un niño —o bien—: Era bello y sereno como un arcángel.

Su sentimiento varonil cautivaba a aquellas damas a quienes los escopetazos de sus *bersaglieri* habían tranquilizado ya.

Angélica y don Calogero tardaban, y ya los Salina estaban pensando en dirigirse a los otros salones, cuando se vio a Tancredi dejar plantado a su grupo y dirigirse como un cohete hacia la puerta de entrada: los esperados habían llegado. Por encima del ordenado torbellino de miriñaque rosa, los blancos hombros de Angélica resbalaban hacia los brazos fuertes y mórbidos; su cabeza se erguía pequeña y desdeñosa sobre su cuello liso de juventud y adornado con perlas intencionadamente modestas. Cuando de la abertura de su largo guante *glacé* sacó su mano, no pequeña pero de corte perfecto, se vio brillar en ella el zafiro napolitano.

Don Calogero hallábase en su estela, ratoncillo custodio de una llameante rosa. No había elegancia en su traje, pero sí esta vez corrección. Su único error fue llevar en el ojal la cruz de la corona de Italia, que le había sido concedida recientemente. Por otra parte, desapareció enseguida en uno de los bolsillos clandestinos del frac de Tancredi.

El novio había enseñado ya a Angélica la impasibilidad, este fundamento de la distinción («Solamente puedes ser expansiva y habladora conmigo, querida; para todos los demás has de ser la futura princesa de Falconeri, superior a muchos, igual a cualquiera»), y por lo tanto su saludo a la dueña de la casa fue una no espontánea pero acertadísima mezcla de modestia virginal, altivez neoaristocrática y gracia juvenil.

Los palermitanos son, al fin y al cabo, italianos, sensibles tanto como nadie a la fascinación de la belleza y al prestigio del dinero. Además Tancredi, a pesar de su atractivo, estando notoriamente arruinado, era considerado un partido no deseable —equivocadamente, por lo demás, como se vio luego, cuando ya era demasiado tarde—: era, en consecuencia, más apreciado por las mujeres casadas que por las chicas casaderas. Estos méritos y deméritos hicieron que la acogida dispensada a Angélica fuese de un calor imprevisto. A decir verdad, a algún jovencito podría haberle disgustado no haber desenterrado para sí una tan hermosa ánfora colmada de monedas, pero Donnafugata era feudo de don Fabrizio, y si él había encontrado allí aquel tesoro y se lo había cedido al querido Tancredi, no podía uno disgustarse más de cuanto se habría amargado si el otro hubiese descubierto una mina de azufre en sus tierras. Era propiedad suya, no había nada que decir.

Por otra parte estas débiles oposiciones desaparecían ante el brillo de aquellos ojos. Y al poco rato hubo una verdadera multitud de jovencitos que deseaban hacerse presentar a ella y solicitarle un baile. A cada uno Angélica otorgaba una sonrisa de su boca de fresa, a cada uno le mostraba su carnet en el que a cada polca, mazurca o vals seguía la firma posesiva: Falconeri. Por parte de las jovencitas llovían las propuestas de tuteo y al cabo de una hora Angélica encontrábase a su gusto entre personas que no tenían la menor idea de la rusticidad de la madre ni de la sordidez del padre.

Su actitud no desmereció ni siquiera un instante: nunca se la vio sola con la cabeza por las nubes, nunca sus brazos se separaron del cuerpo, nunca su voz se elevó por encima del diapasón —por lo demás bastante alto— de las demás señoras. Porque Tancredi le había dicho el día antes:

—Mira, querida, nosotros (y, por lo tanto, también tú ahora) consideramos nuestras casas y nuestros muebles por encima de cualquier cosa. Nada nos ofende más que un descuido respecto a esto. Por lo tanto, míralo todo y elógialo. Además el palacio de los Ponteleone lo merece. Pero como ya no eres una provinciana que se sorprende de cualquier cosa, mezcla siempre cierta reserva a los elogios que hagas. Admira, sí, pero compara siempre con algún arquetipo visto antes, y que sea ilustre.

Las largas visitas al palacio dc Donnafugata habían enseñado mucho a Angélica y así aquella noche admiró cada tapiz, pero dijo que los del palacio Pitti tenían orillas más hermosas. Elogió una Madonna del Dolci, pero recordó que la del Granduca tenía una melancolía mejor expresada, y hasta del trozo de tarta que le llevó un obsequioso joven, dijo que era excelente, tan buena casi como la de «Monsú Gaston» el cocinero de los Salina. Y como Monsú Gaston era el Rafael Sanzio de los cocineros, y los tapices de Pitti los Monsú Gaston entre las tapicerías, nadie tuvo nada que objetar, más bien todos se sintieron halagados con el parangón, y ella comenzó ya desde aquella noche a adquirir fama de cortés pero inflexible conocedora de arte, que debía, abusivamente, acompañarla en toda su larga vida.

Mientras Angélica cosechaba laureles, Maria Stella cotilleaba en un diván con dos viejas amigas y Concetta y Carolina helaban con su timidez a los jovencitos más corteses, don Fabrizio erraba por los salones: besaba las manos de las señoras, entumecía los hombros de los caballeros a quienes quería distinguir; pero se daba cuenta de que el malhumor se apoderaba lentamente de él. En primer lugar la casa no le gustaba: los Ponteleone no habían hecho renovación alguna desde hacía setenta años y todo estaba como en los tiempos de la reina María Carolina, y él, que creía tener gustos modernos, se indignaba.

—¡Santo Dios, con las rentas de Diego se pueden mandar al diantre todos estos chismes, estos espejos empañados! Que se haga hacer unos hermosos muebles de palisandro y peluche, viviría él cómodamente y no obligaría a sus invitados a moverse en estas catacumbas. Acabaré diciéndoselo.

Pero nunca se lo dijo porque sus opiniones nacían sólo del mal humor y de su tendencia a la contradicción, pero las olvidaba pronto y él tampoco cambiaba nada ni en San Lorenzo ni en Donnafugata. Pero de momento fueron suficientes para aumentar su incomodidad.

Tampoco le gustaban las mujeres que asistían al baile. Dos o tres de aquellas viejas habían sido sus amantes y viéndolas ahora cansadas por los años y las nueras, le costaba trabajo recrear para sí la imagen de ellas como eran, veinte años antes, y se molestaba al pensar que había malgastado sus años mejores persiguiendo —y alcanzando— semejantes esperpentos. Pero tampoco las jóvenes le decían gran cosa, excepto un par: la jovencísima duquesa de Palma, de quien admiraba los ojos grises y la severa suavidad de su actitud, y también Tutu Lascari, de quien, si hubiera sido más joven, habría sabido extraer acordes singularísimos. Pero las otras... Era agradable que de las tinieblas de Donnafugata hubiese surgido Angélica para demostrar a los palermitanos lo que era una mujer hermosa.

No podía quitársele la razón: en aquellos años la frecuencia de los matrimonios entre primos, dictados por la pereza sexual y por cálculos de tierras, la escasez de proteínas en la alimentación agravada por la abundancia de amiláceos, la falta total de aire fresco y de movimiento, habían llenado los salones de una turba de muchachitas increíblemente bajas, inverosímilmente oliváceas, insoportablemente balbucientes. Pasaban el tiempo apiñadas entre sí, lanzando sólo cariñosas invitaciones a los jovencitos asustados, destinadas sólo, por lo que parecía, a hacer de fondo para las tres o cuatro bellas criaturas que, como la rubia Maria Palma, la bellísima Eleonora Giardinelli, pasaban deslizándose como cisnes en un estanque abarrotado de renacuajos.

Cuanto más las miraba tanto más se irritaba: su mente condicionada por las largas soledades y los pensamientos abstractos concluyó, en un momento dado, mientras pasaba por una ancha galería sobre el *pouf* central en la que se había reunido una numerosa colonia de estas criaturas, con procurarles una especie de alucinación: casi le parecía haberse convertido en un guardián de parque zoológico que tenía la misión de vigilar a un centenar de monas: esperaba verlas encaramarse de pronto a las lámparas y, suspendidas de ellas por medio de la cola, balancearse exhibiendo el trasero y lanzando cáscaras de avellanas, chillidos y rechinamientos de dientes sobre los pacíficos visitantes.

Caso extraño, una sensación religiosa lo arrebató de aquella visión zoológica. Efectivamente, del grupo de macacos con miriñaque elevábase una monótona y continua invocación sacra

—¡María Santísima! —exclamaban perpetuamente aquellas pobres chicas—. ¡Santa María, qué casa más hermosa! ¡Santa María, qué apuesto es el coronel Pallavicino! ¡Santa María, me duelen los pies! ¡Santa María, qué hambre tengo! ¿Cuándo abren el *buffet?*

El nombre de la Virgen María invocado por aquel coro virginal llenaba la galería y de nuevo convertía a los monos en mujeres, porque todavía no resultaba que los *ouistiti* de los bosques brasileños se hubiesen convertido al catolicismo.

Ligeramente asqueado, el príncipe pasó al saloncito de al lado. Allí, en cambio, había acampado la tribu diversa y hostil de los hombres: los jóvenes bailaban y los presentes sólo eran los viejos, todos amigos suyos. Sentóse un rato con ellos. Allí la Reina de los Cielos no era nombrada en vano, pero, en compensación, los lugares comunes, las conversaciones estúpidas enturbiaban el aire. Entre estos señores don Fabrizio pasaba por ser un extravagante. Su interés por las matemáticas era considerado como una pecaminosa perversión y si él no hubiera sido precisamente el príncipe de Salina y si no se hubiese sabido que era un excelente jinete, infatigable cazador y medianamente mujeriego, con sus paralajes y sus telescopios hubiera corrido el peligro de ser dejado de lado. Sin embargo, le hablaban poco porque el azul frío de sus ojos entrevistos entre los pesados párpados, hacía perder los estribos a sus interlocutores, y él se encontraba a menudo aislado no ya por respeto, como él creía, sino por temor.

Se levantó: la melancolía se había convertido en un auténtico humor negro. Había hecho mal en ir al baile. Stella, Angélica, sus hijas, hubieran podido pasarse muy bien sin él, y él en este momento estaría tranquilamente en su pequeño estudio contiguo a la terraza, en vía Salina, escuchando el susurro de la fuente y tratando de agarrar los cometas por la cola.

«Ahora ya no hay más remedio. Sería descortés irse. Vayamos a ver a los que bailan.»

El salón de baile era todo oro: liso en las cornisas, cincelado en los marcos de las puertas, damasquinado claro, casi plateado sobre menos claro, en las mismas puertas y en los postigos que cerraban las ventanas y las anulaban, confiriendo así al ambiente un significado orgulloso de cofre que excluye cualquier referencia a un exterior indigno. No era el dorado deslumbrante que ahora aplican los decoradores, sino un oro consumido, pálido como los cabellos de ciertos niños del Norte, empeñado en esconder su propio valor bajo un pudor, ya perdido, de materia preciosa que quería mostrar su propia belleza y hacer olvidar su propio coste. Aquí y allí sobre los panales, grupos de flores rococó, de un color un tanto desvaído como para no parecer más que un efímero rubor debido a los reflejos de las lámparas.

Esa tonalidad solar, ese abigarramiento de brillos y sombras hicieron que a don Fabrizio le doliera el corazón. Estaba negro y rígido apoyado en el vano de la puerta: en aquella sala eminentemente patricia acudían a su mente imágenes campesinas: el timbre cromático era el de los inmensos sembrados en torno a Donnafugata, estáticos, implorando clemencia bajo la tiranía del sol: también en esa sala, como en los feudos a mediados de agosto, la cosecha había sido efectuada hacía tiempo, almacenada en otro lugar y, como allí, quedaba solamente el recuerdo en el color de los rastrojos quemados e inútiles. El vals cuyas notas atravesaban el aire caliente le parecía sólo una estilización de ese incesante paso de los vientos que pulsan su propio laúd sobre las superficies sedientas ayer, hoy, mañana, siempre, siempre, siempre. La locura de los bailarines entre quienes había tantas personas próximas a su carne ya que no a su corazón, acabó por parecerle irreal, compuesta de esa materia con la cual están tejidos los recuerdos perecederos, que es más frágil aún que la que nos turba en los sueños. En el techo los dioses, reclinados sobre dorados escaños, miraban hacia abajo sonrientes e inexorables como el cielo de verano. Creíanse eternos: una bomba fabricada en Pittsburg, Penn., demostraría en 1943 lo contrario.

—Hermoso, príncipe, hermoso. Ahora ya no se hacen cosas así, al precio actual del oro.

Sedàra estaba cerca. Sus ojillos vivaces recorrían el ambiente, insensibles a la gracia, atentos al valor monetario.

De pronto don Fabrizio se dio cuenta de que lo odiaba. A su ascenso, al de centenares como él, a sus oscuras intrigas, a su tenaz avaricia y avidez debíase esa sensación de muerte que ahora, claramente, ensombrecía estos palacios. A él, a sus compadres, a sus rencores, a su sentido de inferioridad, a su no haber conseguido prosperar, debíase también que a él, don Fabrizio, los trajes negros de los bailarines le recordaran las cornejas que planeaban, buscando presas pútridas, por encima de los pequeños y perdidos valles. Sintió la tentación de responderle de malos modos, de invitarlo a largarse. Pero no podía: era un huésped, era el padre de la querida Angélica. Era acaso un infeliz como los demás.

—Muy hermoso, don Calogero, muy hermoso. Pero lo que supera todo son nuestros dos chicos.

Tancredi y Angélica pasaban en aquel momento ante ellos, la diestra enguantada de él apoyada sobre la cintura de ella, los brazos tendidos y compenetrados, los ojos de cada uno fijos en los del otro. El negro frac de él, el rosa del traje de ella, entremezclados, formaban una extraña joya. Ofrecían el espectáculo más patético de todos, el de dos jovencísimos enamorados que bailaban juntos, ciegos a los defectos recíprocos, sordos a las advertencias del destino, convencidos de que todo el camino de la vida será tan liso como el pavimento de aquel salón, actores ígnaros a quienes un director de escena hace recitar el papel de Julieta y el de Romeo ocultando la cripta y el veneno, ya previstos en el original. Ni uno ni otro eran buenos, cada uno había hecho sus cálculos y estaba lleno de miras secretas, pero entrambos resultaban encantadores y conmovedores, mientras sus no limpias pero ingenuas ambiciones eran borradas por las palabras de jubilosa ternura que él murmuraba al oído de ella, por el perfume de los cabellos de la joven, por el recíproco abrazo de aquellos cuerpos destinados a morir.

Los dos jóvenes se alejaban, pasaban otras parejas, menos bellas, pero tan conmovedoras, sumida cada una en su pasajera ceguera. Don Fabrizio sintió que el corazón se le enternecía: su disgusto cedía el puesto a la compasión por todos estos efímeros seres que buscaban gozar del exiguo rayo de luz concedido a ellos entre las dos tinieblas, antes de la cuna y después de los últimos estertores. ¿Cómo era posible enconarse contra quien se tiene la seguridad de que ha de morir? Significaba ser tan vil como las pescateras que hacía sesenta años ultrajaban a los condenados en la plaza del Mercado. También los macacos sobre los *poufs* y los viejos papanatas de sus amigos eran miserables, insalvables y mansos como el ganado que por las noches brama por las calles de la ciudad cuando se le conduce al matadero. Al oído de cada uno de ellos llegaría un día el campanilleo que había oído hacía tres horas detrás de San Domenico. No era lícito odiar otra cosa que la eternidad.

Además toda la gente que llenaba los salones, todas aquellas mujeres feúchas, todos aquellos hombres estúpidos, estos dos sexos vanidosos eran sangre de su sangre, eran él mismo; sólo con ellos se sentía a gusto.

«Soy acaso más inteligente, soy sin duda más culto que ellos, pero soy de la misma camada, debo solidarizarme con ellos.»

Advirtió que don Calogero hablaba con Giovanni Finale de la posible elevación de los precios de los quesos del sur y que, lleno de esperanza ante esta beatífica posibilidad, sus ojos se habían hecho claros y apacibles. Podía escabullirse sin remordimientos.

Hasta aquel momento la irritación acumulada le había dado energía. Ahora, con la distensión le sobrevino el cansancio: eran ya las dos. Buscó un lugar donde poder sentarse tranquilo, lejos de los hombres, amados y hermanos, de acuerdo, pero siempre molestos. Lo encontró enseguida: la biblioteca, pequeña, silenciosa, iluminada y vacía. Se sentó, luego se levantó para beber agua de la botella que se encontraba en una mesita.

«No hay nada como el agua», pensó como verdadero siciliano, y no se secó las gotas que le quedaron sobre el labio.

Sentóse de nuevo. Le gustaba la biblioteca y pronto en ella se encontró a gusto; no se opuso a que él tomara posesión de ella porque era impersonal como lo son las estancias poco habitadas: Ponteleone no era individuo que perdiese allí el tiempo.

Don Fabrizio púsose a contemplar un cuadro que tenía delante. Era una buena copia de la *Muerte del Justo* de Greuze: el anciano estaba expirando en su lecho, entre los bullones de sus limpísimas sábanas, rodeado por nietos y nietas que levantaban los brazos hacia el techo. Las muchachas eran graciosas, picarescas, y el desorden de sus vestidos más sugería el libertinaje que el dolor: se comprendía al punto que ellas eran el verdadero tema del cuadro. Sin embargo, por un instante don Fabrizio se sorprendió de que Diego pudiera tener siempre ante los ojos aquella melancólica escena. Luego se tranquilizó al pensar que debería entrar en aquella estancia no más de una vez al año.

De pronto se preguntó si su propia muerte sería semejante a aquélla. Probablemente sí, pero sus ropas serían menos impecables —él lo sabía: las sábanas de los agonizantes están siempre sucias porque están llenas de babas, deyecciones y manchas de medicinas...— y era de esperar que

Concetta, Carolina y las demás estuvieran más decentemente vestidas. Pero, en conjunto, lo mismo. Como siempre, la consideración de su muerte lo serenaba tanto como lo turbaba la muerte de los demás. Tal vez porque, en fin de cuentas, su muerte era el final del mundo.

De aquí pasó a pensar que era necesario efectuar reparaciones en el mausoleo familiar, en los Capuchinos. Lástima que ya no estuviese permitido allí colgar del cuello a los cadáveres en la cripta y verlos después momificarse lentamente: él habría hecho una magnífica figura sobre aquella pared tan grande, espantaría a las jóvenes con la tiesa sonrisa de su rostro apergaminado y con su larguísimo pantalón de piqué blanco. Pero no, lo vestirían de gala, acaso con el mismo frac que llevaba ahora...

Abrióse la puerta.

—Tiazo, estás guapísimo esta noche. El traje negro te sienta de maravilla. Pero ¿qué estás mirando? ¿Cortejas a la muerte?

Tancredi daba el brazo a Angélica. Los dos estaban todavía bajo el influjo sensual del baile, cansados. Angélica se sentó y pidió a Tancredi un pañuelito para enjugarse las sienes. Don Fabrizio le dio el suyo. Los dos jóvenes contemplaron el cuadro con absoluta indiferencia. Para entrambos el conocimiento de la muerte era puramente intelectual, era por así decirlo un dato de cultura y nada más, no una experiencia que les hubiese penetrado la médula de los huesos. La muerte, sí, existía, no había duda, pero era cosa de los demás.

Don Fabrizio pensaba que por ignorancia íntima de este consuelo supremo, los jóvenes sienten los dolores más acerbamente que los viejos: para éstos la puerta de escape está más cerca.

—Príncipe —decía Angélica—, hemos sabido que usted estaba aquí. Hemos venido para descansar, pero también para pedirle algo. Espero que no me lo niegue.

Sus ojos reían maliciosos y su mano se posó en la manga de don Fabrizio.

—Quería pedirle que bailase conmigo la próxima mazur-

ca. Dígame que sí y no sea malo. Sabemos que usted es un gran bailarín.

El príncipe estuvo contento y se hinchó como un pavo. ¡Esto era algo muy distinto de la cripta de los Capuchinos! Sus peludas mejillas se agitaron de placer. Pero le asustaba un poco la idea de la mazurca: este baile militar, todo taconazos y vueltas no estaba ya hecho a su medida. Arrodillarse ante Angélica habría sido un placer, pero ¿y si después le costaba un esfuerzo levantarse?

—Gracias, hija mía. Me rejuveneces. Seré feliz obedeciéndote, pero la mazurca no. Concédeme el primer vals.

—¿Ves, Tancredi, qué bueno es tío Fabrizio? No es caprichoso como tú. ¿Sabe, príncipe, que él no quería que se lo pidiese? Está celoso.

Tancredi reía.

—Cuando se tiene un tío apuesto y elegante como él justo es estar celoso. Pero en fin, por esta vez no me opongo.

Sonreían los tres, y don Fabrizio no podía comprender si habían tramado esta propuesta para proporcionarle un placer o gastarle una broma. No tenía importancia. Eran buenos chicos.

En el momento de salir Angelica rozó con los dedos la tapicería de una butaca.

—Son bonitas, el color es muy bello, pero las de su casa, príncipe...

La nave avanzaba al impulso recibido. Tancredi intervino:

—Basta, Angélica. Los dos te queremos mucho, más allá de tus conocimientos con respecto al mobiliario. Déjate de butacas y ve a bailar.

Mientras se dirigían al salón de baile, don Fabrizio vio que Sedàra hablaba todavía con Giovanni Finale. Oíanse las palabras *russella, primintio, marzolino:* comparaban los precios de los granos de siembra. El príncipe previó una inminente invitación a Margarossa, la hacienda con la cual Finale se estaba arruinando a fuerza de innovaciones agrícolas.

La pareja Angélica-don Fabrizio daba gusto de ver. Los enormes pies del príncipe se movían con delicadeza sorprendente y nunca los zapatitos de raso de su dama corrieron el peligro de ser rozados. La manaza de él le ceñía la cintura con vigorosa firmeza, su barbilla se apoyaba sobre la onda letea de los cabellos de la joven. Por el escote de Angélica surgía un perfume de *Bouquet à la Maréchale,* sobre todo un aroma de piel joven y tersa. En memoria suya recordó una frase de Tumeo: «Sus sábanas deben de tener el olor del paraíso.» Frase inconveniente, frase grosera, pero exacta. Ese Tancredi...

Ella hablaba. Su natural vanidad satisfacíase tanto como su tenaz ambición.

—¡Soy tan feliz, tiazo! ¡Todos han sido tan amables, tan buenos! Además Tancredi es un encanto, y también usted es un encanto. Todo esto se lo debo a usted, tiazo: incluso Tancredi. Porque si usted no hubiese querido, ya sé cómo habría acabado todo.

—Yo no tengo nada que ver con esto, hija mía. Todo te lo debes a ti misma.

Era verdad: ningún Tancredi hubiese resistido jamás a su belleza unida a su patrimonio. Habríase casado con ella pasando por encima de todo. Algo le dolió en el corazón: pensó en los ojos altivos y humillados de Concetta. Pero fue un dolor breve. A cada vuelta que daba le caía un año de los hombros: pronto se encontró como si tuviese veinte, cuando en aquella misma sala bailaba con Stella, cuando ignoraba todavía lo que eran las desilusiones, el tedio y todo lo demás. Por un instante aquella noche la muerte fue de nuevo, a sus ojos, «cosa de los demás».

Tan absorto estaba en sus recuerdos que se ajustaban tan bien a la sensación presente, que no se dio cuenta de que en un momento dado Angélica y él bailaban solos. Acaso instigadas por Tancredi las otras parejas dejaron de bailar y se quedaron mirando. Los dos Ponteleone estaban allí: parecían enternecidos. Eran viejos y acaso comprendían. También Stella era vieja, pero sus ojos estaban sombríos. Cuando calló la orquesta el aplauso no estalló sólo porque don Fabrizio tenía un aspecto demasiado leonino para que se arriesgaran semejantes inconveniencias.

Terminado el vals Angélica propuso a don Fabrizio que cenara en su mesa y la de Tancredi. Él habría estado muy contento, pero precisamente en aquel momento los recuerdos de su juventud eran demasiado intensos para que no se diese cuenta de que una cena con su viejo tío hubiese resultado desagradable entonces, teniendo a Stella a dos pasos. Solos quieren estar los enamorados, o todo lo más, con extraños. Con ancianos y, peor que peor, con parientes, nunca.

—Gracias, Angélica, no tengo apetito. Tomaré algo de pie. Ve con Tancredi y no penséis en mí.

Esperó un momento a que los muchachos se alejaran y luego entró él en la sala del *buffet*. Había al fondo una larguísima y estrecha mesa, iluminada por los famosos doce candelabros de *vermeil* que el abuelo de Diego había recibieo como regalo de la corte de España, cuando hubo finalizado su embajada en Madrid: erguidas sobre altos pedestales de metal reluciente, seis figuras de atletas y seis de mujer, alternadas, sostenían sobre sus cabezas la armazón de plata dorada, coronada en lo alto por las llamitas de doce candelas. La habilidad del orífice había expresado maliciosamente la facilidad serena de los hombres, el cansancio lleno de gracia de las jovencitas al sostener aquel peso desproporcionado. Doce piezas de primer orden.

«¡A saber a cuántas *salmas* de terreno equivaldrán!», habría dicho el infeliz Sedàra.

Don Fabrizio recordó que Diego le había mostrado un día los estuches de cada uno de aquellos candelabros, pequeños montes de marroquín verde que en los costados llevaban impreso en oro el escudo tripartito de los Ponteleone y el de las iniciales entrelazadas de los donantes.

Por debajo de los candelabros, por debajo de los fruteros de cinco pisos que elevaban hacia el techo lejano las pirámides de los «dulces para adorno» nunca consumidos, extendíase la monótona opulencia de las *tables à thé* de los grandes bailes: coralinas las langostas hervidas vivas, céreos y gomosos los *chaud-froids* de ternera, de tinte de acero las lubinas sumergidas en suaves salsas, los pavos que había dorado el calor de los hornos, los pasteles de hígado rosado bajo las corazas de gelatina, las becadas deshuesadas yacentes sobre túmulos de tostadas ambarinas, decoradas con sus propios menudillos triturados, las gelatinas de color de aurora, y otras crueles y coloreadas delicias. En los extremos de las mesas dos monumentales soperas de plata contenían el *consommé* ámbar tostado y límpido. Los cocineros de las vastas cocinas habían tenido que sudar desde la noche anterior para preparar esta cena.

«¡Cáspita, cuántas delicadezas! Donna Margherita sabe hacer bien las cosas. Pero mi estómago no está para estos trotes.»

Despreció la mesa de las bebidas que estaba a la derecha resplandeciente de cristales y plata y se dirigió a la izquierda, a la de los dulces. Había allí *babà* tostados como la piel de los alazanes, *Monte Bianchi* nevados de nata, *beignets Dauphin* que las almendras salpicaban de blanco y los pistachos de verde, pequeñas colinas de *profiteroles* al chocolate, pardas y grasas como el *humus* de la llanura de Catania de donde, de hecho, provenían despúes de un largo proceso, *parfaits* rosados, *parfaits* al champaña, *parfaits* dorados que se deshojaban crujiendo cuando el cuchillo los dividía, golosinas en tono mayor de guindas confitadas, tonos ácidos de las piñas amarillas, y "triunfos de la gula" con el verde opaco de sus alfóncigos picados, impúdicas «pastas de las vírgenes». Don Fabrizio se hizo servir de éstas y, con ellas en el plato, parecía una profana caricatura de Santa Ágata exhibiendo sus senos cortados.

«¿Cómo el Santo Oficio, cuando pudo hacerlo, no pensó en prohibir estos dulces? Los «triunfos de la gula» (la gula, pecado mortal), los pechos de Santa Ágata vendidos por los monasterios, devorados por los juerguistas. ¡Vamos!»

En el salón que olía a vainilla, vino y polvos, don Fabrizio erraba en busca de un lugar. Tancredi lo vio desde una mesa y golpeó con la mano una silla indicándole que allí era donde debía sentarse. Junto a él Angélica trataba de ver en el reverso de un plato de plata si su peinado estaba en regla. Don Fabrizio sacudió la cabeza sonriendo para rechazar la invitación. Continuó buscando. Desde una mesa oíase la voz satisfecha de Pallavicino:

—La mayor emoción de mi vida...

A su lado había un lugar vacío. Pero ¡qué hombre más cargante! ¿No sería mejor, después de todo, escuchar la cordialidad acaso impuesta pero refrescante de Angélica, las desabridas agudezas de Tancredi? No, era mejor aburrirse uno que aburrir a los demás.

Se excusó y sentóse cerca del coronel, que se levantó al verle llegar, lo que le valió una pequeña parte de la simpatía gatopardesca. Mientras saboreaba la refinada mezcla de manjar blanco, alfóncigo y canela encerrada en los dulces que había elegido, don Fabrizio se puso a conversar con Pallavicino y advertía que éste, por encima de sus almibaradas frases reservadas acaso a las señoras, no tenía nada de imbécil. También él era un «señor», y el fundamental escepticismo de su clase, sofocado habitualmente por las impetuosas llamas bersaglierescas de la solapa, asomaba la nariz ahora que se encontraba en un ambiente igual al de su tierra, fuera de la inevitable retórica de los cuarteles y las admiradoras.

—Ahora la Izquierda quiere hacerme la santísima porque en agosto ordené a mis muchachos que hicieran fuego sobre el general. Pero dígame usted, príncipe, ¿qué otra cosa podía hacer con las órdenes escritas que llevaba encima? Debo confesar, sin embargo, que cuando en Aspromonte vi delante de mí aquellos centenares de descamisados, algunos con caras de fanáticos incurables, otros con la teja de los revoltosos profesionales, me sentí feliz de que estas órdenes respondieran tan bien a lo que yo mismo estaba pensando. Si no hubiese dado la orden de disparar, aquella gente nos habría hecho papilla a mis soldados y a mí; y, aunque la pérdida no hubiera sido muy grande, hubiese acabado con provocar la intervención francesa y la austriaca, un cisco sin precedentes en el que se habría derrumbado este reino de Italia que se ha formado milagrosamente, es decir sin que se comprenda cómo. Y se lo digo en confianza, mi brevísima descarga ayudó sobre todo... a Garibaldi, lo liberó de esa especie de conspiración que se le veía encima, de todos esos individuos tipo Zambianchi, que se servían de él para quién sabe qué fines, acaso generosos aunque inútiles, pero tal vez deseados por las Tullerías y el palacio Farnese: todos individuos muy distintos de aquellos que con él habían desembarcado en Marsala, gente que creía, los mejores de ellos, que se puede hacer Italia con una serie de quijotadas. El general lo sabe, porque en el momento de mi famosa genuflexión me estrechó la mano con un calor que no creo habitual hacia quien, cinco minutos antes, le había hecho descargar un balazo en un pie. Y ¿sabe qué me dijo en voz baja, él que era la única persona de bien que se encontraba en aquella infausta montaña?

«—Gracias, coronel.

»—¿Gracias de qué? —le pregunté—. ¿De haberlo dejado cojo para toda su vida?

»Evidentemente, no; sino de haberle abierto los ojos sobre las bravuconadas y, peor acaso, sobre las bellaquerías de sus dudosos secuaces.»

—Pero perdóneme, ¿no cree usted, coronel, haber exagerado un poco en besamanos, sombrerazos y cumplidos?

—Sinceramente, no. Porque estos actos de ternura eran genuinos. Había que ver a aquel pobre gran hombre tendido en el suelo bajo un castaño, dolorido en el cuerpo y más dolorido aún en el espíritu. ¡Una pena! Con esto revelábase claramente lo que siempre ha sido, un niño, con barba y arrugas, pero un niño irreflexivo e ingenuo. Era difícil resistir a la emoción para no verse obligado a hacerle una carantoña. ¿Por qué, por otra parte, había que resistirla? Yo beso la mano solamente a las señoras. Incluso entonces, príncipe, besé la mano a la salvación del reino, que es también una señora a quien nosotros los militares debemos rendir homenaje.

Pasó un camarero y don Fabrizio le pidió que le sirviese un trozo de *Monte Bianco* y una copa de champaña.

—Y usted, coronel, ¿no toma nada?

—Nada de comer, gracias. Pero también tomaré una copa de champaña.

Luego continuó. Era evidente que no podía apartarse de aquel recuerdo que, hecho como estaba de pocos escopetazos y mucha habilidad, era precisamente del tipo que atraía a los hombres como él.

—Los hombres del general, mientras los míos los desarmaban, soltaban tacos y blasfemias, ¿y sabe contra quién? Contra aquel que había sido el único en pagar con su persona. Un asco, pero era natural; veían que se les escapaba de las manos aquella personalidad infantil pero grande, que era la única que podía cubrir los oscuros tejemanejes de tantos de ellos. Y aunque mis cumplidos hubiesen sido superfluos, estaría contento de haberlos hecho. Entre nosotros, en Italia, no se exagera nunca en cuanto a sentimentalismo y besuqueo: son los argumentos políticos más eficaces que tenemos.

Bebió el vino que le sirvieron, pero esto pareció acrecentar todavía su amargura.

—¿No ha estado usted en el continente después de la fundación del reino, príncipe? ¡Dichoso de usted! No es un bonito espectáculo. Nunca hemos estado tan desunidos como ahora que nos hemos reunido. Turín no quiere dejar de ser capital, y Milán considera nuestra administración inferior a la austriaca. Florencia tiene miedo de que se le lleven las obras de arte. Nápoles llora por las industrias que pierde, y aquí, aquí en Sicilia, se está incubando algo gordo, un conflicto irracional... Por el momento, gracias también a su humilde servidor, ya no se habla de camisas rojas, pero se volverá a hablar. Cuando hayan desaparecido éstas, vendrán otras de distinto color, y después nuevamente las rojas. Y ¿cómo acabará esto? El Estrellón[2], dicen. Bueno. Pero usted sabe mejor que yo, príncipe, que las estrellas fijas, las realmente fijas, no existen —tal vez, algo achispado, se convertía en profeta.

Don Fabrizio, ante estas inquietantes perspectivas, sintió que se le oprimía el corazón.

---

[2] Astro protector de Italia.

El baile continuó todavía durante mucho rato y dieron las seis de la mañana: todos estaban agotados y desde hacía por lo menos tres horas hubiesen querido encontrarse en la cama. Pero irse temprano era como proclamar que la fiesta había sido un fracaso, y ofender a los dueños de la casa que, los pobres, se habían tomado tantas molestias.

Las caras de las señoras estaban lívidas, los trajes marchitos, las respiraciones pesadas. «Virgen santa, ¡qué cansancio!, ¡qué sueño!» Por encima de sus corbatas en desorden, las caras de los hombres eran amarillas y estaban arrugadas, y las bocas llenas de amarga saliva. Sus visitas a un cuartito reservado, al nivel del estrado de la orquesta, se hacían cada vez más frecuentes; en él estaban colocados ordenadamente una veintena de grandes orinales, llenos casi todos a aquella hora, algunos de los cuales se habían desbordado. Advirtiendo que el baile estaba a punto de terminar, los criados amodorrados no cambiaban ya las velas de las lámparas: los cabos de velas expandían por los salones una luz difusa, humosa, y de mal agüero. En la sala del *buffet*, vacía, había solamente platos desmantelados, copas con un dedo de vino que los camareros se bebían apresuradamente, mirando en torno suyo. La luz del alba insinuábase plebeya por las rendijas de las ventanas.

La reunión se iba desmoronando y en torno a Donna Margherita había un grupo de gente que se despedía.

—¡Ha sido magnífica! ¡Un sueño! ¡Como antiguamente!

Tancredi se desvivió para despertar a don Calogero que, con la cabeza hacia atrás, habíase dormido sobre una butaca apartada. El pantalón se le había subido hasta la rodilla y por encima de sus calcetines de seda se veían los extremos de sus calzoncillos, realmente muy campesinos.

El coronel Pallavicino tenía también ojeras, pero decía a quien quisiera escucharlo que no se iría a casa, sino directamente del palacio Ponteleone a la plaza de armas. Tal era lo que la férrea tradición exigía a los militares invitados a un baile.

Cuando la familia se hubo instalado en el coche —el rocío había humedecido los cojines—, don Fabrizio dijo que volvería a pie a su casa: un poco de fresco le sentaría bien porque tenía algo de dolor de cabeza. La verdad era que deseaba tener un poco de consuelo contemplando las estrellas. Alguna había todavía en el cenit. Como siempre, le reanimó verlas. Estaban lejos y eran omnipotentes y al mismo tiempo dóciles a sus cálculos; precisamente lo contrario de los hombres, demasiado cercanos siempre, débiles y sin embargo pendencieros.

En las calles había ya un poco de movimiento: algún carro con montones de basura cuatro veces mayores que el pequeño asno gris que lo arrastraba. Un ancho carro descubierto llevaba amontonados los terneros sacrificados poco antes en el matadero, ya descuartizados y que exhibían sus mecanismos más íntimos con el impudor de la muerte. A intervalos alguna gota roja y densa caía sobre el empedrado.

Por una calleja transversal veíase la parte oriental del cielo por encima del mar. Venus estaba allí, envuelta en su turbante de vapores otoñales. Era siempre fiel, esperaba siempre a don Fabrizio en sus salidas matutinas, en Donnafugata antes de la caza, ahora después del baile.

Don Fabrizio suspiró. ¿Cuándo se decidiría a darle una cita menos efímera, lejos de los troncos y de la sangre, en su región de perenne certidumbre?

Burt Lancaster en el papel del príncipe siciliano en la película *Il Gattopardo* de Visconti.

Capítulo VII

La muerte del príncipe.

Julio 1883

DON Fabrizio conocía desde siempre esta sensación. Hacía decenios que sentía cómo el fluido vital, la facultad de existir, la vida en suma, y acaso también la voluntad de continuar viviendo, iban saliendo de él lenta pero continuamente, como los granitos se amontonan y desfilan uno tras otro, sin prisa pero sin detenerse ante el estrecho orificio de un reloj de arena. En algunos momentos de intensa actividad, de gran atención, este sentimiento de continuo abandono desaparecía para volver a presentarse impasible en la más breve ocasión de silencio o de introspección: como un zumbido continuo en el oído, como en el tictac de un reloj se imponen cuando todo calla, y entonces nos dan la seguridad de que siempre han estado allí, vigilantes, hasta cuando no se oían.

En todos los demás momentos, le había bastado siempre un mínimo de atención para advertir el rumor de los granitos de arena que se deslizaban leves, de los instantes de tiempo que se evadían de su mente y la abandonaban para siempre. Por lo demás, la sensación no estaba antes ligada a ningún malestar. Mejor dicho, esta imperceptible pérdida de vitalidad era la prueba, la condición, por así decirlo, de la sensación de vida, y para él, acostumbrado a escrutar los espacios exteriores ilimitados, a indagar los vastísimos abismos internos, no tenía nada de desagradable: era la de un continuo y minucioso desmoronamiento de la personalidad junto con el vago presagio de reedificarse en otro lugar una personalidad —a Dios gracias— menos consciente pero más grande. Esos granitos de arena no se perdían, desaparecían, pero se acumulaban quién sabe dónde, para cimentar una mole más duradera. Pero había pensado que «mole» no era la palabra exacta, por ser pesada como era; y por otra parte, tampoco las de granos de arena. Eran más como partículas de vapor acuoso exhaladas por un estanque, para formar en el cielo las grandes nubes ligeras y libres. A veces le soprendía que el depósito vital pudiese contener todavía algo después de tantos años de pérdida.

«Ni aunque fuera tan grande como una pirámide.»

Otras veces, casi siempre, se había envanecido de ser el único que advertía esta fuga continua, mientras en torno a él nadie parecía sentir lo mismo, y de ello había extraído un motivo de desprecio hacia los demás, como el soldado veterano desprecia al piloto que se imagina que las balas que zumban en torno suyo son moscones inofensivos. Estas son cosas que, no se sabe por qué, no se confiesan. Se deja que los demás las intuyan, y nadie en torno a él las había intuido nunca: ninguna de sus hijas que soñaban en una ultratumba idéntica a esta vida, completa en todo, con magistratura, cocineros y conventos. Tampoco Stella, que devorada por la gangrena de la diabetes se había no obstante, agarrado mezquinamente a esta existencia de penas. Tal vez por un instante Tancredi había comprendido, cuando le dijo con su irritante ironía:

—Tú, tiazo, cortejas a la muerte.

Ahora se había acabado el cortejo: la bella había pronunciado su «sí», la fuga estaba decidida y reservado el compartimento en el tren.

Porque ahora la tarea era diferente, muy distinta. Sentado en una butaca, con las largas piernas cubiertas por una manta, en el balcón del hotel Trinacria, advertía que la vida salía de él en grandes oleadas apremiantes, con un fragor espiritual comparable al de la cascada del Rin. Era el mediodía de un lunes de fines de julio y el mar de Palermo compacto, oleoso e inerte, extendíase ante él inverosímilmente inmóvil y aplanado como un perro que se esforzase en hacerse invisible a las amenazas del amo. Pero el sol inmóvil y perpendicular estaba allí plantado y lo fustigaba sin piedad. El silencio era absoluto. Bajo la fortísima luz don Fabrizio no oía otro rumor que el interior de la vida que se escapaba de él.

Había llegado por la mañana de Nápoles hacía pocas horas, y había estado allí para consultar al profesor Sèmmola. Acompañado de su cuarentona hija Concetta y de su nieto Fabrizietto, había llevado a cabo un viaje lúgubre, lento como una ceremonia fúnebre. El alboroto del puerto a la partida y el de la llegada a Nápoles, el olor acre del camarote, el vocerío incesante de esta ciudad paranoica, lo habían exasperado con esa desesperación quejumbrosa de los débiles que los cansa y postra, que suscita la desesperación opuesta de los buenos cristianos que tienen muchos años de vida en las alforjas. Había pretendido regresar por tierra; decisión repentina que el médico trató de combatir, pero él había insistido, y tan imponente era la sombra de su prestigio que le había hecho apear de su opinión, con el resultado de tener luego que permanecer treinta y seis horas agazapado en un cajón ardiente, sofocado por el humo en los túneles que se repetían como sueños febriles, cegado por el sol en los espacios descubiertos, explícitos como tristes realidades, humillado por cien bajos servicios que había tenido que solicitar a su nieto despavorido. Atravesaron paisajes maléficos, sierras malditas, llanuras perezosas donde reinaba la malaria. Los panoramas calabreses y de Basilicata a él le parecían bárbaros, mientras que de hecho eran como los sicilianos. La línea del ferrocarril no estaba todavía terminada: en su último tramo cerca de Reggio daba un largo rodeo por Metaponto a través de regiones lunares que, como burla, llevaban los nombres atléticos de Crotona y Sibaris. Luego en Mesina, después de la mendaz sonrisa del Estrecho, desmentida por las requemadas colinas peloritanas, otro rodeo, largo como una demora judicial. Habíanse apeado en Catania y habían trepado hacia Castrogiovanni: la locomotora jadeante por las fabulosas cuestas parecía a punto de reventar como un caballo al que se le ha exigido un gran esfuerzo, y luego de un ruidoso descenso, habían alcanzado Palermo. A la llegada las acostumbradas máscaras de familiares con la sonrisa de complacencia por el buen éxito del viaje. Fue tal vez la sonrisa consoladora de las personas que lo esperaban en la estación, de su fingido, y mal fingido aspecto jubiloso, lo que le reveló el verdadero sentido del diagnóstico de Sèmmola, que a él sólo le había dicho frases tranquilizadoras. Y fue entonces, después de haber descendido del tren, mientras abrazaba a su nuera sepultada entre sus velos de viuda, a sus hijos que mostraban los dientes en una sonrisa, a Tancredi con sus ojos temerosos, a Angélica con la seda de su blusa bien ceñida sobre sus senos maduros; fue entonces cuando se dejó oír el rumor de la cascada.

Probablemente se desvaneció porque no recordaba cómo llegó al coche: se encontró tendido en él con las piernas encogidas y únicamente Tancredi a su lado. El coche no se había movido aún, y desde fuera llegaba a sus oídos el parloteo de sus familiares.

—No es nada.

—El viaje ha sido demasiado largo.

—Con este calor nos desvaneceremos todos.

—Llegar hasta la villa lo cansaría mucho.

De nuevo estaba perfectamente lúcido. Advertía la conversación seria entre Concetta y Francesco Paolo, la elegancia de Tancredi, su traje a cuadros pardos y grises, el hongo pardo también, y notó asimismo que la sonrisa del sobrino no era ya tan burlona, sino que estaba teñida de melancólico afecto, y con esto recibió la sensación agridulce de que el sobrino le quería y que también sabía que estaba desahuciado, puesto que la perpetua ironía se había adaptado a ser sustituida por la ternura. El coche se movió y él se volvió a la derecha.

—¿Adónde vamos, Tancredi?

Su propia voz le sorprendió. Advertía en ella el reflejo del zumbido interior.

—Tiazo, vamos al albergue de Trinacria. Estás cansado

y la villa está lejos. Descansarás allí esta noche y mañana irás a casa. ¿No te parece mejor?

—Entonces vayamos a nuestra casa del mar. Todavía está más cerca.

Pero esto no era posible: la casa no estaba arreglada como sabía bien. Servía sólo para ocasionales almuerzos frente al mar. Ni siquiera había allí una cama.

—En el hotel estarás mejor, tío. Tendrás todas las comodidades.

Lo trataba como a un recién nacido, y por lo demás tenía exactamente el vigor de un recién nacido.

La primera comodidad que encontró en el hotel fue un médico que había sido llamado apresuradamente, acaso en el momento en que le dio el síncope. Pero no era el doctor Cataliotti, el que siempre le atendía, encorbatado de blanco bajo el rostro sonriente y los ricos lentes de oro; era un pobre diablo, el médico de aquel barrio angustioso, el testimonio impotente de mil agonías miserables. Por encima de su redingote desgarrado alargábase su pálido rostro lleno de pelos blancos, el rostro desilusionado de un intelectual famélico. Cuando sacó del bolsillo el reloj sin cadena pudieron advertirse las manchas de verdín que habían traspasado el chapado de oro. También él era un pobre odre que se había descosido y derramaba sin darse cuenta las últimas gotas de aceite. Le tomó los latidos del pulso, recetó gotas de alcanfor, mostró en una sonrisa los dientes cariados, sonrisa que quería ser tranquilizadora y que, en cambio, pedía piedad, y se fue con silenciosos pasos.

Pronto llegaron las gotas de la farmacia vecina. Le sentaron bien y se sintió un poco menos débil, pero el ímpetu del tiempo que se le escapaba no disminuyó su impulso.

Don Fabrizio se miró en el espejo del armario: reconoció más su vestido que a sí mismo: altísimo, flaco, con las mejillas hundidas, la barba larga de tres días: parecía uno de esos ingleses maniacos que deambulan por las viñetas de los libros de Julio Verne que por Navidad regalaba a Fabrizietto. Un Gatopardo en pésima forma. ¿Por qué quería Dios que nadie se muriese con su propia cara? Porque a todos les pasa así: se muere con una máscara en la cara;

también los que son jóvenes, incluso aquel soldado de la cara embarrada; hasta Paolo cuando lo levantaron de la acera con el rostro contraído y sucio mientras la gente perseguía por el polvo el caballo que lo había desmontado. Y si en él, viejo ya, era tan poderoso el fragor de la vida en fuga, ¿cómo sería el de aquellos depósitos todavía colmados que en un instante se vaciaban de aquellos pobres cuerpos jóvenes? Hubiese querido contravenir en lo posible esta absurda regla de enmascaramiento forzado, pero se daba cuenta de que no podía, que levantar la navaja de afeitar sería tan penoso como, en otro tiempo, levantar su propio escritorio.

—Hay que llamar a un barbero —dijo a Francesco Paolo. Pero enseguida pensó: «No, es una regla del juego: odiosa, pero formal. Me afeitarán después.» Y dijo en voz alta—: Espera. Ya veremos luego.

La idea de este extremo abandono del cadáver, con el barbero inclinado sobre él, no lo turbó.

El camarero entró con la palangana de agua tibia y una esponja, le quitó la chaqueta y la camisa, le lavó la cara y las manos, como se lava a un niño, como se lava a un muerto. La carbonilla de un día y medio de tren hizo fúnebre hasta el agua. Se ahogaba uno en aquella habitación baja: el calor hacía fermentar los olores, intensificaba el de las *peluches* mal sacudidas; las sombras de las docenas de cucarachas aplastadas surgían en su olor medicamentoso; fuera de las mesitas de noche los tenaces recuerdos de los viejos y distintos orines ensombrecían la habitación. Hizo abrir las persianas: el hotel estaba en la sombra, pero la luz refleja del mar metálico era cegadora. Sin embargo, esto era mucho mejor que aquel hedor de cárcel. Dijo que le llevaran una butaca al salón. Apoyado en el brazo de alguien se arrastró aquel par de metros y se sentó con la sensación de alivio que experimentaba en otro tiempo al descansar después de haber estado cazando cuatro horas en la montaña.

—Di a todos que me dejen en paz. Me siento mejor y quiero dormir.

Tenía sueño realmente, pero le pareció que ceder ahora a la

modorra era tan absurdo como comerse un buen pedazo de tarta inmediatamente antes de un deseado banquete. Sonrió.

—He sido siempre un sabio goloso.

Y se quedó allí; sumido en el gran silencio externo, en el espantoso zumbido interior.

Pudo volver la cabeza a la izquierda: junto al Monte Pellegrino veíase la hendedura en el círculo de los montes, y más lejos las dos colinas al pie de las cuales estaba su casa. Inalcanzable como era, le parecía ahora lejanísima. Pensó en su observatorio, en los telescopios destinados ya a decenios de polvo; en el pobre padre Pirrone que era polvo también él; en los cuadros de los feudos, en los monos de los tapices, en el gran lecho de bronce en el que había muerto su Stelluccia, en todas esas cosas que ahora le parecían humildes aunque preciosas, en esas mezclas de metal, en esas tramas de hilos, en esas telas cubiertas de tierra y de zumos de hierba que él mantenía en vida, que dentro de poco caerían, sin culpa, en un limbo hecho de abandono y olvido. Se le oprimió el corazón, olvidó su propia agonía pensando en el inminente fin de estas pobres cosas queridas. La fila inerte de casas detrás de él, el dique de los montes, las extensiones flageladas por el sol, le impedían hasta pensar claramente en Donnafugata: le parecía una cosa surgida en sueños, ya no suya. Suyo no tenía ahora más que este cuerpo acabado, estas lastras de pizarra bajo los pies, este precipicio de aguas tenebrosas hacia el abismo. Estaba solo, náufrago a la deriva en una balsa a la merced de corrientes indomables.

Bien es verdad que estaban los hijos. Los hijos. El único que se parecía a él, Giovanni, no estaba allí. Cada dos años le enviaba saludos desde Londres. Ya no tenía nada que ver con el carbón y comerciaba con brillantes. Después de muerta Stella, llegó dirigida a ella una breve carta y luego un paquetito con un brazalete. Este sí. También él había «cortejado a la muerte», más bien con el abandono de todo había organizado para sí ese poco de muerte que es posible tener sin dejar de vivir. Pero los otros... Estaban también los nietos: Fabrizietto, el más joven de los Salina, tan bello, tan despabilado, tan encantador...

Tan odioso. Con su doble dosis de sangre Màlvica, con los instintos regalones, con sus tendencias hacia una elegancia burguesa. Era inútil esforzarse en creer lo contrario, el último Salina era él, el gigante desmirriado que ahora agonizaba en el balcón de un hotel. Porque el significado de un noble linaje se halla todo en las tradiciones, es decir en los recuerdos vitales, y él era el último en poseer recuerdos insólitos, distintos de los de las otras familias. Fabrizietto tendría recuerdos triviales, igual a los de sus compañeros de colegio, recuerdos de meriendas económicas, de bromas pesadas a los profesores, de caballos adquiridos pensando más en el precio que en su valor, y el sentido del nombre se transformaría en pompa vacía siempre amargada por el acicate de que otros pudieran tener más pompa que él. Se desarrollaría la caza al matrimonio rico cuando ésta se convierte en una *routine* habitual y no en una aventura audaz y predatoria como había sido la de Tancredi. Los tapices de Donnafugata, los almendrales de Ragattisi, incluso, quién sabe, la fuente de Anfítrite, correrían la grotesca suerte de ser metamorfoseados en tarrinas de *foie-gras*, digeridas enseguida, en mujercillas de *ba-ta-clan* más frágiles que sus afeites, de aquellas añosas y esfumadas cosas que eran. Y de él quedaría sólo el recuerdo de un viejo y colérico abuelo que había muerto en una tarde de julio, precisamente a tiempo para impedir al chico que fuera a tomar baños a Livorno. Él mismo había dicho que los Salina serían siempre los Salina. Se había equivocado. El último era él. Después de todo, ese Garibaldi, ese barbudo Vulcano había vencido.

Desde la habitación contigua, abierta sobre el mismo balcón, le llegó la voz de Concetta:

—No se podía hacer otra cosa. Era necesario que viniera. Nunca me hubiese consolado si no lo hubiera llamado.

Comprendió al punto: se trataba del sacerdote. Por un instante tuvo la idea de rechazarlo, de mentir, de ponerse a gritar que estaba muy bien, que no necesitaba nada. Pero enseguida se dio cuenta del ridículo de sus intenciones: era el príncipe de Salina y como un príncipe de Salina debía morir, con un sacerdote al lado. Concetta tenía razón. ¿Por qué había de sustraerse a lo que era deseado por millares de otros moribundos? Y calló, esperando oír la campanilla del Viático. No tardó en oírla: la parroquia de la Piedad estaba casi enfrente. El son argentino y festivo se encaramaba por las escaleras, irrumpía en el pasillo y se agudizó cuando se abrió la puerta. Precedido del director del hotel, un suizote irritadísimo por tener a un moribundo en el establecimiento, el padre Balsàmo, el sacerdote, entró llevando en la píxide el Santísimo custodiado en estuche de piel.

Tancredi y Fabrizietto levantaron la butaca y la metieron en la habitación. Los demás se habían arrodillado. Más con el ademán que con la voz, dijo:

—Fuera, fuera.

Quería confesarse. Las cosas se hacen o no se hacen. Todos salieron, pero cuando tuvo que hablar se dio cuenta de que no tenía mucho que decir: recordaba algunos pecados concretos, pero le parecían tan mezquinos que no valían la pena de haber importunado a un digno sacerdote en aquella jornada de bochorno. No era que se sintiese inocente; pero era toda su vida pecadora, no este o aquel hecho determinados, y ya no tenía tiempo para decir esto. Sus ojos debieron expresar una turbación que el sacerdote tomó como expresión de arrepentimiento, como, en cierto sentido, lo era. Fue absuelto. Su barbilla apoyábase sobre el pecho porque el sacerdote tuvo que arrodillarse para introducirle en la boca la Partícula. Luego fueron murmuradas la inmemoriales sílabas que allanan el camino, y el sacerdote se retiró.

La butaca ya no fue llevada al balcón. Fabrizietto y Tancredi se sentaron a su lado y cada uno le cogió una mano. El muchacho lo miraba fijamente con la curiosidad natural de quien asiste a una primera agonía, y nada más: el que se moría no era un hombre, era un abuelo, y esto es muy distinto. Tancredi le estrechaba fuertemente la mano y le hablaba, hablaba mucho, hablaba jovial: exponía proyectos en los que le asociaba, comentaba los hechos políticos; era diputado y le habían prometido la legación de Lisboa, conocía muchas anécdotas secretas y sabrosas. La voz nasal, el ingenioso vocabulario delineaban un fútil adorno sobre el cada vez más fragoroso prorrumpir de las aguas de la vida. El príncipe agradecía la conversación, y le estrechaba la mano con gran esfuerzo, pero con insignificante resultado. Estaba agradecido, pero no lo escuchaba. Hacía balance de pérdidas y ganancias de su vida, quería arañar fuera del inmenso montón de cenizas de la pasividad las pajuelas de oro de los momentos felices. Aquí están: dos semanas antes de su matrimonio, seis semanas después; media hora con motivo del nacimiento de Paolo, cuando sintió el orgullo de haber prolongado con una rama el árbol de la Casa de los Salina —ahora sabía que el orgullo había sido abusivo, pero fue orgullo de verdad—; algunas conversaciones con Giovanni antes de que éste desapareciera —en realidad algunos monólogos durante los cuales había creído descubrir en el chico un espíritu semejante al suyo—; muchas horas en el observatorio, sumido en las abstracciones de los cálculos y en perseguir lo inalcanzable. Pero ¿acaso estas horas podían colocarse en el activo de la vida? ¿No eran quizás una dádiva anticipada de las bienaventuranzas de que gozan los muertos? No importaba, lo habían sido.

En la calle, entre el hotel y el mar, se detuvo un organillo y tocó con la ávida esperanza de conmover a los forasteros que no existían en aquella estación. Molía *Tú que a Dios extendiste las alas*. Lo que quedaba de don Fabrizio pensó cuánta hiel se mezclaba en aquel momento, en Italia, con tantas agonías, a través de estas músicas mecánicas. Tancredi, con su intuición corrió al balcón, arrojó una moneda e hizo señas de que callara. De nuevo se hizo afuera el silencio y se agigantó, dentro, el fragor.

Tancredi. Sí, mucho del activo procedía de Tancredi: su comprensión tanto más preciosa cuanto que era irónica, el goce estético de verlo abrirse paso entre las dificultades de la vida, la afectuosidad burlona, tal como debe ser. Después, los perros: «Fufi», la gorda «Mops» de su infancia, «Tom», el impetuoso perro de aguas, confidente y amigo, los ojos mansos de «Svelto», la deliciosa estupidez de «Bendicò», las patas acariciadoras de «Pop» el *pointer* que en estos momentos lo buscaba bajo los matorrales y las butacas de la villa y que ya no le encontraría jamás; y algún caballo, pero éstos eran ya más distantes. Había también las primeras horas de sus idas a Donnafugata, el sentido de tradición y perennidad expresado en piedra y agua, el tiempo congelado; el escopetazo alegre de alguna cacería, la afectuosa matanza de liebres y perdices, algunas buenas risas con Tumeo, algunos minutos de compunción en el convento entre el aroma de moho y confituras. ¿Algo más?

Sí, había algo, pero eran ya pepitas mezcladas con tierra: los momentos de satisfacción en los que había dado respuestas tajantes a los necios, la alegría experimentada cuando se había dado cuenta de que en la belleza y el carácter de Concetta se perpetuaba una verdadera Salina; algún momento de pasión amorosa; la sorpresa de recibir la carta de Arago que espontáneamente se congratulaba por la exactitud de los difíciles cálculos relativos al cometa Huxley. Y, ¿por qué no?, la exaltación pública cuando recibió la medalla en la Sorbona, la delicada sensación de alguna finísima seda de corbata, el olor de algunos cueros macerados, el aspecto risueño, el aspecto voluptuoso de algunas mujeres encontradas en la calle, de esta entrevista todavía ayer en la estación de Catania, mezclada con la multitud con su vestido pardo de viaje y los guantes de gamuza, que le pareció buscaba su rostro extenuado desde fuera del sucio compartimiento. ¡Qué vocerío el de la gente!

—¡Bocadillos! *¡Il Corriere dell'isola!*

Y luego aquel jaleo de tren cansado y sin aliento... Y aquel horrible sol a la llegada, aquellas caras embusteras, las cataratas derramándose afuera...

En la sombra que avanzaba ya comenzó a contar cuánto tiempo había vivido en realidad. Su cerebro no resolvía ya el cálculo más sencillo: tre meses, veinte días, un total de seis meses, seis por ocho cuarenta y cuatro... cuarenta y ocho mil... $\sqrt{840.000}$. Se recobró.

«Tengo setenta y tres años; en total habré vivido, realmente vivido, un total de dos... todo lo más tres.»

Los dolores, los fastidios, ¿cuántos habían sido? Era inútil esforzarse en contar: todo lo demás: setenta años.

Advirtió que su mano no estrechaba ya la de su sobrino. Tancredi se levantó rápidamente y salió... No era ya un río lo que brotaba de él, sino un océano, tempestuoso, erizado de espuma y de olas desenfrenadas...

Debió de haber tenido otro síncope porque de pronto se dio cuenta de que estaba tendido sobre el lecho. Alguien le tomaba el pulso: por la ventana lo cegaba el reflejo despiadado del mar. En la habitación se oía un silbido: era su estertor, pero no lo sabía. A su alrededor había un grupo de personas extrañas que lo miraban fijamente con una expresión de terror. Poco a poco los reconoció: Concetta, Francesco Paolo, Carolina, Tancredi, Fabrizietto. El que le tomaba el pulso era el doctor Cataliotti. Creyó sonreírle para darle la bienvenida, pero nadie pudo darse cuenta. Todos, excepto Concetta, lloraban. Incluso Tancredi, que decía:

—Tío, tiazo querido...

De pronto en el grupo se abrió paso una joven. Esbelta, con un traje pardo de viaje y amplia *tournure*, con un sombrero de paja adornado con un velo moteado que no lograba esconder la maliciosa gracia de su rostro. Insinuaba una manecita con un guante de gamuza, entre un codo y otro de los que lloraban, se excusaba y se acercaba a él. Era ella, la criatura deseada siempre, que acudía a llevárselo. Era extraño que siendo tan joven se fijara en él. Debía de estar próxima la hora de partida del tren. Casi junta su cara a la de él, levantó el velo, y así, púdica, pero dispuesta a ser poseída, le pareció más hermosa de como jamás la había entrevisto en los espacios estelares.

El fragor del mar se acalló del todo.

Capitulo VIII

La visita de monseñor vicario. — El cuadro y las reliquias. — La habitación de Concetta. — Visita de Angélica y del senador Tassoni. — El cardenal: fin de las reliquias. — Fin de todo.

Mayo 1910

QUIEN fuese a visitar a las viejas señoritas Salina encontraba casi siempre por lo menos un sombrero
de sacerdote en una de las sillas del recibimien-
to. Las señoritas eran tres. Secretas luchas por la hegemonía casera las habían desgarrado, y cada una de ellas —fuertes caracteres a la manera de cada una— deseaba tener un
confesor particular. Como en aquel año 1910 se usaba todavía, las confesiones tenían efecto en casa y los escrúpulos de las penitentes exigían que se repitiesen con frecuencia. A ese pequeño pelotón de confesores había que añadir
el capellán que cada mañana iba a celebrar misa en la capilla privada, el jesuita que había asumido la dirección espiritual de la casa, los monjes y los sacerdotes que acudían
a recaudar dádivas para ésta o aquella parroquia u obra pía,
y se comprenderá inmediatamente por qué era incesante el
ir y venir de sacerdotes, y por qué el recibidor de la villa
de los Salina recordaba con frecuencia una de las tiendas
romanas de los alrededores de la Piazza Minerva que ex-
ponen en los escaparates todos los imaginables cubrecabe-
zas eclesiásticos, desde los flamantes de los cardenales a los
de color tizón de los curas de aldea.

Pero en aquella tarde de mayo de 1910 la reunión de sombreros carecía de precedentes. La presencia del vicario general de la archidiócesis de Palermo estaba anunciada por su gran sombrero de fina piel de castor con un color de fucsia, colocado sobre una silla apartada, junto con sólo un guante, el derecho, de seda del mismo delicado color; la de su secretario por una brillante *peluche* negra de largos pelos, cuya copa estaba rodeada por un delgado cordoncito violeta; la de dos padres jesuitas por sus sombreros de fieltro tenebroso, símbolos de reserva y modestia. El sombrero del capellán yacía sobre una silla aislada como conviene a una persona sometida a expediente.

La reunión de aquel día no era efectivamente grano de anís. De acuerdo con las disposiciones pontificias, el cardenal arzobispo había iniciado una inspección en los oratorios privados de la archidiócesis con la intención de estar seguro en cuanto a los méritos de las personas que tenían permiso para que en ellas se pudiera oficiar, la conformidad de los ornamentos y el culto con respecto a los cánones de la Iglesia, y sobre la autenticidad de las reliquias veneradas en ellas. La capilla de las señoritas Salina era la más conocida de la ciudad y una de las primeras que se propuso visitar Su Eminencia. Y justamente para preparar este acontecimiento fijado para el día siguiente por la mañana, monseñor vicario habíase dirigido a Villa Salina. Habían llegado a la curia arzobispal, pasados a través de quien sabe qué filtros, unos rumores desagradables en relación con la capilla. Nada, evidentemente, que menoscabase los méritos de sus propietarias y su derecho a cumplir en su propia casa sus deberes religiosos: éstos eran argumentos fuera de toda discusión. Tampoco se ponía en duda la regularidad y continuidad del culto, cosas que eran casi perfectas, si se exceptúa una excesiva resistencia, por lo demás comprensible, de las señoritas Salina a que participasen en los ritos sagrados personas extrañas a su más íntimo círculo familiar. La atención del cardenal había sido atraída por una imagen venerada en la villa y por las reliquias, docenas de reliquias que se exponían en la capilla. Sobre la autenticidad de éstas habían circulado las murmuraciones más inquietantes y se deseaba que esta autenticidad fuese comprobada. El capellán, que era un eclesiástico de buena cultura y mejores esperanzas, había sido amonestado enérgicamente por no haber abierto bastante los ojos de las señoritas: aquello le había costado, si se nos permite la frase, «un copón en la tonsura».

La reunión tenía efecto en el salón central de la Villa, en el de los monos y papagayos. Sobre un diván cubierto de paño azul con filetes rojos, adquirido hacía treinta años y que desentonaba lo suyo con los tonos desvaídos de la preciosa tapicería, estaba sentada la señorita Concetta con monseñor vicario a su derecha. A los lados del diván dos butacas semejantes a éste habían acogido a la señorita Carolina y a uno de los jesuitas, mientras la señorita Caterina, que tenía las piernas paralizadas, estaba sentada en una silla de ruedas, y los otros eclesiásticos se contentaban con sillas forradas con la misma seda de la tapicería, que entonces les parecía a todos de menos valor que las envidiadas butacas.

Las tres hermanas estaban poco más allá o poco más acá de los setenta años, y Concetta no era la mayor, pero, habiéndose cancelado hacía tiempo con la *debellatio* de las adversarias, la lucha hegemónica a la que se ha aludido ya al principio, nadie habría pensado jamás en discutirle las funciones de ama de casa.

Su persona conservaba aún las reliquias de una pasada belleza: gruesa e imponente en sus rígidos trajes de *moiré* negro, llevaba los blanquísimos cabellos levantados sobre la cabeza de manera que descubría la frente casi indemne. Esto junto con sus ojos desdeñosos y una contracción rencorosa en el ceño, le ofrecían un aspecto autoritario y casi imperial, hasta tal punto que uno de sus sobrinos, habiendo visto un retrato de una zarina ilustre en no sabía qué libro, la llamada en privado «Catalina la Grande», apelativo inconveniente que, por lo demás, la total pureza de vida de Concetta y la absoluta ignorancia del sobrino en materia de historia rusa hacían, en resumen, inocente.

La conversación duraba ya una hora. Se había tomado café y se hacía tarde. Monseñor vicario resumió sus propios argumentos:

—Su Eminencia desea paternalmente que el culto celebrado en privado esté de acuerdo con los más puros ritos de la Santa Madre Iglesia y precisamente por esto su cuidado pastoral se dirige, entre las primeras, a la capilla de ustedes porque sabe de qué modo esta casa resplandece, faro de luz, en el laicado palermitano, y desea que del carácter indiscutible de los objetos venerados mane una mayor edificación para ustedes mismas y para todas las almas religiosas.

Concetta callaba, pero Catalina, la hermana mayor, estalló:

—Ahora deberemos presentarnos a nuestros conocidos como acusadas. Esta investigación en nuestra capilla es algo, discúlpeme monseñor, algo que no debió ni siquiera pasar por la cabeza de Su Eminencia.

Monseñor sonreía divertido.

—Señorita, usted no puede imaginar cuán grata es a mis ojos su emoción. Es la expresión de la fe ingenua, absoluta, gratísima a la Iglesia y, ciertamente, a Jesucristo Nuestro Señor. Y sólo para que florezca más esta fe y para purificarla el Padre Santo ha recomendado estas revisiones, las cuales, por otra parte, se van efectuando desde hace algunos meses en todo el orbe católico.

La referencia al Padre Santo, no fue, en verdad, oportuna. Efectivamente, Carolina formaba parte de ese grupo de católicos que están convencidos de que poseen las verdades religiosas más a fondo que el Papa, y algunas moderadas innovaciones de Pio X, la abolición de algunas fiestas secundarias, fiestas de precepto especialmente, ya la habían exasperado antes.

—Haría mejor este Papa no metiéndose en lo que no le incumbe.

Y como le quedó la duda de haber ido demasiado lejos, se santiguó y murmuró un *Gloria Patri*.

Concetta intervino:

—No te dejes llevar a decir cosas que no piensas, Carolina. ¿Que impresión se va a llevar monseñor de nosotras?

Este, a decir verdad, sonreía más que nunca. Pensaba sólo que se encontraba ante una niña que había envejecido en la estrechez de las ideas y en las prácticas sin luz. Y, bondadoso, la disculpaba.

—Monseñor piensa que se encuentra ante tres santas mujeres —dijo.

El padre Corti, el jesuita, quiso aflojar la tensión.

—Yo, monseñor, estoy entre quienes mejor pueden confirmar sus palabras. El padre Pirrone, cuya memoria es venerada por todos los que lo conocieron, me hablaba a menudo, cuando yo era novicio, del santo ambiente en el cual habían sido educadas las señoritas. Por lo demás, el apellido Salina bastaría para situar las cosas en su punto justo.

Monseñor deseaba llegar a hechos concretos.

—Señorita Concetta, ahora que todo ha sido puesto en claro, quisiera visitar, si ustedes me lo permiten, la capilla para poder preparar a Su Eminencia para las maravillas de fe que verá mañana por la mañana.

En los tiempos del príncipe Fabrizio, no había capilla en la casa: toda la familia iba a la iglesia en los días señalados, y también el padre Pirrone, para celebrar su propia misa, cada mañana tenía que darse un pequeño paseo. Después de la muerte del príncipe Fabrizio, cuando por varias complicaciones de la herencia, que sería prolijo contar, la Villa se convirtió en propiedad exclusiva de las tres hermanas, éstas pensaron enseguida en instalar en ella un oratorio propio. Fue elegido un saloncito un poco apartado al que sus medias columnas de falso granito incrustadas en las paredes daban un ligero aire de basílica romana. En el centro del techo fue raspada una pintura inconvenientemente mitológica, y se instaló el altar. Todo quedó resuelto.

Cuando monseñor entró, la capilla estaba iluminada por el sol de la tarde. Encima del altar quedó a plena luz el cuadro que tanto veneraban las señoritas. Era una pintura al estilo de Cremona y representaba una joven delgada, muy agradable, con los ojos fijos en el cielo y abundantes cabellos castaños esparcidos en gracioso desorden sobre los hombros semidesnudos. En su mano derecha tenía una carta apañuscada, y la expresión de su rostro era de anhelante espera mezclada con cierta alegría que resplandecía en sus cándidos ojos. Al fondo verdeaba un apacible paisaje lombardo. Ningún Niño Jesús, ni coronas, ni serpientes, ni estrellas, ninguno, en suma, de esos símbolos que suelen acompañar las imágenes de María: el pintor debió de confiar en que la expresión virginal era suficiente para identificarla. Monseñor se acercó, se subió a una de las gradas del altar y sin haberse santiguado se quedó mirando el cuadro durante unos minutos, expresando una sonriente admiración, como si fuera un crítico de arte. Detrás de él las hermanas se santiguaban y murmuraban Avemarías.

Luego el prelado bajó de la grada y se volvió:

—Una bella pintura —dijo—; muy expresiva.

—¡Una imagen milagrosa, monseñor, milagrosísima! —explicó Caterina, la pobre enferma, incorporándose sobre su ambulante instrumento de tortura—. ¡Cuántos milagros ha hecho!

Carolina intervino:

—Representa la Virgen de la Carta. La Virgen está pintada en el momento de entregar la sagrada misiva e invoca de su Divino Hijo la protección para el pueblo de Mesina, esa protección que fue gloriosamente concedida, como se vio por los muchos milagros sucedidos en ocación del terremoto de hace dos años.

—Hermosa pintura, señorita. Sea lo que fuere lo que representa es una obra muy bella y conviene tenerlo en cuenta.

Luego se volvió a las reliquias. Había setenta y cuatro y cubrían las dos paredes a los lados del altar. Cada una de ellas estaba encerrada en un marco que contenía un cartelito con la indicación de lo que era y un número que hacía referencia a la documentación de autenticidad. Los documentos, a menudo voluminosos y llenos de sellos, estaban encerrados en una caja forrada de damasco que había en un ángulo de la capilla. Había allí marcos de plata labrada y plata bruñida, marcos de cobre y de coral, marcos de concha; los había de filigrana, de maderas raras, de boj, de terciopelo rojo y de terciopelo azul; grandes, minúsculos, octogonales, cuadrados, redondos, ovalados; marcos que valían un patrimonio y marcos comprados en los almacenes Bocconi; todos amalgamados para aquellas almas devotas, y exaltados por su religiosa misión de custodios de los sobrenaturales tesoros.

Carolina había sido la verdadera creadora de esta colección: había descubierto a la tía Rosa, una vieja gorda mitad monja que tenía buenas relaciones con todas las iglesias, todos los conventos y todas las obras piadosas de Palermo y sus alrededores. Esta tía Rosa llevaba cada dos meses a Villa Salina una reliquia de santos envuelta en papel de seda. Decía que había logrado arrancársela a una parroquia menesterosa o a una gran Casa en decadencia. Si no se daba el nombre del vendedor era tan sólo por una comprensible y también encomiable discreción. Por otra parte, las pruebas de autenticidad que llevaba consigo siempre estaban allí tan claras como el sol, escritas en latín o en misteriosos caracteres que decía eran griegos o siriacos. Concetta, administradora y tesorera, pagaba. Después venía la búsqueda y adaptación de los marcos. Y otra vez pagaba la impasible Concetta. Hubo un momento, que duró un par de años, durante el cual la manía coleccionista turbó hasta el descanso de Carolina y Caterina: por la mañana se contabn una a otra sus sueños de milagrosos hallazgos y esperaban que se realizasen, como sucedía cuando los sueños eran confiados a la tía Rosa. Lo que soñaba Concetta no lo sabía nadie. Luego murió la tía Rosa y la afluencia de reliquias cesó casi del todo. Por lo demás se produjo cierta saciedad.

Monseñor miró con cierta prisa algunos de los marcos que estaban más a la vista.

—Tesoros —decía—, tesoros. ¡Qué hermosura de marcos!

Luego, felicitándolas por los bellos ornamentos y prometiendo volver al día siguiente con Su Eminencia («sí, a las nueve en punto»), se arrodilló, se santiguó frente a una modesta Madonna di Pompei que había en una pared lateral y salió del oratorio. Pronto las sillas se quedaron viudas de sombreros, y los eclesiásticos salieron en los tres coches del arzobispado que con sus caballos negros habían estado esperando en el patio. Monseñor tuvo a bien llevar en su propio coche al capellán, al padre Titta, a quien confortó mucho esta distinción. Los coches se pusieron en marcha y monseñor callaba. Se rodeó la hermosa Villa Falconeri, con su buganvilla florida que asomaba por la tapia del jardín espléndidamente cuidado, y cuando se llegó a la pendiente hacia Palermo entre los naranjos, monseñor habló:

—¿De modo que usted, padre Titta, ha tenido las tragaderas de celebrar durante años el Santo Oficio ante el cuadro de esa muchacha? ¿De una muchacha que ha recibido una carta con una cita y espera al enamorado? No me diga que también usted creía que era una imagen sagrada.

—Monseñor, sé que soy culpable. Pero no es nada fácil enfrentarse con las señoritas Salina, con la señorita Carolina. Usted no puede saber estas cosas.

Monseñor se estremeció al recuerdo.

—Hijo mío, has puesto el dedo en la llaga. Todo esto se tomará en consideración.

Carolina se había puesto a desahogar su ira en una carta escrita a Chiara, su hermana que estaba casada en Nápoles. Caterina, cansada por la larga y penosa conversación, se había acostado, y Concetta entró en su solitaria habitación. Era ésta una de esas estancias —son numerosas hasta el punto de que se está tentado de decir que lo son todas— que tienen dos caras: una la enmascarada, que muestran al visitante ignaro y otra, la desnuda, que se revela sólo a quien está al corriente de las cosas, a su amo sobre todo, que se evidencia en su mísera esencia. Esta habitación era muy soleada y daba al jardín. A un lado una cama con cuatro almohadas —Concetta estaba enferma del corazón y tenía que dormir casi sentada—; ninguna alfombra, pero sí un hermoso pavimento blanco con intrincados recuadros amarillos, un monetario precioso con muchos cajoncitos adornados con taraceas de ónice, lapislázuli y metal; escribanía, mesa central y todo el mobiliario de un vigoroso estilo *maggiolino* [1] de ejecución campesina, con figuras de ca-

---

[1] Maggiolino fue un famoso ebanista lombardo del siglo XVIII. Sus muebles se caracterizaban por las taraceas de madera del país sombreadas al fuego.

zadores, de perros, de piezas de caza que se afanaban ambarinas sobre un fondo de palisandro; muebles éstos que la propia Concetta consideraba anticuados e incluso de pésimo gusto y que, vendidos en la subasta que siguió a su muerte, constituyen hoy el orgullo de un acaudalado comerciante cuando «su señora» ofrece un cóctel a sus envidiosas amigas. Sobre las paredes, retratos, acuarelas, imágenes sagradas. Todo limpio y en orden. Sólo dos cosas pudieran parecer no habituales: en el ángulo opuesto al lecho, una pila de cuatro enormes cajas de madera pintada de verde, cada una con un gran candado, y ante ellas, por el suelo, un montón de piel ajada. Al visitante ingenuo la vista de esta habitación le provocaría una sonrisa, tan claramente se revelaba en ella la sencillez y el cuidado de una solterona.

Para el conocedor de los hechos, para Concetta, era un infierno de recuerdos momificados. Los cuatro cajones verdes contenían docenas de camisas y camisones, de batas, fundas de almohada, sábanas cuidadosamente divididas en «buenas» y «corrientes»: el ajuar de Concetta confeccionado en vano hacía cincuenta años. Aquellos candados no se abrían nunca por el temor de que saliesen de las cajas incongruentes demonios, y bajo la ubiquitaria humedad palermitana las telas amarilleaban, se deshacían inútiles para siempre y para quien fuese. Los retratos eran los de los muertos ya no amados, la fotografías las de los amigos que en vida habían causado heridas y que sólo por eso no eran olvidados en la muerte; las acuarelas mostraban casas y lugares la mayor parte vendidos, mejor dicho vendidos de cualquier manera, por sobrinos derrochadores. Si se hubiese examinado bien el montoncito de pieles apolilladas se habrían advertido dos orejas erguidas, un hocico de madera negra, dos atónitos ojos de cristal amarillo: era «Bendicò», muerto hacía cuarenta y cinco años, disecado hacía cuarenta y cinco años, nido de arañas y polilllas, abominado de la servidumbre que durante años pedía para él el cubo de la basura. Pero Concetta se oponía siempre a esto: no quería apartarse del único recuerdo de su pasado que no le despertaba sensaciones penosas.

Pero las sensaciones penosas de hoy —a cierta edad cada

día se presenta puntualmente la propia pena— se referían todas al presente. Mucho menos fervorosa que Carolina, mucho menos sensible que Caterina, Concetta había comprendido el significado de la visita de monseñor vicario y preveía sus consecuencias, la sustitución del cuadro que había sobre el altar, la posible necesidad de consagrar de nuevo la capilla. Ella había creído muy poco en la autenticidad de aquellas reliquias, y había pagado con el ánimo indiferente de un padre que salda las cuentas de los juguetes que a él no le interesan, pero que sirven para que los chicos sean buenos. La remoción de estos objetos le tenía sin cuidado; lo que le fastidiaba, lo que constituía el reconcomio de ese día era el papelito que iba a hacer ahora la Casa de los Salina ante las autoridades eclesiásticas y dentro de poco ante la ciudad entera. La reserva de la Iglesia era lo mejor que podía encontrarse en Sicilia, pero esto no significaba gran cosa: como todo se propaga en esta isla que más que Trinacria debería tener como símbolo la siracusana Oreja de Dionisio[2] que hace resonar el más leve suspiro en un radio de cincuenta metros. Y a ella le preocupaba la estimación de la Iglesia. El prestigio del apellido en sí se había desvanecido lentamente. El patrimonio dividido y vuelto a dividir, en la mejor hipótesis, equivalía al de tantas otras Casas inferiores, y era enormemente más pequeño que el que poseían algunos opulentos industriales. Pero en la Iglesia, en sus relaciones con ella, los Salina habían mantenido la preeminencia. ¡Había que ver cómo Su Eminencia recibía a las tres hermanas cuando iban a visitarle por Navidad! ¿Y ahora?

Entró una camarera.

—Excelencia, ha llegado la princesa. El coche está en el patio.

Concetta se levantó, se arregló los cabellos, se echó sobre los hombros un chal de encaje negro, adoptó su mirada imperial y llegó a la antecámara cuando Angélica subía los últimos escalones de la escalera exterior. Tenía varices; sus

---

[2] Cantera de Siracusa convertida en prisión por el tirano Dionisio y cuya resonancia permitía a éste conocer las conversaciones de los presos.

piernas, que siempre habían sido algo cortas, la sostenían mal y apoyábase en el brazo de su criado cuyo gabán negro barría, al subir, los escalones.

—¡Querida Concetta!

—¡Angélica, cuánto tiempo sin vernos!

Para ser exactos, habían pasado sólo cinco días desde la última visita, pero la intimidad entre las dos primas —intimidad semejante, por vecindad y sentimientos, a la que muy pocos años después tendrían italianos y austriacos en trincheras contiguas—, la intimidad era tal que cinco días podían realmente parecer muchos.

Muchos recuerdos de belleza descubríanse en Angélica que estaba a punto de cumplir los setenta años. La enfermedad que tres años después la transformaría en un miserable gusano ya estaba incubándose en ella, pero se refugiaba en las profundidades de su sangre: sus ojos verdes eran todavía los de otro tiempo, sólo ligeramente empañados por los años, y las arrugas del cuello estaban ocultas bajo las cintas negras de la capota que ella, viuda hacía tres años, llevaba no sin una coquetería que podía parecer nostálgica.

—Ya ves —decía a Concetta mientras se dirigían abrazadas hacia un saloncito—, ya ves, con estas fiestas inminentes para el cincuentenario de los Mil se acabó la tranquilidad. Imagínate que hace días me comunicaron que me llamaban para formar parte del comité de honor, un homenaje a la memoria de nuestro Tancredi, es verdad, pero ¡qué trabajo para mí! Pensar en el alojamiento de los supervivientes que vendrán de todas partes de Italia, preparar las invitaciones para las tribunas, sin ofender a nadie; darme prisa en lograr que se adhieran todos los alcaldes de la isla. A propósito, querida: el alcalde de Salina es un clerical y se ha negado a tomar parte en el desfile. Por esto pensé en seguida en tu sobrino Fabrizio. Vino a visitarme y no me lo dejé escapar. No pudo decirme que no. A fines de mes lo veremos desfilar con levitón por Via Libertà ante el bello cartel con el nombre de Salina en grandes caracteres. ¿No te parece un buen golpe? Un Salina rindiendo homenaje a Garibaldi. Será una fusión de la vieja y la nueva

Sicilia. También he pensado en ti. Aquí tienes tu invitación para la tribuna de honor, justamente a la derecha de la real.

Y sacó de su bolso parisiense un cartoncito rojo garibaldino, del mismo color de la cinta de seda que Tancredi había llevado durante mucho tiempo en el cuello de la camisa.

—Carolina y Caterina no estarán contentas —continuó diciendo de un modo enteramente arbitrario—, pero solamente podía disponer de un puesto. Además tú tienes más derecho que nadie. Eras la prima preferida de nuestro Tancredi.

Hablaba mucho y bien. Cuarenta años de vida en común con Tancredi, cohabitación tempestuosa e interrumpida, pero lo suficientemente larga, la habían despojado hasta de las últimas huellas del acento y las maneras de Donnafugata: habíase mimetizado hasta el punto de hacer, cruzándolas y torciéndolas, ese gracioso juego de manos que era una de las características de Tancredi. Leía mucho y sobre su mesa alternaban los más recientes libros de France y de Bourget con los de D'Annunzio y la Serao. En los salones palermitanos pasaba por ser especialista de la arquitectura de los castillos franceses del Loira, de los cuales hablaba siempre con exaltación imprecisa, contraponiendo, acaso inconscientemente, su serenidad renacentista a la inquietud barroca del palacio de Donnafugata contra el que alimentaba una aversión inexplicable para quien no hubiese conocido su infancia sumisa y descuidada.

—¡Qué cabeza la mía! Olvidé decirte que dentro de un momento vendrá el senador Tassoni. Es mi huésped en Villa Falconeri y desea conocerte: fue un gran amigo del pobre Tancredi, compañero suyo de armas, y parece que le oyó hablar mucho de ti. ¡Querido Tancredi!

Sacó del bolso un pañuelito con un fino encaje negro y se enjugó una lágrima de sus ojos bellos todavía.

Concetta intercalaba siempre algunas frases en el zumbido constante de la voz de Angélica. Pero calló al oír el nombre de Tassoni. Volvía a ver la escena, lejanísima pero clara, como lo que se descubre a través de unos anteojos invertidos: la gran mesa blanca rodeada por todos aquellos muertos. Tancredi cerca de ella, desaparecido también él como, por lo demás, también ella, de hecho, estaba muerta; el relato brutal, la risa histérica de Angélica, y sus no menos histéricas lágrimas. Aquél había sido el momento crucial de su vida; el camino, emboscado entonces, la había conducido hasta aquí, hasta este desierto que ni siquiera estaba habitado por el amor, extinguido, y el rencor, apagado.

—Me he enterado de las pejigueras que tienes con la curia. ¡Qué incordios son! Pero ¿cómo no me lo hiciste saber antes? Algo hubiese podido hacer: el cardenal me tiene una gran consideración, pero me temo que ya sea demasiado tarde. De todos modos veré lo que puedo hacer. No creo que pase nada.

El senador Tassoni, que llegó enseguida, era un vejete vivaz y elegantísimo. Su riqueza, que era grande y creciente, había sido conquistada a través de competiciones y luchas. Por lo tanto, en lugar de debilitarlo, lo habían mantenido en un estado energético que ahora superaba los años y los hacía fogosos. De su permanencia de pocos meses en el ejército meridional de Garibaldi había adquirido unos ademanes militarescos destinados a no desaparecer jamás. Unido a la cortesía, esto había constituido un filtro que le proporcionó al principio muchos dulces éxitos, y que ahora, mezclado con el número de sus acciones, le servía magníficamente para aterrorizar a los consejos de administración bancarios y algodoneros. Media Italia y gran parte de los países balcánicos cosían sus botones con hilaturas de la firma Tassoni y Cía.

—Señorita —decía a Concetta, mientras se sentaba a su lado en una silla baja, apropiada para un paje y que precisamente por esto había elegido—, señorita, se realiza ahora un sueño de mi lejanísima juventud. ¡Cuántas veces en las heladas noches de vivaque en el Vulturno o en torno a los glacis de la asediada Gaeta, cuántas veces nuestro inolvidable Tancredi me habló de usted! Me parecía ya conocerla a usted, haber frecuentado esta casa entre cuyas paredes transcurre su indómita juventud. Me siento feliz por poder, aunque con tanto retraso, poner mis respetos a los pies de quien fue la consoladora de uno de los más puros héroes de nuestra emancipación.

Concetta estaba poco acostumbrada desde su infancia a la conversación con personas a quienes no conocía. Era también poco amante de lecturas y por lo tanto no había tenido manera de inmunizarse contra la retórica y experimentaba su fascinación hasta someterse a ella. Le conmovieron las palabras del senador: olvidó la semicentenaria anécdota guerrera, no vio ya en Tassoni al violador de conventos, al burlador de pobres religiosas asustadas, sino a un viejo y sincero amigo de Tancredi, que hablaba de él con afecto, que dirigía a ella, sombra, un mensaje del muerto transmitido a través de aquellas charcas del tiempo que los desaparecidos raras veces pueden vadear.

—¿Qué le contaba de mí mi querido primo? —preguntó a media voz con una timidez que hacía revivir la muchacha de dieciocho años en aquel montón de seda negra y cabellos blancos.

—¡Ah! ¡Muchas cosas! Hablaba de usted casi tanto como de Angélica. Ésta era para él el amor, usted, en cambio, era la imagen de la adolescencia suave, de esa adolescencia que para nosotros, los soldados, pasa tan deprisa.

El hielo oprimió de nuevo el viejo corazón, y ya Tassoni había levantado la voz y se dirigía a Angélica:

—¿Recuerda, princesa, lo que nos dijo en Viena hace diez años? —de nuevo se dirigió a Concetta para explicar—: Había ido allí con la delegación italiana para un tratado comercial. Tancredi me hospedó en la embajada con su gran corazón de amigo y camarada, con su afabilidad de gran señor. Acaso lo conmovió volver a ver a un compañero de armas en aquella ciudad hostil, ¡y cuántas cosas de su pasado me contó entonces! En el antepalco de la Ópera, durante un entreacto del *Don Giovanni,* nos confesó con su incomparable ironía un pecado, un pecado suyo imperdonable, como decía él, cometido contra usted, sí, contra usted, señorita —se interrumpió un instante para que ella se preparase para la sorpresa—. Imagínese que nos contó que una noche, durante una cena en Donnafugata, se permitió inventar una patraña y contársela a usted, una patraña guerrera relacionada con los combates de Palermo, y que usted la había creído verdad y se ofendió porque el narrador resultó un poco audaz según la opinión de hace cincuenta años. Usted le censuró.

«Estaba tan encantadora —me dijo— mientras me miraba con sus ojos encolerizados, mientras sus labios se hinchaban graciosamente por la ira como los de un cachorro, estaba tan encantadora que si no me hubiese contenido la habría besado allí ante veinte personas y ante mi terrible tiazo.» Usted, señorita, lo habrá olvidado ya, pero Tancredi se acordaba muy bien, tan delicado era su corazón. Lo recordaba además porque la fechoría la había cometido justamente el día en que vio a Angélica por primera vez.

E hizo hacia la princesa uno de esos ademanes de homenaje, bajando la diestra en el aire, cuya tradición goldoniana se conserva tan sólo entre los senadores del reino.

La conversación continuó durante largo rato, pero no puede decirse que Concetta tomara mucha parte en ella. La repentina revelación penetró en su mente con lentitud y al principio no le hizo sufrir demasiado. Pero cuando, despedidos y ya fuera de casa los visitantes, se quedó sola, comenzó a ver más claro y por lo tanto a sufrir más. Los espectros del pasado habían sido exorcizados hacía años. Hallábanse, naturalmente, escondidos en todo, y eran ellos los que hacían amarga la comida y aburrida la compañía, pero su verdadero rostro no se había mostrado desde hacía ya mucho tiempo. Asomábase ahora envuelto en la fúnebre comicidad de las desgracias irreparables. La verdad es que sería absurdo decir que Concetta amaba todavía a Tancredi: la eternidad amorosa dura pocos años y no cincuenta. Pero como una persona de cincuenta años curada de viruela, cuyas huellas lleva todavía en la cara, aunque pueda haber olvidado el tormento del mal, ella conservaba en su oprimida vida actual las cicatrices de su desilusión ya casi histórica, histórica hasta el punto de que se celebraba oficialmente el cincuentenario. Hasta ahora, cuando raramente volvía a pensar en lo que había ocurrido en Donnafugata en aquel lejano verano, sentíase sostenida por un sentido de martirio sufrido, de error padecido, de animosidad contra el padre que la había descuidado, de un angustioso sentimiento con respecto al otro muerto. Ahora, en cambio, estos sentimientos derivados que habían constituido el esqueleto de todo su modo de pensar deshacíanse también. No había habido enemigos, sino una sola adversaria, ella misma. Su porvenir había sido matado por su propia imprudencia, por el ímpetu rabioso de los Salina, y le faltaba ahora, precisamente en el momento en que al cabo de muchos años los recuerdos adquirían vida de nuevo, el consuelo de poder atribuir a los demás su propia infidelidad, consuelo que es el último engañoso filtro de los desesperados.

Si las cosas eran como Tancredi había dicho, las largas horas pasadas en sabrosa degustación de odio ante el retrato de su padre, el haber escondido algunas fotografías de Tancredi para no verse obligada a odiarle también a él, habían sido estupideces, peor aún, crueles injusticias, y sufrió cuando volvió a su mente el acento caluroso, el acento suplicante de Tancredi mientras rogaba a su tío que lo dejase entrar en el convento. Habían sido palabras de amor dedicadas a ella, palabras no comprendidas, puestas en fuga por el orgullo, y que ante su aspereza se habían retirado con el rabo entre las piernas como perros apaleados. Del fondo intemporal del ser surgió un negro dolor para torturarla ante esta revelación de la verdad. Pero ¿era ésta la verdad? En ningún lugar como Sicilia tiene la verdad una vida tan breve: el hecho había ocurrido hacía cinco minutos y ya su genuina esencia había desaparecido, enmascarada, embellecida, desfigurada, oprimida, aniquilada por la fantasía y los intereses: el pudor, el miedo, la generosidad, la malevolencia, el oportunismo, la caridad, todas las pasiones, las buenas y las malas, se precipitan sobre el hecho y lo hacen pedazos. A poco ha desaparecido. Y la infeliz Concetta quería encontrar la verdad de sentimientos no expresados sino solamente entrevistos hacía medio siglo. La verdad ya no existía. Su precariedad había sido sustituida por la irrefutabilidad de la pena.

Mientras tanto Angélica y el senador recorrían el breve trayecto hasta Villa Falconeri. Tassoni estaba preocupado.

—Angélica —dijo (había tenido con ella una corta relación galante hacía treinta años y conservaba esa insustituible intimidad que confiere haber pasado unas pocas horas entre el mismo par de sábanas)—, me temo haber ofendido de una forma u otra a su prima. ¿Advirtió usted lo silenciosa que estaba al final de la visita? Lo sentiría, porque es una persona muy agradable.

—Creo que la ha ofendido usted, Vittorio —dijo Angélica desesperada por unos dobles aunque fantasmales celos—. Estaba locamente enamorada de Tancredi, pero él jamás había pensado en ella.

Y así una nueva paletada de tierra vino a caer sobre el túmulo de la verdad.

El cardenal de Palermo era realmente un santo varón, y ahora que desde hace mucho tiempo no existe, vivos están aún los recuerdos en su caridad y su fe. Pero mientras vivió, las cosas fueron de otro modo: no era siciliano, pero tampoco meridional o romano, y por lo tanto su actividad septentrional habíase esforzado muchos años en fermentar la masa inerte y pesada de la espiritualidad isleña, en general y del clero en particular. Ayudado por dos o tres secretarios del país se había ilusionado, en los primeros años, en que sería posible evitar abusos, poder despejar el terreno de las más flagrantes piedras que hacían de estorbo.

Pero pronto se dio cuenta de que era como pegar tiros a una bala de algodón: el pequeño agujero abierto de momento llenábase a los pocos instantes de millares de fibrillas cómplices y todo quedaba como antes, añadiendo el gasto de pólvora y el ridículo del esfuerzo inútil con el deterioro del material. Como para todos aquellos que, en esos tiempos, querían reformar lo que fuese del carácter siciliano, no tardó en lograr la reputación de ser un simplaina —lo que en las circunstancias del ambiente era exacto— y tenía que contentarse con llevar a cabo pasivas obras de misericordia, las cuales, por lo demás, no hacían otra cosa que menguar todavía su popularidad, si exigían por parte de los beneficiados el más mínimo esfuerzo, como, por ejemplo, el de dirigirse al palacio arzobispal.

El anciano prelado que en la mañana del catorce de mayo se dirigió a Villa Salina era, por lo tanto, un hombre bueno pero desilusionado, que había acabado por adoptar para con sus diocesanos una actitud de desdeñosa misericordia, quizá, después de todo, injusta. Ésta lo impulsaba hacia ademanes bruscos y cortantes que lo arrastraban cada vez más a los pantanos del desafecto.

Las tres hermanas Salina estaban, como sabemos, fundamentalmente ofendidas por la inspección hecha a su capilla, pero, almas infantiles y femeninas después de todo, saboreaban también de antemano satisfacciones secundarias pero innegables: la de recibir en su casa a un príncipe de la Iglesia, la de poder mostrar la fastuosidad de la Casa de los Salina que ellas, con la mayor buena fe, creían intacta todavía, y sobre todo la de poder ver revolotear durante media hora una especie de suntuoso volátil rojo, y admirar los varios tonos y armonizaciones de sus diversas púrpuras y el ondear de las riquísimas sedas. Pero las pobrecillas estaban destinadas a desilusionarse también en esta última modesta esperanza. Cuando ellas, que habían bajado al pie de la escalera exterior, vieron salir del coche a Su Eminencia, pudieron comprobar que éste se había endosado un traje corriente. Sobre su severo hábito negro sólo unos minúsculos botones purpúreos indicaban su rango. A pesar de su rostro de ultrajada bondad, el cardenal no resultaba más imponente que el arcipreste de Donnafugata. Estuvo cortés pero frío, y con demasiada inteligente mezcla supo mostrar su respeto por la Casa de los Salina y las virtudes individuales de las señoritas, unido a su desprecio por su ineptitud y formalística devoción. No contestó ni una palabra a las exclamaciones de monseñor vicario sobre la belleza de los ornamentos en los salones que atravesaron, se negó a aceptar cualquier cosa del refresco preparado («Gracias, señorita, sólo un poco de agua; hoy es la vigilia de mi santo Patrón»), ni siquiera se sentó. Fue a la capilla, se arrodilló un instante ante la Madonna di Pompei e inspeccionó de pasada las reliquias. Pero bendijo con pastoral benevolencia a las amas de casa y la servidumbre, arrodillados en el salón de entrada, y después:

—Señorita —dijo a Concetta que tenía en el rostro las señales de una noche de insomnio—, durante tres o cuatro días no se podrá celebrar en la capilla el servicio divino, pero corre de mi cuenta hacer que se reconsagre enseguida. A mi entender la imagen de la Madonna di Pompei deberá ocupar el sitio del cuadro que está encima del altar, el cual, por lo demás, podrá formar parte de las bellas obras de arte que he admirado al atravesar sus salones. En cuanto a las reliquias, dejo que don Pacchiotti, mi secretario y sacerdote competentísimo, decida. Examinará los documentos y comunicará los resultados de sus investigaciones. Todo lo que él decida será como si yo mismo lo hubiese decidido.

Benévolamente dejó que todos le besaran el anillo y subió pesadamente a su coche junto con su pequeño séquito.

No habían llegado todavía los coches a la esquina de la casa Falconeri, cuando Carolina, con las mandíbulas apretadas y los ojos fulgurantes exclamó:

—Para mí que este Papa es turco —mientras hacía oler a Caterina un frasco de éter sulfúrico.

Concetta hablaba tranquilamente con don Pacchiotti, que acabó por aceptar una taza de café y un bizcocho borracho. Luego el sacerdote pidió la llave de la caja de los documentos, pidió permiso y se retiró a la capilla, no sin antes haber extraído de su bolsillo un martillito, una pequeña sierra, un destornillador, una lupa y un par de lápices. Había sido alumno de la Escuela de Paleografía Vaticana. Además era piamontés. Su trabajo fue largo y cuidadoso. Las personas de servicio que pasaban ante la puerta de entrada de la capilla oían su martilleo, el chirrido de los tornillos y suspiros. Al cabo de tres horas reapareció con el hábito lleno de polvo y las manos negras, pero contento y con una expresión de serenidad en su rostro tras las enormes gafas. Excusóse por llevar en la mano un gran cesto de mimbre.

—Me he permitido apropiarme de este cestito para colocar en él lo que ha de eliminarse. ¿Puedo dejarlo aquí?

Y dejó en un rincón un chisme rebosante de papeles rotos, de cajoncitos conteniendo huesos y cartílagos.

—Me satisface poder decir que he encontrado cinco reliquias perfectamente auténticas y dignas de ser objeto de devoción. Las otras están aquí —dijo mostrando el cesto—. ¿Podrían decirme, señoritas, dónde puedo lavarme las manos y cepillarme?

Reapareció al cabo de cinco minutos secándose las manos con una enorme toalla en cuya orilla danzaba un Gatopardo bordado en rojo.

—Olvidaba decir que los marcos los he dejado sobre la mesa de la capilla. Algunos son realmente bellos —se despidió—. Mis respetos, señoritas.

Pero Caterina se negó a besarle la mano.

—¿Y qué hemos de hacer con lo que hay en el cesto?

—Lo que ustedes quieran, señoritas: conservarlo o echarlo a la basura. No tiene ningún valor —y como Concetta diese orden de que preparasen un coche para acompañarlo, añadió—: No se moleste, señorita. Hoy como con los oratorianos, que están, aquí, a dos pasos. No necesito nada.

Colocó en la bolsa sus herramientas y se fue con paso ligero.

Concetta se retiró a sus habitaciones. No experimentaba sensación alguna: le parecía estar viviendo en un mundo conocido pero extraño, que ya había cedido todos los impulsos de que era capaz y que consistía sólo en puras formas. El retrato de su padre no era más que unos centímetros cuadrados de tela; las cajas verdes algunos metros cúbicos de madera. Poco después le entregaron una carta. El sobre estaba sellado en negro con una gruesa corona en relieve:

«Queridísima Concetta: me he enterado de la visita de Su Eminencia y estoy muy contenta de que hayan podido salvarse algunas reliquias. Espero conseguir que monseñor vicario celebre la primera misa en aquella capilla nuevamente consagrada. El senador Tassoni se va mañana y se encomienda a tu *bon souvenir*. Iré a verte pronto y mientras tanto te abraza con afecto a ti, a Carolina y Caterina, tu Angélica.»

Continuó sin sentir nada: su vacío interior era completo. Solamente del montoncito de pieles brotaba una niebla de malestar. Esta era la pena de hoy: hasta el pobre «Bendicò» trascendía amargos recuerdos. Llamó con la campanilla.

—Annetta —dijo—, este perro se ha apolillado demasiado y tiene ya mucho polvo. Llévatelo. Tíralo.

Mientras los restos eran arrastrados afuera de la habitación los ojos de cristal miraron con el humilde reproche de las cosas que se apartan, que se quieren anular. Pocos minutos después lo que quedaba de «Bendicò» fue arrojado en un rincón del patio que el basurero visitaba a diario. Durante su vuelo desde la ventana su forma se recompuso un instante. Habríase podido ver danzar en el aire a un cuadrúpedo de largos bigotes que con la pata anterior derecha levantada parecía imprecar. Después todo halló la paz en un montoncillo de polvo lívido.

ÍNDICE

Colección Letras Universales